日語基礎語法教室

黃國彦
趙姬玉　編著

鴻儒堂出版社發行

前　言

　　本書係編著者二十多年來教學心得之結晶，原本連載於《階梯日本語雜誌》（2004年8月號～2007年3月號），這次特別加以匯整改編，印成單行本出版，方便學習者用來自修，有系統地學習日語語法的基本知識。

　　要精通日語必須掌握日語語法的基本架構——這是我們多年來從事日語教學一向秉持的信念。這樣說並非對直接教學法的效果完全加以否定。我們只是要強調語法的學習有其必要性，特別是在日文的閱讀和書寫上，它能發揮絕對的正面作用。這也是我們編著本書的理由之一。

　　編著本書的目的在於幫助初學者掌握日語語法的基本架構，因此書中不提複雜的語法理論，純粹就日語的重要語法規律，由簡入繁，先提示基本句型及例句，然後盡可能簡潔扼要加以說明，有必要時也會從日語和華語對比的觀點加以詮釋。相信各位初學者只要循序漸進，持之以恆，每一星期學習一課，在八個月內讀完32課，就能對日語語法豁然貫通，奠定日語的基礎。

　　書中隨時會出現的「注意」部分，是學習者比較容易出錯、疏忽的地方或我們認為各位有必要知道的細節，請各位特別細心去領會。還有在學習過程中，如能隨時將日語的語法現象和自己母語的相關語法現象拿來比較觀察，肯定有助於學習。這種對比式的學習是發現日語和自己母語有何異同的最佳方法。

　　但願本書在各位學習日語的過程中能發揮相當程度的積極功用。也歡迎各位隨時來函切磋、指教。E-mail：ufhiko@hotmail.com

黃國彥・趙姬玉　謹識

2008年10月

目　錄

第1課 概說

◆為什麼要學語法？

地球上的任何語言都有其內在規律，也就是語法。從兒童學習母語的過程即不難了解這個事實。兒童在三、四歲時就能說出母語的各種不同句子，這些句子只有極少數是之前聽別人說過加以模仿，絕大多數是自己新造的。為什麼以前沒有聽過的句子能夠自己造？那是因為語言本身有規律，也就是有語法的緣故。而且這些規律顯然數量有限，為人類記憶容量所能負荷。

每個語言都有無限多的句子，而人類的記憶力有一定的限度，兒童不可能把無限多的句子通通背下來。再說，兒童實際上也不可能接觸到一個語言的所有句子。因此，我們可以合理地假設：兒童學習母語並非完全靠模仿，而是利用人類天生的語言學習能力，從他們在生活中接觸到的有限句子，自然而然分析歸納出母語內在的一套規律，貯存於腦內，然後運用這一套規律造出無限的句子。成人學外國話，基本目標和兒童學習母語一樣，必須將外國話的語法規律完全掌握。

或許有人會說：兒童學習母語不必講什麼語法就能自然而然學會，所以成人學外國話也不必學語法，「直接教學法」才是學語言的最佳方法。其實，這樣的看法未必正確。因為兒童學母語和成人學外國話，條件並不一樣。一個人的「語言形成期」通常是三歲到十二、三歲之間，在這段期間內，語言尚未定形，兒童是以白紙的狀態學習母語，比較容易。相形之下，成人學外國話通常都過了「語言形成期」，母語已經定形，會對新的語言學習產生干擾現象，學起來自然比較困難。而且，兒童學母語，在學習環

1

境上也比成人學外國話的環境好很多，前者生活起居二十四小時接觸的都是母語，後者接觸外國話的機會和時間非常有限。因此，成人學外國話必須學語法，完全掌握語法才是學好外國話的不二法門。

◆日語語法有哪些特色？

根據語言學家的估計，地球上大約有三千到五千種語言。這許多語言彼此之間有相同之處，也有相異之處。漢語（華語）和日語之間當然也不例外。相同之處姑且不談，在這裡讓我們看看日語和漢語在語法方面到底有哪些地方不一樣？日語語法究竟有什麼特色？

（一）就形態而言日語屬於黏著語

根據形態上的特徵將語言粗略加以分類的話，可以分為「孤立語」、「黏著語」「屈折語」三種類型。

詞本身只具有詞彙意義，它在句中的語法功能主要靠詞序來表示的語言就叫「孤立語」。漢語基本上屬於這種語言。請比較下面兩句：

①我打他。

②他打我。

①和②都用到「他」「我」「打」這三個詞，它們個別的詞彙意義在兩個句子中並無改變，但詞序改變，結果整句的意思完全相反。

具有詞彙意義的自立詞（能單獨使用的詞）在句中擔負什麼樣的語法功能，主要靠具有語法意義的附屬詞（不能單獨使用的詞）的黏接來表示的語言就叫「黏著語」。日語基本上屬於這種語言。請比較下面兩句：

③私が彼をなぐる。〈我揍他。〉

④私を彼がなぐる。〈他揍我。〉

③和④都用到「私」「彼」「なぐる」這三個自立詞，而且詞序沒有改變，但意思

卻完全不同。它們之間的語法關係利用黏附於後的附屬詞（助詞）「が」（表主語）和「を」（表賓語＝受詞）來表示。「黏著語」的特點就是自立詞和附屬詞能夠分開。

　　具有詞彙意義的部分（詞幹）和具有語法意義的部分（詞尾）緊密結合構成一個詞，它在句中的語法功能主要靠詞尾變化（活用、屈折）來表示的語言，就叫「屈折語」。拉丁語就是典型的「屈折語」。英語也具有「屈折語」的色彩。日語動詞的詞尾變化也是一種「屈折」現象。不過整體而言，日語還是屬於「黏著語」。

（二）在句子結構上日語屬於SOV語言

　　日語的句子有一個很大的特色，那就是述語固定位於句尾，所以句子的重心也在句尾。日語句尾的述語，基本上有四種類型：

　　（1）**動詞述語**

　　　　子供がテレビを見る。〈小孩看電視。「見る」＝動詞。〉

　　（2）**「い形容詞」述語（形容詞述語）**

　　　　赤ちゃんはかわいい。〈嬰兒很可愛。「かわいい」＝「い形容詞」。〉

　　（3）**「な形容詞」述語（形容動詞述語）**

　　　　東京は賑やかだ。〈東京很熱鬧。「賑やかだ」＝「な形容詞」。〉

　　（4）**名詞述語**

　　　　ぼくは医者です。〈我是醫生。「医者」＝名詞。〉

　　如果從主語（Subject）、動詞（Verb）、賓語（Object）出現於句中的位置來看，日語屬於SOV型語言，漢語則偏向SVO型語言。也就是說日語的動詞位於賓語之後，而漢語的的動詞則位於賓語之前。請比較下面兩句：

a.　　　子供が　　　　テレビを　　　　見る。
　　　　こども　　　　　　　　　　　　み
　　　　（　S　　　　　O　　　　　　　V　）

b.　　　小孩　　　　　看　　　　　　電視。
　　　　（　S　　　　　V　　　　　　O　）

日語和漢語在詞序上還有兩個主要差異。這種差異和SOV型語言、SVO型語言的區別密切相關。第一個差異是：漢語用前置詞（介詞）來表示名詞在句中的語法功能，日語則用後置詞（格助詞）。

c.　彼は　東京から　来た。
　　かれ　とうきょう　き

d.　他　　從東京　　來。

第二個差異是：日語的助動詞位於動詞之後，漢語的助動詞則位於動詞之前。

e.　兄は　来られる。　（助動詞「られる」在動詞「来る」之後）
　　あに　こ　　　　　　　　　　　　　　　　　　　く

f.　哥哥　能來。　　　（助動詞「能」在動詞「來」之前）

（三）敘述體裁種類豐富

日語的敘述體裁，可以根據敬意的有無以及敬意的高低分爲「常體」、「敬體」、「最敬體」三種，利用句尾述語的形式來區別。下面以名詞述語句舉例說明。

ぼくは学生**だ。**〈我是學生。（「だ體」＝常體）〉
　　　がくせい

わたしは学生**です。**〈我是學生。（「です・ます體」＝敬體）〉
　　　　がくせい

わたくしは学生**でございます。**〈我是學生。（「でございます體」＝最敬體）〉
　　　　　がくせい

日語的敘述體裁還可以從會話或文章的角度分爲「會話體」和「文章體」兩種。上面三個例句中，「だ體」和「です・ます體」都屬於「會話體」。「文章體」的名詞句通常以「である」結尾。例如：

吾輩は猫**である。**〈我是貓。＝夏目漱石的小說〉
　わがはい　ねこ

「常體」、「敬體」（包括「最敬體」）和「會話體」、「文章體」可以交叉分類如下：

	常　體	敬　體
會話體	だ體	です・ます體／でございます體
文章體	である體	であります體

這五種體裁在用法上的區別大致如下：

「だ體」：用於不必鄭重的場合。例如同學、好友、平輩之間無隔閡的交談或長輩對晚輩的談話。

「です・ます體」：用於必須鄭重的場合。例如晚輩對長輩說話、平輩之間客套的談話、書信文。

「である體」：用於一般的文章。（如果是以兒童為對象的文章，例如童話，則可用「です・ます體」。）

「であります體」：通常用於演說。

「でございます體」：用於特別鄭重的場合。女性較常使用。

外國人學日語，宜從「敬體」開始，以「です・ます體」為主。

（四）男女表達方式有別

除了日語的詞彙中有不少婦女專用或男性專用的詞語外，在句子的表達方式上也有男女之分。不同之處包括：聲調、詞語、敬語的使用頻率等等。相形之下，漢語中男女說法的區別就少了許多。小說裡的對話，日文要看出哪一句是男人說的，哪一句是女人說的並不難，漢語則不然。學日語要把男女用語的區別分辨清楚，否則會造成大男人說話娘娘腔，或是女人家說話太粗線條的結果。一般說來，日本女性在遣詞用字上都比較委婉鄭重。

男女表達方式的不同，在「常體」會話中最為明顯。下面是若干例句：

	男	女	
①肯定句	行<ruby>行<rt>い</rt></ruby>く。	行<ruby>行<rt>い</rt></ruby>くわ。	〈去。〉
	行<ruby>行<rt>い</rt></ruby>くよ。	行<ruby>行<rt>い</rt></ruby>くわよ。	〈去啊。〉
	きれいだ。	きれい／きれいだわ。	〈很漂亮。〉
	きれいだよ。	きれいよ。	〈很漂亮啊！〉
	きれいだね。	きれいだわ。	〈很漂亮不是嗎？〉
②疑問句	行<ruby>行<rt>い</rt></ruby>くか。	行<ruby>行<rt>い</rt></ruby>くの？	〈去嗎？〉
	きれいか。	きれいなの？	〈漂亮嗎？〉

從上面的例子可以發現，男女表達方式的不同和句尾助詞的用法息息相關。

（五）敬語用法相當複雜

　　所謂「敬語」就是說話者針對談話對方或話題中出現的人物，配合其身分、社會地位以及彼此之間的上下親疏關係所採取的敬讓客套表達方式。同樣是一個「去」字，日語要看是對誰說話、誰去、去誰的家而有多種不同的說法。一般而言，日本女性使用「敬語」的頻率比男性高出許多。「敬語」並非日語特有的現象，每個語言或多或少都有「敬語」，漢語亦然。像「您請用茶！」這個句子中的「您」、「用」就是敬語。不過漢語的「敬語」比較單純，日語的「敬語」則相當複雜，牽涉的因素非常廣，對華人來說，常會成為學習上的困難所在。能正確運用「敬語」是學好日語不可或缺的條件之一。

6.表達方式簡潔多省略

　　日本人重意會而不重言傳。如果意思從說話的情境或上下文就能夠猜測出來的話，說話者通常就不會把它說出來，可省則省，讓對方自己去體會。因此，日語的句子有許多構句成分常被省略，尤其是「我」「你」之類的代名詞，除非有必要，通常都省略不

說。遇到這種句子，必須先知道什麼地方省略，應該如何補充，才能掌握整句的意思。漢語雖然在表達上也相當簡潔，但省略的現象沒有日語那麼頻繁出現。因此，華人說日語時，常會有該省略不省略的地方，讓日本人覺得有些多餘，必須特別注意。

◆如何有效學習日語語法？

　　語法是一套有機的規則體系，內部又分成許多次位體系，相互牽動，並非規則的大雜燴。任何語法，當然有許多地方必須靠死記，但也有許多地方必須靠類推，舉一反三，如何在看似複雜錯綜的語法現象中，透過分析、歸納、演繹等腦力激盪的過程，發現通則，其實是語言學習的一大樂趣所在。

　　可能有人會問：日語語法到底難不難？答案是有難有易。因為語言的難易是相對的，而不是絕對的。語法亦然。難易主要依學習者的母語和所學的外語之間類似度的高低來決定。類似度越高，學習難度越低，類似度越低，學習難度越高。就華人學習日語而言，我們如何知道華語語法和日語語法的類似度？這時就必須透過日語和華語的對比分析來掌握異同所在。如此才能了解為什麼某些項目難學，某些項目一學就會。因此，在日語語法的學習過程中，學習者必須將學習的事項拿來和自己母語的相關事項進行比較，加深對日語語法特徵的領悟，這樣才能事半功倍，提高學習效果。

　　最後要提醒各位的是：語言是與時俱變的，一般語法書上的說明有時未必能反映出日語的變化。因此，學習者最好多注意日語的實際用法，拿來和語法書上的說明印證。如果有某一個原本屬於特殊語法現象的用法已經成為許多人接受並普遍使用，而語法書上的說明還未能配合，必須修正的往往是語法書。

　　日語的學習沒有捷徑，想要精通日語並非一蹴可及。任何人都有學好日語、精通日語的能力。要讓自己的學習能力獲得充分發揮，固然有一些訣竅，但最終的成敗還是取決於恆心和毅力。以上介紹的一些重要基本概念，但願能有助於提升各位讀者學習日語語法的效率！

第2課

名詞句和指示詞

《基本句型》

1 私 は サラリーマン です。〈我是上班族。〉
わたし

2 私 は 学生 ではありません。〈我不是學生。〉
わたし　がくせい

3 これ は 何 ですか。〈這是什麼呢？〉
なん

4 それ も 本 です。〈那也是書。〉
ほん

5 この 人 は 黄さん です。〈這個人是黃小姐。〉
こう

6 これ と それ は 李さん の ボールペン です。〈這枝和那枝是李先
り

生的原子筆。〉

7 あれ は 彼 の 眼鏡 です。〈那是他的眼
かれ　めがね

鏡。〉

1.名詞句和斷定詞

> 【例句】
>
> ❶サラリーマンです。〈是上班族。〉
>
> ❷学生ではありません。〈不是學生。〉
> がくせい

〔日語的說話體裁〕

日語的說話體裁（敘述體裁）有敬體和常體之分。交談對象是長輩或陌生人或比較鄭重的場合必須用敬體，交談對象是晚輩或熟人或不必特別鄭重的場合通常用常體。初學者一般都先學敬體的表達方式。敬體的標誌是「です」、「ます」及其各種活用形。上面的例句都是敬體。

〔日語的詞類〕

日語的詞類（**品詞**），可以根據有無詞尾變化（**活用**）分為兩大類：

（1）有詞尾變化（**活用語**）

　　　動詞、形容詞、形容動詞、斷定詞、助動詞

（2）無詞尾變化

　　　名詞、代名詞、副詞、連體詞、接續詞、感嘆詞、助詞

有詞尾變化的詞類，在學習時必須完全掌握其詞尾變化的形態，才能夠運用自如。

〔です：敬體斷定詞〕

現在肯定形：です

現在否定形：ではありません／じゃありません

句子的核心部分是「**述語**」。日語的動詞、形容詞、形容動詞（總稱為「**用言**」）能直接當述語。名詞和代名詞（總稱為「**體言**」）原則上必須接斷定詞才能當述語。像「サラリーマン」、「学生」都是名詞。以「名詞＋斷定詞」為述語的句子稱為「**名詞
　　　　　　　　がくせい
述語句**」或「**名詞句**」。

上面說過日語的詞類可分為兩大類，一類有詞尾變化（活用），一類沒有詞尾變化。斷定詞屬於前者，有詞尾變化。斷定詞本身有敬體和常體之分，「です」是敬體斷

定詞，用來肯定事物的屬性、類別，等於中文的〈是〉（例句①）。它的否定形是「で
はありません」，用來否定事物的屬性、類別，等於中文的〈不是〉（例句②）。「で
はありません」在會話中常簡縮爲「じゃありません」。要注意日文和中文詞序正好相
反，中文說成〈是A〉、〈不是A〉，日文則說成「Aです」、「Aではありません」。
請比較一下例句①和例句②的日文和中譯。

2.談話主題和人稱代名詞

【例句】

❸わたしはサラリーマンです。〈我是上班族。〉

❹あなたは学生ではありません。〈你不是學生。〉

〔は：表談話的主題〕

　　例句①和例句②其實都不是完整的名詞句，因爲這兩句都沒有把句子的主題說出
來。例句③和例句④才是完整的名詞句。

　　日語的名詞、代名詞都沒有詞尾變化，總稱爲「**體言**」。體言在句中的語法功能通
常要靠助詞來標示。體言後面接提示助詞「は」，就成爲談話的主題。在［～は～です／
ではありません］的句型中，「～は」是句子的主題部分，「～です／ではありません」
則是針對主題加以說明的部分（例句③、④）。「は」在中文裡並沒有對應的詞語。

　　注意日語有很多助詞，在句中扮演能非常重要的角色，正確掌握助詞的用法是精通
日語的必要條件之一，請各位用心學習。

〔人稱代名詞〕

　　人稱代名詞有第一人稱〈我〉、第二人稱〈你〉、第三人稱〈他〉之分。日語的人
稱代名詞種類甚多，用法因說話者和談話對方的性別、社會地位、親疏關係而異，相當
複雜，使用不當可能引起對方不快，宜加注意。對平輩、晚輩自稱或稱呼平輩、晚輩時
用**普通稱**（例句③、④）即可，對長輩自稱或稱呼長輩時則必須用**鄭重稱**。

　　わたし〈我〉：第一人稱普通稱。鄭重稱爲「わたくし」。

あなた〈你／妳〉：第二人稱普通稱。只能用來稱呼晚輩或關係親近的平輩，不可用於長輩。對長輩或關係不親近的平輩，通常用「姓＋さん」、職稱、親屬名稱來稱呼。例如：

山田さん〈山田先生〉　　／　小林さん〈小林小姐〉
やまだ　　　　　　　　　　こばやし

部長〈經理〉　　　　　　／　田中先生〈田中老師〉
ぶちょう　　　　　　　　　　たなかせんせい

お母さん〈媽媽〉　　　　／　お父さん〈爸爸〉
かあ　　　　　　　　　　　　とう

彼〈他〉／彼女〈她〉：第三人稱普通稱。通常只用於關係親近者之間非正式場合
かれ　　　かのじょ
的交談中。一般都以下列人稱指示詞或上面提到的「姓＋さん」、職稱、親屬名稱來指稱。

普通稱：この人〈這個人〉／その人〈那個人〉／あの人〈那個人〉
ひと　　　　　　　ひと　　　　　　　ひと

鄭重稱：この方〈這一位〉／その方〈那一位〉／あの方〈那一位〉
かた　　　　　　　かた　　　　　　　かた

誰〈誰〉：不定稱的普通稱。鄭重稱是「どなた」〈哪位〉和「どの方」〈哪一位〉
だれ　　　　　　　　　　　　　　　　　　　　　　　　　　　　　　　かた

3.疑問句和應答方式

【例句】

❺陳さんは留学生ですか。〈陳先生是留學生嗎？〉
ちん　　りゅうがくせい

❻はい、留学生です。〈是的，是留學生。〉
りゅうがくせい

❼いいえ、留学生ではありません。〈不，不是留學生。〉
りゅうがくせい

❽李さんは社長ですか、部長ですか。〈李先生是董事長還是經理？〉
り　　しゃちょう　　　ぶちょう

〔か：表疑問〕

「か」是表疑問的句尾助詞（語氣助詞），相當於中文的〈嗎；呢〉。敘述句的句尾加上「か」就變成疑問句，用來詢問對方。有「か」的疑問句，句調通常發成上升調，但不用問號「？」（例句⑤）。

〔はい／いいえ：肯定和否定的應答〕

例句⑤的問句是「是否問句」，採〔AはXですか。〕〈A是X嗎？〉的句型，

肯定的回答是〔はい、（Aは）Xです。〕〈對，（A）是X。〉或簡答爲〔はい、（そうです）。〕〈是，（沒錯）。〉（例句⑥）。否定的回答是〔いいえ、（Aは）Xではありません〕〈不，（A）不是X。〉或簡答爲〔いいえ、（そうではありません）。〕〈不，（不是）。〉（例句⑦）。

　　問 あなたは台湾人ですか。〈你是台灣人嗎？〉
　　　　　たいわんじん

　　答 はい、私は台湾人です。〈是，我是台灣人。〉
　　　　　　わたし　たいわんじん

　　　　はい、そうです。〈是，我是。〉

　　　　はい。〈是。〉

　　問 あなたは日本人ですか。〈你是日本人嗎？〉
　　　　　にほんじん

　　答 いいえ、わたしは日本人ではありません。〈不，我不是日本人。〉
　　　　　　　　　　にほんじん

　　　　いいえ、そうではありません。〈不，不是。〉

　　　　いいえ。〈不是。〉

〔AはXですか、Yですか：選擇問句〕

　　例句⑧的句型是〔AはXですか、Yですか。〕〈A是X或是Y？〉。這是「選擇問句」的句型，要對方從二者當中擇一回答。第一個「ですか」的部分，句子尚未結束，不能標句點。

　　問 あなたは台湾人ですか、日本人ですか。〈你是台灣人還是日本人？〉
　　　　　たいわんじん　　　　　にほんじん

　　答 わたしは台湾人です。〈我是台灣人。〉
　　　　　　　たいわんじん

4.「コ・ソ・ア・ド指示詞」和助詞「も」

【例句】

⑨これは**何**ですか。〈這是什麼？〉
　　なん

⑩それは**鉛筆**です。〈那是鉛筆。〉
　　えんぴつ

⑪あれ**も鉛筆**です。〈那枝也是鉛筆。〉
　　　えんぴつ

⑫**あの人は誰**ですか。〈那個人是誰？〉
　　　　　だれ

⑬**あの方は橋本先生**です。〈那一位是橋本老師。〉
　　　　　はしもとせんせい

〔これ／それ／あれ／どれ　和　この／その／あの／どの〕

　　正如中文有〈這〉、〈那〉、〈哪〉之類的指示詞一樣，日語也有一群詞語，分別以「こ」「そ」「あ」「ど」開頭，構成四個系列的指示詞，稱爲「コ・ソ・ア・ド指示詞」。體系相當完整，各個系列的指示詞具有共同的指示意義，如下所示：

　　こ系列：近稱。指稱的對象位於說話者的勢力範圍內。

　　そ系列：中稱。指稱的對象位於談話對方的勢力範圍內。

　　あ系列：遠稱。指稱的對象位於說話者及談話對方的勢力範圍外。

　　ど系列：不定稱。指稱的對象無法確定。

　　請看下圖：

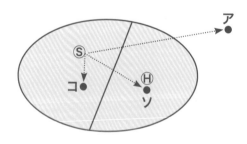

Ⓢ＝說話者
Ⓗ＝談話對方

這次先介紹下面兩種指示詞：

	近稱	中稱	遠稱	不定稱
a. 指示代名詞（事物）	これ〈這個〉	それ〈那個〉	あれ〈那個〉	どれ〈哪個〉
b. 指示連體詞（修飾）	この〈這個〉	その〈那個〉	あの〈那個〉	どの〈哪個〉

這兩種指示詞的用法有幾點必須注意：

（1）指示詞並非詞類而是跨詞類的一群詞語的總稱。「これ・それ・あれ・どれ」在詞類上屬於代名詞，用法和名詞相同，可接「は」當談話主題，接斷定詞「です」當述語（例句⑨、⑩）。「この・その・あの・どの」則是連體詞，只能用來修飾體言，後面必須接體言，無法單獨使用（例句⑫、⑬）。

これは　（○）　　このは　（×）

それです（○）　　そのです（×）

この本　（○）　　これ本　（×）

（2）「こ」系列和「そ」系列常常是相對的，用「こ〜」問通常用「そ〜」答，用「そ〜」問通常用「こ〜」答。用「あ〜」問則用「あ〜」答。

これは何ですか。〈這是什麼？〉

それは鉛筆です。〈那是鉛筆。〉

不過如果說話者和談話對方位於同一領域時，就有可能以「こ〜」問以「こ〜」答，以「そ〜」問以「そ〜」答。這時「こ〜」「そ〜」「あ〜」的區別就偏向距離的遠近，「こ〜」表示近距離，「そ〜」表示中距離，「あ〜」表示遠距離。三者的關係可圖示如下：

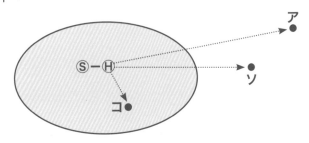

Ⓢ＝說話者
Ⓗ＝談話對方

〔も：提示同類事物〕

先敘述A屬於某一類，然後再敘述B也屬於同一類時，採取下面的句型：

〔AはXです。BもXです。〕〈A是X。B也是X。〉

例句⑩和例句⑪即屬於這個句型。下面是補充例句。

- わたしは会社員です。〈我是公司職員。〉
  かいしゃいん
- 彼も会社員です。〈他也是公司職員。〉
  かれ　かいしゃいん
- あなたは金持ちではありません。〈你不是有錢人。〉
  かね も
- あの人も金持ちではありません。〈他也不是有錢人。〉
  かね も

5.助詞「の」和「と」

【例句】

⑭それは黄さんの眼鏡です。〈那是黃太太的眼鏡。〉
　　こう　　　めがね
⑮この時計とそのハンドバッグは日本製です。〈這個錶和那個手提包是日本製。〉
　　と けい　　　　　　　　　　　　にほんせい
⑯小説はこれとこれです。〈小說是這本和這本。〉
　しょうせつ

〔の：連體助詞〕

「の」大致相當於中文的「的」，已經變成中文的外來詞，經常出沒於中文。一個體言要修飾另一個體言時，必須以連體助詞「の」來連接，採取〔（體言）の（體言）〕的句型（例句⑭）。下面的例句也請參考。

- あなたの洋服。〈你的洋裝。〉
  ようふく
- 日本のテレビ。〈日本的電視。〉
  に ほん
- 台湾語の放送。〈台語廣播。〉
  たいわん ご　ほうそう

〔と：表並列〕

助詞「と」的功能是並列兩個以上的名詞。以「と」並列後的兩個以上的名詞，在句中扮演的角色和單獨一個名詞並無兩樣。因此，「～と～」後面可以接「は」當主題（例句⑮），也可以接「です」當述語（例句⑯）。

第3課

形容詞句和處所指示詞、疑問詞、數量詞、接續詞、時間詞

基本句型

1 ここは　銀行です。〈這裡是銀行。〉
ぎんこう

2 郵便局は　あそこです。〈郵局在那兒。〉
ゆうびんきょく

3 三越デパートは　どこですか。〈三越百貨在哪裡？〉
みつこし

4 この　本は　面白いです。〈這本書很有趣。〉
ほん　　おもしろ

5 その　小説は　面白くないです（面白くありません）。〈這小說不好看。〉
しょうせつ　おもしろ　　　　　　おもしろ

6 面白い　芝居です。〈很好看的戲。〉
おもしろ　しばい

7 あの　部屋は　広いです。そして、明るいです。〈那個房間很大。而且很
へや　　ひろ　　　　　　あか
亮。〉

8 その　コーヒーは　いくらですか。〈那咖啡多少錢？〉

9 今　何時ですか。〈現在幾點？〉
いま　なんじ

10 三時　五十分です。〈三點五十分。〉
さんじ　ごじっぷん

1.處所指示詞：ここ／そこ／あそこ／どこ

【例句】

❶ここはコンビニです。〈這裡是便利超商。〉

❷そこは郵便局ではありません。〈那裡不是郵局。〉
　　ゆうびんきょく

❸デパートはあそこです。〈百貨公司在那兒。〉

❹東京大学はどこですか。〈東京大學在哪裡？〉
　とうきょうだいがく

「ここ／そこ／あそこ（あすこ）／どこ」是處所指示代名詞，用來指示地點、處所，用法和第二課介紹的事物指示代名詞「これ／それ／あれ／どれ」平行，可以接「は」當主題（例句①、②），接「です」當述語（例句③、④）。

	近稱	中稱	遠稱	不定稱（疑問稱）
指示代名詞（事物）	これ〈這個〉	それ〈那個〉	あれ〈那個〉	どれ〈哪個〉
指示代名詞（處所）	ここ〈這兒〉	そこ〈那兒〉	あそこ（あすこ）〈那兒〉	どこ〈哪兒〉
指示連體詞（修飾）	この〈這～〉	その〈那～〉	あの〈那～〉	どの〈哪～〉

上表中的「あすこ」是「あそこ」的簡縮形，只能用於口頭語。

指示代名詞除了上面三類之外，還有方向指示代名詞「こちら（こっち）／そちら（そっち）／あちら（あっち）／どちら（どっち）」和指示種類的指示連體詞「こんな／そんな／あんな／どんな」，一併表列如下。

	近稱	中稱	遠稱	不定稱（疑問稱）
指示代名詞（方向）	こちら（こっち）〈這邊〉	そちら（そっち）〈那邊〉	あちら（あっち）〈那邊〉	どちら（どっち）〈哪邊〉
指示連體詞（種類修飾）	こんな〈這種〉	そんな〈那種〉	あんな〈那種〉	どんな〈哪種〉

上表中的「こっち／そっち／あっち／どっち」是「こちら／そちら／あちら／どちら」的簡縮形，只能用於口頭語。

「こんな／そんな／あんな／どんな」和「この／その／あの／どの」一樣，只能用來修飾體言，但前者用來指示事物的種類（常帶有貶義），後者用來指示事物本身，涵義不同。請比較下面a和b的區別：

(a) この人〈這個人〉　　(b) こんな人〈這種人〉

(a) その小説〈那本小說〉　　(b) そんな小説〈那種小說〉

2.形容詞的述語形

【例句】

❺この店の寿司はおいしいです。〈這家店的壽司很好吃。〉

❻その店のラーメンはおいしくないです。〈那家店的拉麵不好吃。〉

❼あの店のコーヒーはおいしくありません。〈那家店的咖啡不好喝。〉

日語的形容詞有詞尾變化，是「用言」的一類。形容詞的詞形有詞幹和詞尾之分。基本形（原形）的詞尾一律爲「い」（-i），極爲單純。詞尾必須以平假名書寫。如果詞尾「い」的前一個音節是「し」音，也必須寫成假名。

（詞幹）（詞尾）

高　い　taka-i

新し　い　atarasi-i

形容詞用來描述事物的屬性、狀態，可置於句尾當述語，還可利用不同的活用形（詞尾變化）來發揮各種語法功能。以形容詞爲述語的句子稱爲「形容詞句」。下面是形容詞的兩個述語形（當述語用的形態）。

(1) 敬體現在肯定形（以肯定語氣描述現在的狀態。例句⑤）：

句型：～いです　（基本形　＋「です」）

この建物は高いです。〈這棟建築物很高。〉

あの博物館は新しいです。〈那間博物館很新。〉

(2) 敬體現在否定形（以否定語氣描述現在的狀態。例句⑥、⑦）：

> 句型：〜くないです　　（基本形詞尾「い」改為「く」＋「です」）
>
> 　　　　〜くありません　（基本形詞尾「い」改為「く」＋「ありません」）

この建物は高くないです／高くありません。〈這棟建築物不高。〉

あの博物館は新しくないです／新しくありません。〈那間博物館不新。〉

「〜くありません」的形態在語感上似乎比「〜くないです」來得正式一些。和名詞句一樣，敘述句的句尾加上疑問助詞「か」就變成疑問句。

この建物は高いですか。〈這棟建築物高不高？〉

あの博物館は新しいですか。〈那間博物館新不新？〉

注意⑧

①形容詞句句尾的「です」和接在體言後面的「です」不同，並沒有斷定的意思，只是「敬體」的標誌，因此改為否定形時，不可直接將「です」改為「ではありません」。

この建物は高いではありません。（×）

②名詞句的否定形式和形容詞句的否定形式，所否定的對象有所不同，請比較下面兩句。

これは赤い紙ではありません。〈這不是紅色的紙。（可能是紅色的布）〉

この紙は赤くありません。〈這張紙不是紅色。（可能是粉紅色）〉

3.形容詞的連體形：〜い

> 【例句】
>
> ❽これは新しい辞書です。〈這是新字典。〉
>
> ❾父は古い人間です。〈父親是個古板的人。〉
>
> ❿あの高い建物は何ですか。〈那棟高樓是什麼？〉

（構詞方式：和基本形形態相同）

高い
新しい

形容詞的連體形可以當「連體修飾語」（修飾體言的句子成分），用來修飾體言（例句⑧、⑨）。

一個名詞的前面可以出現兩個以上的連體修飾語，如果其一為指示詞（「この／その／あの／どの」之類），另一為形容詞時，通常指示詞在前，形容詞在後（例句⑩）。

この新しい魚〈這條新鮮的魚〉

あの面白い小説〈那本好看的小說〉

4.疑問詞

【例句】

⓫このハンカチはいくらですか。〈這條手帕多少錢？〉

⓬李さんのうちはどこですか。〈李先生家在哪兒？〉

⓭あの古い家は何ですか。〈那棟老房子是什麼？〉

⓮陽明山はどんな山ですか。〈陽明山是什麼樣的山？〉

⓯陽明山はどの山ですか。〈陽明山是哪座山？〉

疑問詞包括「ど系列」的指示詞（どれ／どこ／どちら／どの／どんな）、「いくら」〈多少錢〉、「なに」〈什麼〉以及以「何～」〈多少～；幾～〉開頭的數量詞（例如「何人」〈幾個人〉、「何本」〈幾枝〉、「何歲」〈幾歲〉等等），是構成疑問詞問句的訊息焦點所在（例句⓫、⓬、⓭）。疑問詞的重音原則上都是頭高型。

疑問詞當中的「どんな」和「どの」都只能當連體修飾語用，後面必須接體言，語法功能相同，但意思有別。「どんな」是問〈什麼樣的；什麼種類的〉，要對方加以描述；「どの」則是問〈哪一個〉，要對方指定。因此「どんな山」問的是〈什麼樣的山〉，「どの山」問的是〈哪一座山〉（例句⓮、⓯）。

5. 接續詞：そして

【例句】

⓰わたしのうちは新しいです。そして、広いです〈我的房子很新。而且很寬敞。〉

⓱あなたの部屋は小さいです。そして、暗いです。〈你的房間很小。而且很暗。〉

句型：[句子。そして、句子。]

「そして」是接續詞，用來連接兩個獨立的句子，相當於英文的"and"和華語的〈而且〉。兩個形容詞句用「そして」連接時表示狀態的累加（例句⓰、⓱）。當第一句的主題和第二句的主題相同時，第二句的主題通常省略不說，否則反而會顯得不自然。請看下面的例句：

このテレビは薄いです。〈這電視很薄。〉

　　　　　＋

このテレビは軽いです。〈這電視很輕。〉

　　　　　↓

このテレビは薄いです。そして、（このテレビは）軽いです。

〈這電視很薄而且輕。〉

6. 數詞和助數詞

【例句】

⓲オレンジジュースは三百円です。〈柳橙汁是三百元。〉

⓳五百円のリンゴ。〈五百元的蘋果。〉

⓴二千円は高いです。〈兩千元很貴。〉

日語的數詞分爲「漢語數詞」和「和語數詞」兩大類。「漢語數詞」是借自華語的音讀數詞，例如「一」、「十」、「百」、「千」、「万」。「和語數詞」則是日本固有的訓讀數詞，例如「四」、「七」、「十」即是。

助數詞是接在數詞後面表計量單位的構詞成分，例如「一円」〈一元〉的「～円」、「三時」〈三點〉的「～時」、「五分」〈五分〉的「～分」、「六本」〈六枝〉的「～本」等等即是，相當於華語的〈～根、～枝、～張〉等等。其中像「～時」、「～分」、「～秒」之類是表示時間單位的助數詞、和數詞結合後構成「時間詞」。「～円」、「～本」之類則是表計量單位的助數詞，和數詞結合後構成「數量詞」。

　　數詞、數量詞和時間詞都是名詞的一種，因此原則上均能套用於名詞的相關句型中，例如可以後接斷定詞「です」當述語用（例句⑱），可以後接助詞「の」當連體修飾語用（例句⑲），可以後接助詞「は」當談話主題（例句⑳）。不過有部份語法功能和一般的名詞不同，以後會另加說明。

　　數詞和助數詞在用法上有幾點必須注意：

①數詞「四」有「し／よん／よ」三種唸法。「し」因為和「死」同音，較少單獨使用，通常用「よん」代替。至於「よ」也不能單獨出現，只能和少數助數詞結合，例如「四人」、「四時」。

②數詞和助數詞結合時會產生變音的現象。下面是主要的變音規律：

ⓐ

$$\left.\begin{array}{l}\text{いち（一）}\\\text{はち（八）}\\\text{じゅう（十）}\end{array}\right\} + \text{か、さ、た、は行音開頭的助數詞} \rightarrow \left\{\begin{array}{l}\text{いっ}\\\text{はっ}\\\text{じっ}\end{array}\right.$$

助數詞的か、さ、た行音不變，但は行音要改為ぱ行音。

（例詞）

いち	＋ かい（階）	→	いっかい（一階）〈一樓〉
はち	＋ さつ（冊）	→	はっさつ（八冊）〈八本〉
じゅう	＋ とう（頭）	→	じっとう（十頭）〈十頭〉
いち	＋ ほん（本）	→	いっぽん（一本）〈一枝〉

ⓑ

ろく（六） ＋ か、は行音開頭的助數詞 → ろっ

助數詞的は行音要改為ぱ行音。

（例詞）

ろく ＋ かい（階） → ろっかい（六階）〈六樓〉

ろく ＋ ほん（本） → ろっぽん（六本）〈六枝〉

ⓒ

さん（三） ＋ か、さ、は行音開頭的助數詞 → 助數詞頭音連濁

（例詞）

さん ＋ かい（階） → さんがい（三階）〈三樓〉

さん ＋ そく（足） → さんぞく（三足）〈三雙（鞋襪）〉

さん ＋ ほん（本） → さんぼん（三本）〈三枝〉

下面是少數例外：三分（さんぷん）

四分（よんぷん）

三冊（さんさつ）

7.時間詞：今（いま）

【例句】

㉑今　何時ですか。〈現在幾點？〉
　いま　なんじ

㉒(今)五時四分です。〈（現在）五點四分。〉
　いま　ごじ　よんぷん

　　名詞通常必須在後面接上助詞才能表示出它和其他句子成分之間的關係，但有一些表示時間的名詞（時間詞）可以單獨出現於句中，不必接助詞，用法上類似副詞。「いま（今）」即其一例。

　　在回答疑問詞問句時，通常只要回答疑問詞的部分即可，不必重複其餘部份，因此例句㉑的「今」原則上省略為宜。
　　　　　　　　いま

第4課

動詞句和助詞「を」「で」「に」「も」、
鄭重助動詞、サ行變格複合動詞

《基本句型》

1 私は　テレビを　見ます。〈我看電視。〉

2 あの人は　テレビを　見ません。〈他不看電視。〉

3 田中さんも　テレビを　見ました。〈田中小姐也看電視了。〉

4 小泉さんは　テレビを　見ませんでした。〈小泉先生沒看電視。〉

5 村上さんは　昨日　テニスを　しましたか。〈村
上太太昨天打網球了嗎？〉

6 野村さんは　昨日も　テニスを　しませんでした
か。〈野村先生昨天也沒打網球嗎？〉

7 黄さんは　あした　図書館で　何を　しますか。〈黄同學你明天要在圖書館
做什麼呢？〉

8 あした　図書館で　勉強します。〈明天要在圖書館唸書。〉

9 李さんは　十時に　寝ます。〈李小姐在十點睡覺。〉

1.動詞是句子的核心

　　述語爲動詞的句子稱爲動詞述語句，簡稱動詞句。動詞是句子的核心，要了解日語的句法，必須先掌握日語動詞的相關特質。

〔動詞的特徵、種類、詞尾變化〕

　　1.日語的動詞具有以下的特徵：

　　a．詞義：表事物的動作、作用、存在。

　　b．形態：有詞尾變化（活用），基本形（原形）的詞尾是う段音。

　　c．語法功能：主要出現於句尾當述語，形成句子的樞紐。另外還可以利用不同的活用形，在句中扮演各種不同的角色。

　　2.根據詞尾變化形態的不同，動詞可分為下面五種：

規則動詞	a	五段動詞（子音動詞）：詞幹尾音是子音，詞尾是u音。		
		聞く〈聽〉 (kik-u)	読む〈讀〉 (yom-u)	言う〈說〉 (i-u)
	b	一段動詞（母音動詞）：詞幹尾音是母音i，詞尾是ru音。		
		見る〈看〉 (mi-ru)	起きる〈起床〉 (oki-ru)	できる〈會〉 (deki-ru)
	c	下一段動詞（母音動詞）：詞幹尾音是母音e，詞尾是ru音。		
		寝る〈睡〉 (ne-ru)	食べる〈吃〉 (tabe-ru)	掛ける〈掛〉 (kake-ru)
不規則動詞	d	カ行變格動詞：詞幹母音會發生交替現象（ko/ki/ku）。		
		来る〈來〉 (ku-ru)		
	e	サ行變格動詞：詞幹母音會發生交替現象（sa/si/se/su）。		
		する〈做〉 (su-ru)		

注意 8

不規則動詞只有「来る」和「する」這兩個動詞。不過有許多漢語或外來語的動作名詞及少數和語動作名詞可以和「する」結合，構成サ行變格複合動詞「～する」，詞尾變化和單獨使用的「する」完全相同。例如「勉強する」〈學習〉、

「ストップする」〈停止〉、「噂する」〈談論〉。

〔動詞詞尾變化表〕

　　日語動詞的詞尾變化（活用）相當有規律，建議各位將下表以順口溜的方式背下來，例如「聞く」是「か・き・く・く・け・け」，「読む」是「ま・み・む・む・め・め」。遇到新的動詞時即可隨時類推其詞尾變化，直到能運用自如爲止。

種類	例詞	詞幹	詞尾					
			第一變化 (否定形/意志形)	第二變化 (連用形)	第三變化 (終止形)	第四變化 (連體形)	第五變化 (假定形)	第六變化 (命令形)
五段	聞く kik-u	き kik-	か／こ a/o	き i	く u	く u	け e	け e
	読む yom-u	よ yom-	ま／も a/o	み i	む u	む u	め e	け e
	言う i-u	い i-	わ／お (w) a/o	い i	う u	う u	え e	え e
上一段	起きる oki-ru	おき oki-	○ ○	○ ○	る ru	る ru	れ re	ろ／よ ro/yo
下一段	寝る ne-ru	ね ne-	○ ○	○ ○	る ru	る ru	れ re	ろ／よ ro/yo
カ變	来る kuru	○ ○	こ ko	き ki	くる kuru	くる kuru	くれ kure	こい koi
サ變	する suru	○ ○	し／せ／さ si/se/sa	し si	する suru	する suru	すれ sure	しろ／せよ siro/seyo

注意 8

①第一變化（否定形/意志形）和第五變化（假定形）都不能獨立使用，必須和助動詞或助詞結合後才能用於句中。

②由羅馬標音更可看出規則動詞的詞尾變化極有規則，所有五段動詞的詞尾一律為「a/o・i・u・u・e・e」，所有上・下一段動詞的詞尾一律為「○・○・ru・ru・re・ro/yo」，非常單純。

③五段動詞因為詞尾變化跨及「ア・イ・ウ・エ・オ」五段，故如此稱呼。上一段

動詞因為詞尾「る」的前一音一律為イ段音，而イ段音在五十音圖中排列於ウ段音之上，故如此稱呼。下一段動詞則是因為詞尾「る」的前一音一律為「エ段音」，而エ段音在五十音圖中排列於ウ段音之下，故如此稱呼。不規則動詞「来る」和「する」因為詞幹和詞尾不分，母音分別在力行和サ行內交替，故稱「力行變格動詞」、「サ行變格動詞」。

〔動詞種類辨識法〕

不規則動詞（力變・サ變）只有「来る」和「する」兩個，應熟記。規則動詞（五段・上一段・下一段）可根據下述原則從形態上加以辨別：

1. 基本形最後一個音節不是「る」＝**五段動詞**。

   聞く 読む 待つ 書く……

2. 基本形最後一個音節是「る」，則有可能是五段動詞或上、下一段動詞。這時可依據「る」的前一音節來判斷。

   a.「る」的前一音節不是「エ段音」也不是「イ段音」＝**五段動詞**。

   分る 集まる 当たる……

   b.「る」的前一音節是「エ段音」或「イ段音」，而且以假名標寫＝**一段動詞**。

   起きる 過ぎる 足りる……

   c.「る」的前一音節是「エ段音」或「イ段音」，而且以漢字標寫時，有可能是五段動詞，也有可能是一段動詞。這時的辨識法是：

   ①該漢字讀音為兩個音節以上時＝**五段動詞**。

   入る 帰る 参る……

   ②該漢字讀音為「エ段音」一個音節＝原則上為**下一段動詞**，但有若干例外。

   経る 出る 寝る……　　（例外）減る　練る ＝五段動詞

   ③該漢字讀音為「イ段音」一個音節＝原則上為**上一段動詞**，但有若干例

外。

着る　居る　見る……　　（例外）切る　要る　＝五段動詞
<small>き</small>　　<small>い</small>　　<small>み</small>　　　　　　　　　　<small>き</small>　　<small>い</small>

2.を：表動作的對象

【例句】

❶私はラジオを聞く。〈我（要）聽收音機。〉
<small>わたし</small>　　　　　　　<small>き</small>

❷鈴木さんは雑誌を読む。〈鈴木先生（要）看雜誌。〉
<small>すずき</small>　　　<small>ざっし</small>　<small>よ</small>

❸松野さんは刺身を食べる。〈松野小姐（要）吃生魚片。〉
<small>まつの</small>　　　<small>さしみ</small>　<small>た</small>

❹松下さんはこの美しい着物を着る。〈松下太太（要）穿這件漂亮和服。〉
<small>まつした</small>　　　　　<small>うつく</small>　<small>きもの</small>　<small>き</small>

❺河野社長はゴルフをする。〈河野董事長（要）打高爾夫球。〉
<small>こうの しゃちょう</small>

句型：〔（主語）は（賓語）を（他動詞）〕

　　日語的動詞有自動詞和他動詞之分。自動詞相當於不及物動詞，他動詞相當於及物動詞。自動詞不帶賓語（動作對象），採〔～は（自動詞）〕的句型，例如：

・子供は泣きました。〈小孩哭了。〉
<small>こども</small>　<small>な</small>

・赤ちゃんは寝ました。〈嬰兒睡著了。〉
<small>あか</small>　　　<small>ね</small>

　　他動詞通常帶賓語（動作對象），採〔～は～を（他動詞）〕的句型。「を」是標示賓語的助詞（例句①～⑤）。

注意8

華語的賓語有兩種標示方式：ⓐ將賓語置於動詞後面，利用詞序標示（例句①～⑤的中譯均採此方式）；ⓑ以介詞「把」標示。所以日語的「を」有時可譯成「把」。但華語的「把」字句在用法上有一些限制，和日語的「を」並非完全對應。

3.ます：鄭重助動詞

【例句】

❻あなたは何を読みますか。〈你要讀什麼？〉

❼父は夏目漱石の「坊ちゃん」を読みました。〈父親讀了夏目漱石的「公子哥兒」一書。〉

❽私はドイツ語を勉強しません。〈我不學德語。〉

❾あの人はゴルフをしませんでした。〈他沒打高爾夫球。〉

1.動詞基本形（終止形）本身可用於句中當述語，就「時式」（見第五課）而言，屬於常體現在肯定形。基本形改為連用形（第二變化）後面接表示鄭重語氣的助動詞「ます」，就成為敬體動詞「ます形」，用於句中當述語時即是敬體現在肯定形。各類動詞由基本形改為「ます形」的構詞方式如下：

	基本形	→	連用形	→	ます形
五段動詞＝詞尾u→i＋ます	書く(kak-u) 読む(yom-u)	→	書き(kak-i) 読み(yom-i)	→	書きます(kakimasu) 読みます(yomimasu)
一段動詞＝詞尾ru去掉＋ます	見る(mi-ru) 寝る(ne-ru)	→	見（mi) 寝（ne)	→	見ます(mimasu) 寝ます(nemasu)
不規則動詞	来る(kuru) する(suru)	→	来（ki) し（si)	→	来ます（kimasu) します（simasu)

2.鄭重助動詞「ます」本身也有如下的詞尾變化。

	現在	過去
肯定	ます	ました
否定	ません	ませんでした

鄭重助動詞「ます」只能接於動詞之後，和接於形容詞之後同樣表鄭重語氣的「です」具有類似的語法功能。以動詞「書く」為例，連用形「書き」後面接「ます」的各種活用形，就產生下面的敬體動詞活用形（例句❻❼❽❾）。

敬體現在肯定形：書きます（kakimasu）

敬體現在否定形：書<ruby>書<rt>か</rt></ruby>きません（kakimasen）

　　敬體過去肯定形：書<ruby>書<rt>か</rt></ruby>きました（kakimasita）

　　敬體過去否定形：書<ruby>書<rt>か</rt></ruby>きませんでした（kakimasendesita）

3. 以動詞爲述語的句子叫「動詞句」。述語爲他動詞的句子叫「他動詞句」，述語爲自動詞的句子叫「自動詞句」。例句⑥⑦⑧⑨是他動詞句。和名詞句一樣，動詞句的直述句在句尾接上疑問助詞「か」即成疑問句。

　　・<ruby>木<rt>き</rt></ruby><ruby>村<rt>むら</rt></ruby>さんはテレビを<ruby>見<rt>み</rt></ruby>ます。〈木村小姐要看電視。〉

　　・<ruby>木<rt>き</rt></ruby><ruby>村<rt>むら</rt></ruby>さんはテレビを<ruby>見<rt>み</rt></ruby>ますか。〈木村小姐要看電視嗎？〉

4. 時間詞和表時刻的助詞「に」

【例句】

⑩<ruby>陳<rt>ちん</rt></ruby>さんはあした<ruby>映<rt>えい</rt></ruby><ruby>画<rt>が</rt></ruby>を<ruby>見<rt>み</rt></ruby>ます。〈陳小姐明天要看電影？〉

⑪<ruby>山<rt>やま</rt></ruby><ruby>下<rt>した</rt></ruby>さんはきのうピアノを<ruby>弾<rt>ひ</rt></ruby>きました。〈山下小姐昨天彈鋼琴。〉

⑫<ruby>小<rt>こ</rt></ruby><ruby>森<rt>もり</rt></ruby>さんは<ruby>毎<rt>まい</rt></ruby><ruby>日<rt>にち</rt></ruby>フランス<ruby>語<rt>ご</rt></ruby>を<ruby>勉<rt>べん</rt></ruby><ruby>強<rt>きょう</rt></ruby>します。〈小森同學每天學法語。〉

⑬<ruby>佐<rt>さ</rt></ruby><ruby>藤<rt>とう</rt></ruby>さんは<ruby>日<rt>にち</rt></ruby><ruby>曜<rt>よう</rt></ruby><ruby>日<rt>び</rt></ruby>にデートしました。〈佐藤先生星期天去約會了。〉

⑭<ruby>合<rt>ごう</rt></ruby>コンは<ruby>三<rt>さん</rt></ruby><ruby>時<rt>じ</rt></ruby>に<ruby>始<rt>はじ</rt></ruby>まりました。〈聯誼在三點開始進行。〉

　　日語的時間詞大致上可分成兩類，用法略有不同。

1. 表絕對時間，例如〈某年、某月、某日、某時、某分、星期幾〉之類的時間詞，通常必須後接表時刻的助詞「に」，才能當連用修飾語來修飾動詞（例句⑬、⑭）。

2. 表相對時間，例如〈今年、明年、去年、昨天、今天、後天〉之類的時間詞，不必接「に」，可以直接當連用修飾語來修飾動詞（例句⑩、⑪）。

注意8

表時間量或頻率，例如〈每天、有時〉之類的時間詞，和時刻無關，用法類似數量詞，修飾動詞時不可接「に」（例句⑫）。

・毎日にフランス語を勉強します。（×）

・時々にテニスをします。（×）

5. サ行變格複合動詞

【例句】

⓯彼は芥川の小説を研究します。〈他要研究芥川龍之介的小說。〉

⓰私はおとといロシア語を勉強しました。〈我前天學俄語了。〉

「研究」「勉強」之類表動作的漢語名詞，除了本來的名詞用法外，還可以和動詞「する」結合，構成サ行變格複合動詞。凡是詞義包含動作性在內的名詞，特別是漢語和外來語，通常都可以和「する」結合。

見学〈參觀〉 ＋ する → 見学する〈參觀〉

シュート〈投籃〉 ＋ する → シュートする〈投籃〉

如非動作名詞，通常不能和「する」結合成複合動詞。

注意❽

下面兩句，意思相同但語法結構不同。

・英語をを勉強します。〈學英語。〉

（「勉強する」是複合動詞，「英語」是其賓語。）

・英語の勉強をする。〈學英語。〉

（「英語」是連體修飾語，修飾名詞「勉強」。「英語の勉強」是「する」的賓語。）

6.で：表動作進行的處所

【例句】

⑰中本さんは部屋でクラシックを聞きます。〈中本要在房間聽古典音樂。〉

⑱百合子さんは昨日公園で花見をしました。〈百合子昨天在公園賞花。〉

> 句型：〔（處所名詞）で（動態動詞）〕

　　助詞「で」接在表地點、場所的「處所名詞」後面，表示某一動作、現象或行爲在什麼地方發生或進行。「で」之後的動詞必須是表示動作、現象或行爲的動態動詞。例句⑰、⑱的「聞く」、「する」都是動態動詞。像「ある」〈在〉、「住む」〈居住〉則屬於靜態動詞，因此不能用「で」來表示存在的位置或居住的地點。

7.も：提示同類事物

【例句】

⑲私は刺身を食べます。瑠璃子さんも刺身を食べます。〈我吃生魚片。瑠璃子小姐也要吃生魚片。〉

⑳私は刺身を食べます。寿司も食べます。〈我要吃生魚片，也要吃壽司。〉

㉑私はきょう刺身を食べました。あしたも刺身を食べます。〈我今天吃了生魚片。明天也要吃生魚片。〉

　　「も」是提示助詞，用來表示類同。以「も」提示的同類事物，可以是句子的主語（例句⑲），可以是賓語（例句⑳），也可以是連用修飾語（例句㉑）。

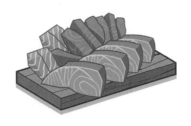

重點筆記

第5課 動詞的時式和「の」的用法

《基本句型》

1 私はあさって映画を見ます。〈我後天要看電影。〉
わたし　　　　　　　　　えいが　み

2 木村さんはおとといゴルフをしました。〈木村先生前天打高爾夫球。〉
きむら

3 太郎は毎日小説を読みます。〈太郎天天看小説。〉
たろう　まいにちしょうせつ　よ

4 花子はときどき新宿で買い物をしました。〈花子（過去）時常在新宿購
はなこ　　　　　　しんじゅく　か　もの
物。〉

5 柴田さんは毎晩何時ごろに寝ますか。〈柴田太太每天晚上大約幾點睡覺?〉
しばた　　　　まいばんなんじ　　　ね

6 次郎さんはけさ六時ごろ起きました。〈次郎今天早上六點左右起床。〉
じろう　　　　ろくじ　　お

7 その新しいバイクは誰のですか。〈那輛新機車是誰的？〉
あたら　　　　　　だれ

8 この新しいバイクは国広さんのです。〈這輛
あたら　　　　　　くにひろ
新機車是國廣小姐的。〉

9 あの古いのは張さんのです。〈那輛舊的是張
ふる　　ちょう
先生的。〉

10 夏目漱石の本。〈夏目漱石的書。〉
なつめそうせき　ほん

1.動詞的「時式」

> 【例句】
>
> ❶あなたは来週軽井沢でテニスをしますか。〈你下星期要在輕井澤打網球嗎？〉
>
> ❷智子さんはあした映画を見ません。〈智子小姐明天不看電影。〉
>
> ❸あなたは推理小説を読みますか。〈你看推理小說嗎？〉
>
> ❹山口さんは毎晩お酒を飲みます。〈山口先生每天晚上都喝酒。〉
>
> ❺地球は太陽の周りを回ります。〈地球繞著太陽轉。〉
>
> ❻三浦さんは先週軽井沢でバドミントンをしました。〈三浦先生上禮拜在輕井澤打羽毛球。〉
>
> ❼幸子さんはゆうべ野球の生中継を見ませんでした。〈幸子昨晚沒看棒球實況轉播。〉
>
> ❽晴美さんはときどき渋谷でケーキを買いました。〈(過去)晴美時常在澀谷買蛋糕。〉

　　用不同的語法形式把動作或狀態的時間性（過去時、現在時、未來時）表示出來，這樣的語法現象稱爲動詞的「時式」（テンス＝tense）。日語的動詞在形態上有「現在形」和「過去形」之分，「現在形」以原形（基本形）出現，沒有特別的標誌，「過去形」則是詞尾帶有過去助動詞「た」。爲了將「現在形」和「過去形」的對立以特定形態表示出來，一般常以「ル形」稱呼「現在形」，以「タ形」稱呼「過去形」。日語的〈過去時〉以「過去形」來表示，〈現在時〉和〈未來時〉則以「現在形」來表示。因此，「現在形」其實可稱爲「現在／未來形」或「非過去形」。而所謂〈過去時〉、〈現在時〉、〈未來時〉原則上是以說話的時間爲基準。

　　相形之下，華語的動詞並沒有所謂的「時式」。也就是說，華語動詞沒有「現在形」、「過去形」、「未來形」之類的特定形式來區分〈過去時〉、〈現在時〉、〈未來時〉。不管動作是在什麼時間發生，都以同樣的形式表達。請比較下面的句子：

きのう刺身を食べました。	昨天吃生魚片。
けさ刺身を食べました。	今天早上吃生魚片。
今晩刺身を食べます。	今天晚上吃生魚片。

あした刺身を食べます。　　　　　　明天吃生魚片。

不過華語動詞沒有「時式」上的區別，並不代表華語無法表達動作的時間性。華語還是可以利用時間詞（例如〈昨天〉、〈上次〉、〈明年〉等等）把動作發生的時間表示出來。

在介紹「現在形」（「非過去形」）和「過去形」的實際用法之前，必須先說明一下和動詞的「時式」有密切相關的動詞分類——「動作動詞」和「狀態動詞」的區分。動詞如果是表示一種動作或狀態變化，例如：

走る〈跑〉　　　　食べる〈吃〉　　　　行く〈去〉
はし　　　　　　　た　　　　　　　　　い

遊ぶ〈玩〉　　　　変わる〈變〉　　　　休む〈休息〉
あそ　　　　　　　か　　　　　　　　　やす

等等，就叫做「動作動詞」，如果不是表示動作，而是表示靜態的存在、性質、狀態、關係，例如：

ある〈有／在〉　　いる〈有／在〉　　　かかる〈花費〉

できる〈會〉　　　当たる〈相當於〉　　要る〈需要〉
　　　　　　　　　あ　　　　　　　　　い

等等，就叫做「狀態動詞」。

〔動詞現在形的主要用法〕

(1) 說話時尚未發生的動作。（限於動作動詞。例句①、②）

今晩とんかつを食べる。〈今晚吃炸豬排。〉
こんばん　　　　　た

午後三時に出掛ける。〈下午三點出門。〉
ごごさんじ　でか

いま行きます。〈我馬上去。〉
い

注意8

動作動詞的現在形只能表未來的動作，不能表示正在進行的動作。例如：

わたしは小説を読む。〈我要看小說。（還沒開始看）〉
しょうせつ　よ

如果是要表示正在進行的動作，必須採取「～ている」的形式。

わたしは小説を読んでいる。〈我正在看小說。〉
しょうせつ　よ

(2) 現在的狀態。（限於狀態動詞。這個用法的句型以後才會介紹。）

かわいい小犬がいる。〈有一隻可愛的小狗。（「が」是表示存在主體＝主格的助詞）〉

電車賃はいくらかかりますか。〈電車票價要花多少錢？〉

注意⑧

狀態動詞的現在形既可以表示現在的狀態，也可以表示將來才會出現的狀態，必須看上下文來判斷。請比較下面兩句：

いま会社にいる。〈現在在公司。（現在的狀態）〉

明日も会社にいる。〈明天也會在公司。（未來的狀態）〉

（3）**表現在的習慣、反復性的行為。（例句③、④）**

僕はたいてい十二時に寝る。〈我通常十二點睡覺。〉

母はいつも明美を叱ります。〈母親老是罵明美。〉

あなたはラジオをを聞きますか。〈你聽廣播嗎？（有兩種解釋，一是問對方有沒有聽廣播的習慣，一是問對方要不要聽廣播。前者屬於(3)的用法，後者屬於(1)的用法。）〉

（4）**表恆常的現象或真理。（例句⑤。超越時間的說法。）**

日は東から昇る。〈太陽從東邊升起。（「から」是表示起點的格助詞）〉

つつじは春に咲きます。〈杜鵑花在春天綻放。〉

〔動詞過去形的主要用法〕

（1）**表過去（或完了）的動作、狀態。（例句⑥、⑦）**

石井さんは昨日見合いをしました。〈石井小姐昨天去相親。〉

子供は三時におやつを食べた。〈孩子在三點吃點心了。〉

おととい新橋で日本の映画を見ました。〈前天在新橋看了日本電影。〉

（2）**表過去的習慣。（例句⑧）**

父は毎日歌を歌いました。〈（當時）父親天天唱歌。〉

ときどき彼女に手紙を書きました。〈（過去）時常寫信給她。（「に」是表示目

標、對象的格助詞）〉

注意⑧

表習慣性、經常性的行為時，句中通常會出現「毎日」〈每天〉、「いつも」〈總是〉、「ときどき」〈時常〉之類的字眼。

2. ～ごろ：表大概的時刻

【例句】

❾三上さんはいつも五時ごろ（に）起きます。〈三上先生都是(在)五點左右起床。〉

❿桜の花は二月ごろ（に）咲く。〈櫻花（在）二月間綻放。〉

⓫武田さんは八時ごろ（に）出掛けました。〈武田太太（在）八點左右出門了。〉

　　「ごろ」是接尾辭，接在時間詞後面，表示大約的時刻，相當於華語的〈前後〉、〈左右〉。用來修飾動詞時，「ごろ」的後面可以加「に」也可以不加「に」，意思不變。這個現象在華語也存在。例句❾、❿、⓫的中譯，〈在〉字都加上括弧，表示可以省略。

3. 名詞的替代和省略

【例句】

⓬青山さんは新しい時計を買いました。そして、古いのを売りました。〈青山小姐買了一個新錶。而把舊的賣了。〉

⓭妹は大きいリンゴを取りました。わたしは小さいのを食べました。〈妹妹拿了大蘋果。我吃了小的。〉

⓮その赤いセーターは父のです。わたしのはあの青いセーターです。〈那件紅毛衣是父親的。我的是那件藍色毛衣。〉

〔名詞以「の」替代〕

　　有形容詞修飾的名詞，如果上文或之前的對話中已經出現過，就可以用「の」來替

代。（例句⑫、⑬）

（形容詞） ＋	（名詞）	→	（形容詞） ＋	の
古い ふる	自転車 じ てんしゃ	→	古い ふる	の
〈舊	自行車	→	舊	的〉
新しい あたら	本 ほん	→	新しい あたら	の
〈新	書	→	新	的〉

〔名詞的省略〕

　　有「名詞＋の」修飾的名詞，如果上文或之前的對話中已經出現過，則可以省略。

（例句⑭）

（名詞） の	（名詞）	→	（名詞） ＋	の
誰 だれ　の	着物 き もの	→	誰 だれ	の
〈誰　的	和服	→	誰	的〉
私 わたし　の	自動車 じ どうしゃ	→	私 わたし	の
〈我　的	汽車	→	我	的〉

　　由此可見，日語「の」的上述用法，和華語的「的」字非常類似。就「名詞的省略」而言，其實可能是先有替代的過程，但替代後會出現兩個「の」重疊（或兩個「的」重疊）的情況，所以將第二個「の」（或第二個「的」）省略。也就是說，「名詞的省略」其實是「名詞的替代」的延伸而已，可以圖示如下：

（原來的形式） →	（名詞的替代） →	（名詞的省略）
古い自転車 ふる　じ てんしゃ　→	古いの ふる	
〈舊自行車　→	舊的〉	
私の自動車 わたし　じ どうしゃ　→	（私のの） わたし　→	私の わたし
〈我的汽車　→	（我的的）　→	我的〉

　　省略的「の」（或「的」）所包含的語意及名詞性已經被它前面的「の」（或「的」）吸收，所以像「私の」〈我的〉之類的詞語在句中的語法功能等同名詞，可以接助詞「は」當主題，可以接助詞「を」當受詞（賓語），也可以接斷定詞「です」當

述語。

　　私のはアメリカ製です。〈我的是美國製。〉

　　フランス製のを注文しました。〈訂購法國製的。〉

　　サングラスは父のです。〈太陽眼鏡是父親的。〉

4. 連體助詞「の」的用法

> 【例句】
>
> ⑮李白の詩を朗読します。〈朗讀李白的詩。〉
>
> ⑯外来語の氾濫を非難する。〈抨擊外來詞的氾濫。〉
>
> ⑰日本語の勉強は楽しいです。〈學日語很快樂。〉
>
> ⑱ダイアモンドの指輪を買いました。〈買了鑽戒。〉
>
> ⑲電車の事故を目撃した。〈目睹電車車禍。〉
>
> ⑳京都の清水寺を見学しました。〈參觀京都的清水寺。〉
>
> ㉑三時のおやつを食べる。〈吃下午三點的點心。〉
>
> ㉒弁護士の友達は東大出身です。〈當律師的朋友是東大畢業。〉

　　上一節所述可以代替名詞的「の」和用來構成〔（名詞）の（名詞）〕句型的「の」，由於語法功能有別，前者通常比照名詞稱爲準體言或形式名詞，後者則爲連體助詞。這一節要稍微深入介紹連體助詞「の」的用法。

　　連體助詞「の」的基本功能是擺在兩個體言（名詞、代名詞）的中間，讓前面的體言成爲後面體言的連體修飾語。以「の」連接的兩個體言，雖然在語法上一律構成「連體修飾語＋被修飾語」的結構相當單純，但如果仔細觀察「AのB」之間的語意關係，就會發現關係頗爲複雜。主要有下面幾種類型：

（1）A擁有B。（例句⑮）

　　彼女の子供。〈她的小孩。〉

　　私の部屋。〈我的房間。〉

早稲田大学の学生。〈早大的學生。〉

（2）A是B的主體。B通常是不及物性漢語動作名詞。（例句⑯）

インフルエンザの流行。〈流行性感冒的流行。〉

家庭の崩壊。〈家庭破碎。〉

（3）A是B的對象。B通常是及物性漢語動作名詞。（例句⑰）

癌の研究。〈研究癌症〉

車の運転。〈開車〉

（4）A是B的材料。（例句⑱）

本革のかばん。〈眞皮皮包。〉

ガラスの人形。〈玻璃娃娃。〉

（5）A是B的手段、原因。（例句⑲）

飛行機の旅行。〈飛機之旅〉

車の事故。〈車禍〉

（6）A是B的處所、時間。（例句⑳、㉑）

浅草の観音様。〈淺草的觀音菩薩。〉

十月のコンサート。〈十月的音樂會。〉

（7）A和B是同一人（同格語。例句㉒）

友人の寺本さん。〈朋友寺本先生。〉

詩人の光太郎。〈詩人高村光太郎。〉

注意8

〔（名詞）の（名詞）〕的句型，常有多義的情形，必須靠上下文才能判斷正確的意思。例如「夏目漱石の本」，至少有三種解釋⑴夏目漱石的藏書；⑵夏目漱石寫的書；⑶有關夏目漱石的書。又例如「弁護士の友達」，也有兩種解釋：⑴職業為律師的（我的）朋友；⑵律師（他）的朋友。

第6課

斷定詞過去形、中止形和助詞「へ」「から」「まで」、動詞敬體意志形

基本句型

1 昨日は母の誕生日でした。〈昨天是我母親的生日。〉
  きのう　はは　たんじょうび

2 一昨日は休みではありませんでした。〈前天不是假日。〉
  おととい　　　やす

3 ここは東大で、早稲田ではありません。〈這裡是東大不是早大。〉
  　　　とうだい　　わせだ

4 それは台湾製で、これは日本製です。〈那是
  　　　たいわんせい　　　　にほんせい
  台灣製，這是日本製。〉

5 湯さんは高雄から来ました。〈湯小姐從高雄
  とう　　　たかお　　き
  來。〉

6 柴田さんは新潟へ帰りました。〈柴田回新潟
  しばた　　　にいがた　かえ
  去了。〉

7 二人は学校から台北駅まで行きました。〈兩人從學校去到台北車站。〉
  ふたり　がっこう　タイペイえき　　い

8 一緒に奈良へ旅行しましょう。〈我們一起去奈良旅行吧。〉
  いっしょ　なら　りょこう

9 村野さんはどこの国の技術者ですか。〈村野是哪一國的技術人員呢？〉
  むらの　　　　　くに　ぎじゅつしゃ

10 美穂さんと私の学校は同じです。〈美穗和我唸同一所學校。〉
  みほ　　　わたし　がっこう　おな

43

1.敬體斷定詞的過去形

【例句】

❶今日は僕の彼女の誕生日です。〈今天是我女友的生日。〉

❷昨日は私の彼氏の誕生日でした。〈昨天是我男友的生日。〉

❸母の誕生日は一月一日ではありません。〈我媽的生日不是一月一日。〉

❹この携帯はアメリカ製じゃありません。〈這手機不是美國製。〉

❺昨日は父の誕生日ではありませんでした。〈昨天不是我爸的生日。〉

❻一昨日は北野さんの誕生日じゃありませんでした。〈前天不是北野先生的生日。〉

在第2課已經學過用敬體斷定詞的現在肯定形「です」和現在否定形「ではありません」。這一回要學的是敬體斷定詞的過去肯定形和過去否定形。請看下表：

	現在形	過去形
肯定	～です	～でした
否定	～ではありません （～じゃありません）	～ではありませんでした （～じゃありませんでした）

過去肯定形用來肯定過去的屬性或狀態；過去否定形用來否定過去的屬性或狀態。

由於華語沒有「時式」，不管過去或現在，肯定一律以〈是〉表示（例句①、②），否定一律以〈不是〉表示（例句③、④、⑤、⑥）。

あの人は社長です。〈他（現在）是董事長。〉

あの人は社長ではありません。〈他（現在）不是董事長。〉

あの人は社長でした。〈他（過去）是董事長。〉

あの人は社長ではありませんでした。〈他（過去）不是董事長。〉

表中帶括弧的「～じゃありません」和「～じゃありませんでした」是口頭語的形態，一般會話都採這個形態。

2. 常體斷定詞的中止形：で

> 【例句】
>
> ❼父は高校の教師で、40歳です。〈父親是高中老師，40歲。〉
> ちち　こうこう　きょうし　　　　さい
>
> ❽父は高校の教師で、母は美容師です。〈父親是高中老師，母親是美容師。〉
> ちち　こうこう　きょうし　　はは　びようし
>
> ❾今日は1月3日で、元旦ではありません。〈今天是一月三日，不是元旦。〉
> きょう　がつみっか　　がんたん
>
> ❿一昨日は1月1日で、元旦でした。〈前天是一月一日，是元旦。〉
> おととい　がつついたち　がんたん
>
> ⓫昨日は1月2日で、元旦ではありませんでした。〈昨天是1月2日，不是元旦。〉
> きのう　がつふつか　がんたん
>
> ⓬春子は中学生で、夏子は小学生でした。〈(當時)春子是國中生，夏子是小學生。〉
> はるこ　ちゅうがくせい　なつこ　しょうがくせい

　　除了敬體斷定詞「です」之外，日語還有常體斷定詞「だ」（基本形）。「で」
是「だ」的中止形，用於句子中間表示句子暫時停頓，尚未結束。兩個名詞句可以用
「で」連接成一個句子，基本上有下面幾種句型：

(1)　[AはXです。AはYです。]

　　→[AはXで、Yです。]（例句⑦）

張さんは大学生です。張さんは台湾人です。
ちょう　だいがくせい　ちょう　たいわんじん

〈張同學是大學生。張同學是台灣人。〉

→張さんは大学生で、台湾人です。
ちょう　だいがくせい　たいわんじん

〈張同學是大學生，台灣人。〉

(2)　[AはXです。BはYです。]

　　→[AはXで、BはYです。]（例句⑧）

石原さんは部長です。熊野さんはその部下です。
いしはら　ぶちょう　くまの　ぶか

〈石原先生是經理。熊野是他的部屬。〉

→石原さんは部長で、熊野さんはその部下です。
いしはら　ぶちょう　くまの　ぶか

〈石原先生是經理，熊野是他的部屬。〉

(3)　[AはXです。AはYではありません。]

　　→[AはXで、Yではありません。]（例句⑨）

このコンピュータは日本製です。このコンピュータは韓国製ではありません。

〈這電腦是日本製。這電腦不是韓國製。〉

→このコンピュータは日本製で、韓国製ではありません。

〈這電腦是日本製，不是韓國製。〉

(4) ［AはXでした。AはYでした。］

→［AはXで、Yでした。］（例句⑩）

昨日は日曜日でした。昨日は定休日でした。

〈昨天是星期日。昨天是固定休假日。〉

→昨日は日曜日で、定休日でした。

〈昨天是星期日，固定休假日。〉

(5) ［AはXでした。AはYではありませんでした。］

→［AはXで、Yではありませんでした。］（例句⑪）

一昨日は授業参観日でした。一昨日は休みではありませんでした。

〈前天是教學參觀日。前天不是放假日。〉

→一昨日は授業参観日で、休みではありませんでした。

〈前天是教學參觀日，不是放假日。〉

(6) ［AはXでした。BはYでした。］

→［AはXで、BはYでした。］（例句⑫）

山本さんは新聞記者でした。杉谷さんはニュースキャスターでした。

〈（當時）山本是新聞記者，杉谷是新聞主播。〉

→山本さんは新聞記者で、杉谷さんはニュースキャスターでした。

〈（當時）山本是新聞記者，杉谷是新聞主播。〉

注意 8

「で」本身不能決定整個句子是敬體或常體，也無法決定整個句子是現在式或過去式。句子的體裁和時式必須由句尾述語來決定。句尾述語的重要性由此可知。

3. 表移動方向的助詞：へ

【例句】

⑬ 田代さんは先週どこへ行きましたか。〈田代小姐上禮拜去哪裡了？〉
たしろ　　　せんしゅう　　　　　い

⑭ 隣の家は来月京都へ引っ越します。〈隔壁家下個月要搬到京都去。〉
となり　いえ　らいげつきょうと　ひ　こ

> 句型：〔（處所詞）へ（移動動詞）〕

助詞「へ」要唸成「e」，不能唸成「he」。「へ」表移動的方向，前面接表方向、空間、處所的名詞，例如：

ここ　　そちら　　学校　　故郷　　台北　　山　　海
　　　　　　　　　がっこう　こきょう　タイペイ　やま　うみ

後面接有方向性的移動動詞或移動物品位置的及物動詞，例如：

来る〈來〉　　　行く〈去〉　　　帰る〈回去〉　　　引っ越す〈搬家〉
く　　　　　　　い　　　　　　　かえ　　　　　　　ひ　こ

入る〈進入〉　　送る〈寄去〉　　入れる〈裝入〉
はい　　　　　　おく　　　　　　い

4. 表起點的助詞：から

【例句】

⑮ 洪さんはどこから来ましたか。〈洪小姐從哪裡來？〉
こう　　　　　　　　き

⑯ 翁さんは会社から空港へ行きます。〈翁先生要從公司去機場。〉
おう　　　かいしゃ　くうこう　い

⑰ 私は午後一時から日本語の勉強を始めます。〈我下午一點起開始唸日語。〉
わたし　ごごいちじ　　にほんご　きょう　はじ

> 句型：〔（處所詞）から（移動動詞）〕
>
> 　　　〔（時間詞）から（動詞）〕

「から」可以表空間的起點（例句⑮、⑯），也可以表時間的起點（例句⑰）。相當於華語的介詞〈從〉。

5.動詞的敬體意志形：～ましょう

【例句】

⑱午後一緒にコーヒーを飲みましょう。〈我們下午一起喝咖啡吧。〉
ご ご いっしょ   の

⑲私は午前中に来ましょう。〈我上午來吧。〉
わたし ご ぜんちゅう き

將動詞「ます形」的「～ます」改爲「～ましょう」就成敬體意志形。

（ます形）	→	（意志形）
聞きます き		聞きましょう き
読みます よ		読みましょう よ
起きます お	→	起きましょう お
寝ます ね		寝ましょう ね
来ます き		来ましょう き
します		しましょう

意志形主要有下面兩個用法：

(1) **表說話者的決意（動作主體為說話者個人時）。等於華語〈我～吧。〉**

（私は）三時に図書館へ来ましょう。〈我三點來圖書館吧。〉
わたし さん じ と しょかん き

（私は）お茶を入れましょう。〈我來泡茶吧。〉
わたし ちゃ い

(2) **表邀約（動作主體包括說話者和對方時）。等於華語〈我們來～吧。〉**

（私たちは）映画を見ましょう。
わたし えい が み

（私たちは）一緒に日本へ行きましょう。
わたし いっしょ に ほん い

注意8

以意志形為述語的句子，動作主體通常省略不予表達，這時必須靠相關的語言形式

（例如「一緒に」〈一起〉）、上下文或說話當時的情況才能判斷是(1)或(2)的用
いっしょ

法。

6.「どこの国」的用法

> 【例句】
>
> ⑳あの会社はどこの国の会社ですか。〈那家公司是哪一國的公司？〉
>
> アメリカの会社です。〈是美國公司。〉
>
> ㉑アメリカとフランスとドイツのうち、どの国がいちばん強いですか。〈美國、法國、德國這三國當中，哪一國最強？〉

　　華語的〈哪個國家〉，日語有兩個說法：「どこの国」和「どの国」，用法不同。一般都用「どこの国」來問（例句⑳）。除非問話者預設若干國家為範圍，要對方從當中哲一回答時，才會用「どの国」來發問（例句㉑）。

　　下面的例句也有同樣的區別。

　　あなたの就職先はどこの会社ですか。〈你要進的公司是哪家公司？〉

　　それらの会社の中で、どの会社がいちばん小さいですか。〈那些公司當中，哪家公司最小？〉

7.「同じです」的用法

> 【例句】
>
> ㉒美穂さんと私の学校は同じです。〈美穂和我唸的學校是同一所。〉
>
> ㉓美穂さんと私は同じ学校です。〈美穂和我唸同一所學校。〉

　　「同じです」是「形容動詞」敬體現在肯定形。「同じ」這個形態可直接用來修飾名詞。例如：

　　同じ人〈同一個人〉　　　　**同じ条件**〈同樣的條件〉

　　同じ大学〈同一所大學〉　　**同じクラス**〈同一班〉

　　同じ目標〈同樣的目標〉　　**同じ給料**〈相同的薪水〉

例句㉒和例句㉓所表達的內容大致相同，但句子結構和表達重點卻略見差異。

例句㉒說明美穗和我倆的學校如何如何，主題是「美穂さんと私の学校」，說明的部分則是「同じです」。

例句㉓說明美穗和我兩人如何如何，主題是「美穂さんと私」，說明的部分則是「同じ大学です」。

例句㉓還可以改成下面的說法，但就變成只是在說明美穗如何如何，主題是「美穂さん」，說明的部分則是「私と同じ学校です」。

美穂さんは私と同じ学校です。〈美穗，和我倆同一所學校。〉

注意⑧

關於「形容動詞」這個詞類的用法，以後會另加說明，這裡先簡單提示兩點：

①形容動詞在詞義分類和語法功能上類似形容詞，因此有人將其視為形容詞的一類，稱為「ナ形容詞」；但在形態上，則和「名詞＋斷定詞」類似，因此有人將其視為名詞的一種，稱為「形容名詞」。這裡姑且沿用傳統的名稱——形容動詞。

②一般形容動詞的「連體形」（用來修飾體言的形態），詞尾採「〜な」的形態，例如：

    綺麗な人〈漂亮的人〉   暖かな天気〈暖和的天氣〉

    賑やかな町〈熱鬧的城鎮〉   静かな部屋〈安靜的房間〉

但「同じです」的連體形則屬於例外，不能採「同じな＋名詞」的形態，必須採「同じ＋名詞」的形態。

第7課

形容詞的過去形和若干基本助詞、副詞、
接續詞的用法

《基本句型》

1 七時から九時までテレビを見ました。〈從七點到九點為止看電視。〉

2 駅から美術館までタクシーで行きました。〈從車站到美術館搭計程車去。〉

3 あなたは毎日何時間ぐらい本を読みますか。〈你每天看書大約看幾個小時？〉

4 試験はどうでしたか。難しかったですか。〈考得怎麼樣？很難嗎？〉

5 そのホテルは高くなかったです。安かったです。〈那家飯店不貴，很便宜。〉

6 坂本さんは寿司をたくさん食べました。〈坂本小姐吃了很多壽司。〉

7 今年の冬はあまり寒くないです。〈今年冬天不大冷。〉

8 新幹線は速いです。しかし、料金はとても高いです。〈新幹線很快。但是票價非常貴。〉

9 台中まで高速バスで行きます。それから科学博物館までタクシーで行きます。〈搭高速巴士到台中。然後搭計程車前往科博館。〉

1. 〜から〜まで：從〜到〜

【例句】

❶ あなたは昨日何時から何時までクラシックを聴きましたか。〈妳昨天聽古典音樂從
幾點聽到幾點？〉

❷ 九時から十時まで聞きました。〈從九點聽到十點。〉

❸ 水野さんは毎日朝早くから夜遅くまでバイトをします。〈水野先生每天打工從一大
早打到晚上很晚。〉

❹ 台北から高雄まで五時間かかります。〈從台北到高雄得花五個小時。〉

❺ 夏休みはいつからいつまでですか。〈暑假是從什麼時候到什麼時候？〉

> 句型：〔（體言）から（體言）まで（動詞）〕
>
> 〔（體言）から（體言）までです〕

「から」表起點，「まで」表終點，常以上面的句型出現，相互呼應。句型中的體言通常是時間詞（例句①、②、③）或處所詞（例句④）。

例句③的「早く」（←「早い」）和「遅く」（←「遅い」）是由形容詞轉成的名詞。這種名詞數量不多，除了「早く」和「遅く」之外，常用的有下面幾個：

近く〈附近〉 　　　　　（← 近い）

遠く〈遠處〉 　　　　　（← 遠い）

多く〈多數〉 　　　　　（← 多い）

古く〈古時候〉 　　　　（← 古い）

「〜から〜まで」除了後面接動詞的用法外，也可以採取「〜から〜までです」的形式當述語用（例句⑤），也可以採取「〜から〜までの」的形式當連體修飾語用。例如：

コンサートは七時から九時までです。〈演唱會是從七點到九點。〉

東京から名古屋までの切符。〈從東京到名古屋的車票。〉

「から」和「まで」也可以和形容詞一起出現。例如：

会社は家から遠いです。〈公司離我家很遠。（以我家爲起點來說）〉
かいしゃ　いえ　　とお

公園まで近いです。〈離公園很近。（以公園爲終點來說）〉
こうえん　　ちか

2. で：表手段、方法

【例句】

❻あなたは家から学校まで何で行きますか。〈你從家裡到學校要怎麼去？〉
　　　　　　いえ　　がっこう　　　なん　い

❼井上さんは今日タクシーで横浜まで行きました。〈井上先生今天搭計程車到橫
　いのうえ　　　きょう　　　　　よこはま　　い

　濱。〉

❽大野さんは新幹線で博多へ旅行しました。〈大野小姐搭新幹線去博多旅行。〉
　おおの　　　しんかんせん　はかた　りょこう

❾友人の家まで歩いて行きました。〈（用走的）走到朋友家。〉
　ゆうじん　いえ　　ある　い

句型：〔（體言）で（動作動詞）〕

　　助詞「で」除了表動作的場所，相當於華語的〈在〉在之外，還可以用來表動作的手段、工具、方法，相當於華語的〈用～；拿～〉。例句❻的「何で」就是〈用什麼
なん
方法〉的意思。如果所用的是交通工具的話，後面的動詞通常爲移動動詞，可譯成〈搭～〉（例句❼、❽）。

船で日本へ行く。〈搭船去日本。〉
ふね　にほん　い

中華航空でニューヨークまで行きました。〈搭華航到紐約去。〉
チャイナエアライン　　　　　　　　　　い

　　動作的手段、方法還可以用動詞的「て形」來表示。例句❾的「歩いて行きまし
　　　　　　　　　　　　　　　　　　　　　　　　　　　　　　　　　ある　い
た」就是表示以走路的方式到朋友家去。這裡的「歩いて」即爲動詞「歩く」（基本
　　　　　　　　　　　　　　　　ある　　　　　　　ある
形）的活用形之一，一般稱爲「て形」（第二變化連用形＋て所成），以後會學到。

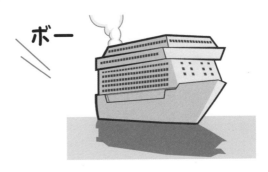

3.表時間量的助數詞和「ぐらい」

【例句】

❿ 一日は二十四時間で、一時間は六十分です。〈一天是二十四小時，一小時是六十分
鐘。〉

⓫ 一週間何時間ぐらいピアノを弾きますか。〈一星期大約彈幾個小時的鋼琴？〉

⓬ 飛行機でどのぐらいかかりますか。〈搭飛機大約要多少時間（多少錢）？〉

⓭ 仙台から大阪まで船で一万円ぐらいかかります。〈從仙台到大阪搭船要一萬元左
右。〉

～時間〈～小時〉　～分〈～分鐘〉　～秒〈～秒〉　～週間〈星期〉

　　以上都是表時間量的助數詞（例句❿）。其中「～分」、「～秒」和「～年」、
「～日」一樣，除了表時間量之外，還可以表時刻。

　　表時間量的數量詞（數詞＋助數詞）是名詞的一種，除了可用於「～は～です」的
句型外，和「きのう」「きょう」之類的時間詞一樣，可以直接修飾動詞，當副詞用，
表動作的時間量。

　　五時間勉強しました。〈唸書唸五個小時。〉

　　三週間滞在しました。〈停留三個禮拜。〉

　　「～ぐらい」和第5課學過的「～ごろ」都可以譯爲〈～左右〉，但用法不同。「～
ぐらい」接在數量詞之後，表大概的數量或時間量（例句⓫、⓭）；「～ごろ」則接在
時間詞之後，表大概的時刻。

　　六時間ぐらい（○）　　　　　　　六時ごろ　　（○）

　　六時間ごろ　（×）　　　　　　　六時ぐらい（×）

　　「どのぐらい」〈大約多少；大約多久〉可用來詢問一般的數量，包括時間量、金
額在內（例句⓬）。「何時間ぐらい」〈大約幾小時〉只能用來詢問時間量。「いくら
ぐらい」〈大約多少錢〉只能用來詢問金額。所以「どのぐらい」到底是問時間量或金
額必須看上下文或實際的語境才能確定。

4.形容詞的敬體過去肯定形和敬體過去否定形

【例句】

⓮先週の日本旅行はどうでしたか。〈上個禮拜的日本之旅感想如何？〉
　せんしゅう　　にほんりょこう

⓯楽しかったです。〈很愉快。〉
　たの

⓰昨日のパーティは面白くなかったです／面白くありませんでした。〈昨天的聚會不
　きのう　　　　　　　おもしろ　　　　　　　　　おもしろ
好玩。〉

到目前為止，我們已學過形容詞的三個活用形：敬體現在肯定形（「～いです」）、

敬體現在否定形（「～くないです／～くありません」）、連體形（「～い」）。

這一課新出現兩個活用形：

(1) 敬體過去肯定形：～かったです（例句⓯）

（構詞方式：把敬體現在肯定形語尾「～いです」改為「かったです」。）

基本形	敬體現在肯定形	敬體過去肯定形
高い たか	高いです たか	高かったです たか
新しい あたら	新しいです あたら	新しかったです あたら

(2) 敬體過去否定形：～くなかったです／～くありませんでした（例句⓰）

（構詞方式：把敬體現在否定形語尾「～くないです」改為「～くなかったです」。

把敬體現在否定形語尾「～くありません」改為「～くありませんでした」。）

基本形	敬體現在否定形	敬體過去否定形
高い たか	高くないです たか	高くなかったです たか
	高くありません たか	高くありませんでした たか
新しい あたら	新しくないです あたら	新しくなかったです あたら
	新しくありません あたら	新しくありませんでした あたら

四個敬體活用形表列如下：

		現在	過去
肯　定		高いです	高かったです
		新しいです	新しかったです
否　定		高くないです	高くなかったです
		高くありません	高くありませんでした
		新しくないです	新しくなかったです
		新しくありません	新しくありませんでした

　　「どうでしたか」用來詢問事物過去的狀態。所以問「旅行はどうでしたか」〈旅行感想如何？〉時，前提是說話者知道或認爲對方去旅行回來（例句⑭）。如果是針對現在的情況發問，就必須用「どうですか」。

　　「どう」〈怎麼樣〉是副詞，屬於「コソアド」指示詞中的一類。

	近稱	中稱	遠稱	不定稱
指示副詞（狀態）	こう〈這樣〉	そう〈那樣〉	ああ〈那樣〉	どう〈怎樣〉

5.程度副詞和數量副詞

【例句】

⑰採用試験はとても難しかったです。〈錄用考試非常難。〉

⑱この洋服は少し小さいです。〈這洋裝有點小。〉

⑲日本茶をたくさん買いました。〈買了很多日本茶。〉

⑳ウーロン茶を少し飲みましょう。〈我們來喝點烏龍茶吧。〉

（1）程度副詞：とても・少し

句型：［（程度副詞）＋（形容詞）］

　　程度副詞主要用來修飾形容詞，對狀態的程度加以限定。「とても」〈非常〉表示程度很甚（例句⑰），「少し」〈稍微〉表示程度輕微（例句⑱）。

　　とても新しい魚です。〈非常新鮮的魚。〉

今日のテストは少し難しかったです。〈今天的考試有點難。〉

(2) 數量副詞：たくさん・少し

> **句型：〔（數量副詞）＋（動詞）〕**

「たくさん」〈許多〉和「少し」〈少許〉可用來修飾動詞，表數量的多寡（例句⑲、⑳）。

ビールをたくさん飲みました。〈喝了許多啤酒。〉

英語を少し勉強しました。〈學了一點英語。〉

6.和否定形式呼應的程度副詞：あまり

> **【例句】**
>
> ㉑東京の夏はあまり暑くありません／暑くないです。〈東京的夏天不很熱。〉
>
> ㉒あの映画はあまり面白くありませんでした。〈那部電影不怎麼好看。〉

> **句型：〔あまり＋否定形式〕**

日語有一些副詞，使用時必須和句尾述語的特定形式相互呼應，表達單一的意思。「あまり」即屬此類副詞，和否定形示一起使用時，相當於華語的〈不太～；不很～〉（例句㉑、㉒）。

7.接續詞「しかし」：表逆態接續

> **【例句】**
>
> ㉓バスは安いです。しかし、遅いです。〈巴士很便宜。但是很慢。〉
>
> ㉔私は先週京都へ行きました。しかし、家内は行きませんでした。〈我上週去京都。但內人沒去。〉
>
> ㉕家賃はとても安いです。しかし、家は古いです。〈房租非常便宜。可是房子很舊。〉

> 句型：［（句子）。しかし、（句子）。］

日語有所謂接續詞，用來連接前後兩個獨立的句子，原則上位於後句的句首，而且通常要在後面打上逗點「、」。

「しかし」〈但是；可是〉是表「逆接」（前句和後句呈現相反情況）的接續詞。如果前句和後句主題相同，一般採〔AはXです。しかし、Yです。〕的句型（例句㉓）。如果前後句個有不同的主題，則常採〔AはXです。しかし、BはYです。〕的句型（例句㉔、㉕）。

部屋は小さいです。しかし、明るいです。〈房間很小。但很亮。〉
浅田さんは来ました。しかし、新井さんは来ませんでした。〈淺田先生來了。可是新井小姐沒來。〉

8.接續詞「それから」：表兩個動作相繼出現

【例句】
㉖父はコーヒーを飲みました。それから、ニュースを見ました。〈父親喝了咖啡。然後看電視新聞。〉
㉗私はテレビを見ます。それから、レポートを書きます。〈我要看電視。然後寫報告。〉

> 句型：［（句子）。それから、（句子）。］

「それから」〈然後〉是接續詞，主要用來連接同一個人一前一後的動作，所以前後句必須是同一主題，通常採〔AはXします。それから、Yします。〕的句型（例句㉖、㉗）。

第8課

存在句、所在句、形容動詞句、數量詞、訊息的新舊和「は」「が」的用法

〔基本句型〕

1 机の上にノートパソコンがあります。〈桌上有筆記型電腦。〉
　つくえ　うえ

2 ノートパソコンは机の上にあります。〈筆記型電腦在桌上。〉
　　　　　　　つくえ　うえ

3 机の上にノートパソコンが二台あります。〈桌上有兩台筆記型電腦。〉
　つくえ　うえ　　　　　　　　　にだい

4 ノートパソコンは一台三万円です。〈筆記型電腦一台三萬元。〉
　　　　　　　　　いちだいさんまんえん

5 犬は一匹もいません。〈一隻狗也沒有。〉
　いぬ　いっぴき

6 お金は少しもありません。〈一點錢也沒有。〉
　かね　すこ

7 机の上に何かありますか。〈桌上有什麼嗎？〉
　つくえ　うえ　なに

8 いいえ、何もありません。〈沒有，什麼也沒有。〉
　　　　　なに

9 部屋の中に誰がいますか。〈誰在房間裡？〉
　へや　なか　だれ

10 岸野さんがいます。〈岸野小姐在。〉
　きしの

11 日本人は安田さんだけですか。〈日本人只有安田先生嗎？〉
　にほんじん　やすだ

12 桃は五つでいくらですか。〈桃子五個多少錢？〉
　もも　いつ

¥30,000

1.表存在的動詞：ある／いる

> 【例句】
>
> ❶パソコンがあります。〈有個人電腦。〉
>
> ❷招き猫はありません。〈沒有招財貓。〉
> 　まね　ねこ
>
> ❸犬がいます。〈有狗。〉
> 　いぬ
>
> ❹猫はいません。〈沒有貓。〉
> 　ねこ

　　五段動詞「ある」（→あります）和上一段動詞「いる」（→います）都是表示存在的動詞，意思相同但用法截然有別。日語的這種區別是華語所沒有的，容易造成誤用，必須特別注意。

　　いる：表人或動物的存在。（會移動的生物）

　　ある：表人或動物以外的事物的存在。（非生物以及植物）

　　如爲肯定句，存在的主體通常用「が」表示（例句①、③），如爲否定句，存在的主體通常用「は」表示（例句②、④）。

2.存在句：～に～が　ある／いる

> 【例句】
>
> ❺テーブルの上に何がありますか。〈桌上有什麼？〉
> 　　　　うえ　なに
>
> ❻テーブルの上にいちごがあります。〈桌上有草莓。〉
> 　　　　うえ
>
> ❼家の外に誰がいますか。〈有什麼人在屋外？〉
> 　いえ　そと　だれ
>
> ❽家の外に子供がいます。〈有小孩在屋外。〉
> 　いえ　そと　こども
>
> ❾テーブルの上にいちごが四つあります。〈桌上有四個草莓。〉
> 　　　　うえ　　　　よっ
>
> ❿家の外に子供が五人います。〈屋外有五個小孩。〉
> 　いえ　そと　こども　ごにん

　　存在動詞「ある／いる」常構成下面的基本句型：

> 句型：[（處所）に（事物）が　ある]〈（處所）有（事物）〉（例句⑤、⑥）
>
> 　　　[（處所）に（人・動物）が　いる]〈（處所）有（人・動物）〉（例句⑦、⑧）

水族館にイルカがいる。〈水族館有海豚。〉
すいぞくかん

引き出しの中に手紙がある。〈抽屜裡有信。〉
ひ　だ　なか　てがみ

這種句子叫「存在句」，用來敘述什麼地方有什麼人或東西。句中的「ある／いる」，華語譯成〈有〉字。「が」（主格助詞）表動作、存在、狀態的主體，華語並無對應的詞語。「に」表存在處所，相當於華語的〈在〉字。

注意⁸

存在句中的存在主體（＝「が」前面的名詞），對於說話者而言，通常是無法特定或不知道的人、動物、事物。所以像「机の上に本があります」〈桌上有書〉的
つくえ　うえ　ほん

「本」，說話者並不知道是什麼樣的書。
ほん

「存在句」還可以加上數量詞，把存在主體的數量表示出來。句型如下：

句型：[～に～が（數量詞）いる／ある]

數量詞要放在「が」的後面，直接當副詞用，不必接任和助詞（例句⑨、⑩）。

あそこに小犬が三匹います。〈那裡有三隻小狗。〉
こいぬ　さんびき

教室にテレビが二十台あります。〈視聽教室有二十台電視。〉
きょうしつ　　　　に じゅうだい

3.所在句：～は～に　ある／いる

【例句】

⑪いちごはテーブルの上にあります。〈草莓在桌上。〉
うえ

⑫子供は家の外にいます。〈小孩在屋外。〉
こども　いえ　そと

⑬私の万年筆は引き出しの中にあります。〈我的鋼筆在抽屜裡。〉
わたし　まんねんひつ　ひ　だ　なか

⑭隣のシャム猫は公園にいます。〈隔壁的暹羅貓在公園。〉
となり　　　　ねこ　こうえん

如果說話者要針對她所知道的特定事物說明其所在位置，就不能採取上述「存在句」的句型，必須採取「所在句」的句型：

句型：[（事物）は（處所）に　ある]　〈（事物）在（處所）〉（例句⑪、⑬）

[（人・動物）は（處所）に　いる]　〈（人・動物）在（處所）〉（例句⑫、⑭）

所在句的「～は」的「～」部分所指稱的人或事物是談話的主題。談話的主題必須以「は」來標示，不能用「が」。句中的「ある／いる」，華語譯成〈在〉字。

4.助詞「で」和「に」的不同

> 【例句】
> ⑮松島さんはあの店で携帯を買いました。〈松島小姐在那家店買手機。〉
> ⑯この店に面白い商品がたくさんあります。〈這家店有許多好玩的商品。〉

助詞「で」和「に」雖然都譯成〈在〉，但用法不同。「で」表示動作進行的處所，後面只能出現動態動詞（例句⑮），「に」則表事物存在的處所，後面接靜態動詞（例句⑯）。

新宿でハンドバッグを買いました。（○）

〈在新宿買手提包。＝「買う」是動態動詞。〉

新宿にハンドバッグを買いました。（×）

新宿に超高層ビルがたくさんあります。（○）

〈新宿有許多超高大樓。＝「ある」是靜態動詞。〉

新宿で超高層ビルがたくさんあります。（×）

5.數量詞的用法

> 【例句】
> ⑰デジタルカメラは一台いくらですか。〈數位相機一台多少錢？〉
> ⑱小説を四冊買いました。〈買了四本小說。〉

數量詞分爲和語數量詞和漢語數量詞兩種。和語數量詞都是訓讀，例如：

一つ〈一個〉　　二人〈兩人〉　　いくつ〈幾個〉　　いくら〈多少錢〉

漢語數量詞都是音讀，採「漢語數詞＋漢語助數詞」的結構，例如：

一枚〈一張〉 二匹〈兩隻〉 三本〈三根〉 何階〈幾樓〉
いちまい にひき さんぼん なんがい

數量詞在用法上有一些地方必須特別注意：

（1）日語助數詞和華語助數詞即使所用漢字相同，詞義未必一樣，不可混為一談。

日語	→	華語
〜本 ほん 〜冊 さつ 〜枚 まい 〜台 だい	→	〜枝（鉛筆）、〜根（香煙） 〜本（書） 〜張（紙）、〜件（襯衫） 〜輛（汽車）、〜台（電視）

（2）數詞和助數詞結合時會發生變音現象，請複習一下第3課的說明。「何＋助數詞」
なん
的變音規律和「三＋助數詞」相同。
さん

三（さん） ＋ 本（ほん）、階（かい） → さんぼん、さんがい

何（なん） ＋ 本（ほん）、階（かい） → なんぼん、なんがい

（3）數量詞雖然屬於名詞，但當副詞用時後面不可接助詞（例句⑰、⑱）。

パソコンを三台買いました。〈買了三台個人電腦。〉
さんだい か

パソコンを三台を買いました。（×）
さんだい か

赤ちゃんが二人います。〈有兩個嬰兒。〉
あか ふたり

赤ちゃんが二人がいます。（×）
あか ふたり

6.訊息的新舊和「は」「が」

> 【例句】
>
> ⑲ドリアンとマンゴスチンがあります。〈有榴蓮和山竹。〉
>
> ⑳ドリアンは冷蔵庫の中にあります。そして、マンゴスチンは棚の上にあります。
> れいぞうこ なか たな うえ
>
> 〈榴蓮在冰箱裡，而山竹在架子上。〉

　說話是一種傳遞訊息的行為，所傳遞的訊息有新有舊。日語中，助詞「が」有標示
新訊息的功能，出現在「が」前面的名詞原則上為新訊息；助詞「は」則有標示舊訊息

的功能，出現在「は」前面的名詞原則上爲舊訊息。

正因「が」表新訊息，「は」表舊訊息，我們在談話中第一次提到某一事物（例句⑲中的榴蓮和山竹）的存在時，必須用「～がある／～がいる」的存在句來表達。

新訊息以「が」引進談話中後就成爲舊訊息，所以接下來要說明榴蓮和山竹如何如何時（例句⑳），就必須用「は」。

7.最小數量詞＋も＋否定形式：表全面否定

【例句】

㉑日本語の辞書は一冊もありません。〈日語字典一本也沒有。〉
　にほんご　じしょ　いっさつ

㉒生徒は一人もいません。〈學生一個也沒有。〉
　せいと　ひとり

㉓自信は少しもありません。〈一點信心也沒有。〉
　じしん　すこ

如果要針對數量全面加以否定，表示〈完全不存在〉時，可利用下面兩種句型：

（1）〔最小數量詞＋も＋否定形式〕

最小數量詞指含有「一」這個數目在內的數量詞。例如：

一人　　一つ　　一本　　一冊　　一枚　　一匹
ひとり　ひと　　いっぽん　いっさつ　いちまい　いっぴき

雑誌は一冊も買いませんでした。〈雜誌一本也沒買。〉
ざっし　いっさつ　か

猫は一匹もいません。〈一隻貓也沒有。〉
ねこ　いっぴき

從譯文可以發現，華語也採同樣的形式（例句㉑、㉒）。

（2）〔少しも＋否定形式〕

這個句型只能用來表示事物的數量，不能用來表示人或動物的數量（例句㉓）。

8.「何かありますか」和「何がありますか」

【例句】

㉔ベッドのそばに何かありますか。〈床的旁邊有什麼東西嗎？〉

㉕いいえ、何もありません。〈沒有。什麼都沒有。〉

㉖ベッドのそばに何がありますか。〈床的旁邊有什麼？〉

㉗ベッドのそばに箪笥があります。〈床的旁邊有衣櫥。〉

(1) 問某處有沒有什麼物品、人或動物時，採下面的句型（例句㉔）：

> 句型：[（處所）に（何か）ありますか。]〈（處所）有沒有（什麼東西）？〉
>
> [（處所）に（何か）いますか。]〈（處所）有沒有（什麼動物）？〉
>
> [（處所）に（誰か）いますか。]〈（處所）有沒有（什麼人）？〉

「何か」和「誰か」的「か」是表〈不確定〉的助詞。疑問詞後面接「か」就變成不定詞，所以「何か」的意思是〈不確定的某物〉，「誰か」的意思是〈不確定的某人〉。

這種問句詢問的重點是有無（動詞部分），肯定的回答是「はい、あります／います」。否定的回答是「いいえ、ありません／いません」。

另外一種否定的回答方式是「何もありません／何もいません／誰もいません」，表全面否定，語氣較強（例句㉕）。

(2) 如果已經知道某處有人或物，但不知是何人或何物時，則用下面的句型（例句㉖）：

> 句型：[（處所）に（何が）ありますか。]〈（處所）有（什麼東西）？〉
>
> [（處所）に（何が）いますか。]〈（處所）有（什麼動物）？〉
>
> [（處所）に（誰が）いますか。]〈（處所）有（什麼人）？〉

句中的「何」和「誰」都是疑問詞。這種問句詢問的重點是存在的主體（疑問詞部分），回答時要採「～があります／います」或「～です」的形式，說出物品或人名、動物名（例句㉗）。

9.だけ：限定範圍

【例句】

㉘果物はパイナップルだけです。〈水果只有鳳梨。〉
くだもの

㉙学生はあの人だけではありません。〈並非只有他是學生。〉
がくせい　　　ひと

㉚日本人だけのクラスです。〈是只有日本人的班級。〉
にほんじん

「だけ」〈只有；只是〉是助詞，接於名詞之後表限定。名詞和「だけ」結合後，在句中用如名詞，後面可接助詞和斷定詞。

10.で：表期限、總數

【例句】

㉛雑誌は五冊で千円です。〈雜誌五本一千元。〉
ざっし　　ごさつ　せんえん

㉜明日で締め切ります。〈明天截止。〉
あした　し　き

助詞「で」接在數量詞或時間詞之後時，表示數量的總括或期限。例句㉛的「五冊
ごさつ
で」表示以五本爲單位來總計。例句㉜的「明日で」則表示明天是截止的最後期限。
あした

NOW ON SALE !!
¥1000

形容動詞和形容詞的活用形以及狀態變化
的表達方式

《基本句型》

1. 士林の夜店はたいへん賑やかです。〈士林夜市非常熱鬧。〉
   しりん　よみせ　　　　　　にぎ

2. 賑やかな士林の夜店を見物しました。〈遊覽熱鬧的士林夜市。〉
   にぎ　　　しりん　よみせ　けんぶつ

3. この部屋はきれいで、静かです。〈這房間既漂亮又安靜。〉
   へや　　　　　　　しず

4. あの家は新しくて広いです。〈那棟房子又新又大。〉
   いえ　あたら　　ひろ

5. 子供は大きくなりました。〈孩子長大了。〉
   こども　おお

6. 部屋はきれいになりました。〈房間變乾淨了。〉
   へや

7. 今日は悪い天気になりました。〈今天變成壞天氣了。〉
   きょう　わる　てんき

8. 昨日雪が降りました。〈昨天下雪。〉
   きのう　ゆき　ふ

9. 工藤さんはもうお茶を飲みましたか。〈工藤先生已經喝茶了嗎？〉
   くどう　　　　　　ちゃ　の

10. 工藤さんはまだお茶を飲みません。〈工藤先生還
    くどう　　　　　　ちゃ　の

    沒喝茶。〉

11. みかんを三つください。〈請給我三個橘子。〉
    みっ

1.形容動詞的用法：基本形和連體形

【例句】

❶この公園はとてもきれいです。〈這公園非常漂亮。〉
こうえん

❷その部屋はきれいではありません。〈那房間不乾淨。〉
へや

❸昨日のパーティは賑やかでした。〈昨天的餐會很熱鬧。〉
きのう　　　　　　　　　　にぎ

❹この町はむかし賑やかではありませんでした。〈這個城鎮以前不熱鬧。〉
まち　　　　　　ぎ

❺静かな部屋で勉強しました。〈在安靜的房間唸書。〉
しず　　へや　べんきょう

　　形容動詞和動詞、形容詞一樣屬於用言，有詞尾變化，可當句子的述語，用來表事物的性質、狀態。在句中的語法功能和形容詞相似，但詞尾變化的方式則和「名詞＋斷定詞」幾乎完全一致，基本形是「～だ」。不過字典上所列的形容動詞，都只列詞幹，不列詞尾「だ」。

　　下面是形容動詞的(1)敬體現在肯定形（例句①）、(2)敬體現在否定形（例句②）、(3)敬體過去肯定形（例句③）、(4)敬體過去否定形（例句④）。

	現　在	過　去
肯　定	きれいです 静かです	きれいでした 静かでした
否　定	きれいではありません きれいではありませんでした	静かではありません 静かではありませんでした

注意8

①在會話中，「～ではありません」和「～ではありませんでした」常簡縮成「～じゃありません」和「～じゃありませんでした」。

②形容動詞用來修飾體言時，必須將基本形的詞尾「～だ」改成「～な」（例句⑤）。

基本形	→	連體形
きれいだ	→	きれいな
静かだ しず		静かな しず

2.形容動詞的副詞形和中止形

【例句】

❻静かに 話しましょう。〈我們輕聲說吧。〉

❼子供たちは 元気に 童謡を 歌いました。〈孩子們精神飽滿地唱童謠。〉

❽彼女は とても きれいで、 優しいです。〈她非常漂亮又溫柔。〉

（1）副詞形：～に

形容動詞用來修飾動詞時，必須將基本形的詞尾「～だ」改成副詞形「～に」。

基本形	→	副詞形
きれいだ	→	きれいに
静かだ		静かに

形容動詞的副詞形除了可用來修飾限定動作的樣態外（例句❻、❼），也可以用來表示動作的結果。

・部屋を きれいに 掃除しました。〈把房間打掃乾淨。〉

（2）中止形：～で

兩個形容動詞（或形容動詞＋形容詞）結合在一起當述語用或修飾名詞時，前面的形容動詞必須將基本形的詞尾「～だ」改成中止形「～で」（例句❽）。

基本形	→	副詞形
きれいだ	→	きれいで
静かだ		静かで

彼女は とても きれいです。 ＋ 彼女は とても 優しいです。

→彼女は とても きれいで、 優しいです。〈她非常漂亮又溫柔。〉

とても きれいな女性 ＋ とても 優しい女性

→とても きれいで、 優しい女性〈非常漂亮又溫柔的女性。〉

注意 8

形容動詞中止形的詞尾和斷定詞的中止形完全相同。

3. 形容詞的副詞形和中止形

【例句】

❾弟は明日早く起きます。〈弟弟明天要早起。〉
おとうと　あした　はや　お

❿妹は今朝遅く起きました。〈妹妹今天早上很晚起床。〉
いもうと　け　さ　おそ　お

⓫あのレストランの料理は高くて、まずいです。〈那家餐廳的菜貴又難吃。〉
りょうり　たか

（1）副詞形：～く

形容詞用來修飾動詞時，必須將基本形的詞尾「～い」改成副詞形「～く」。

基本形	→	副詞形
高い たか	→	高く たか
新しい あたら		新しく あたら

形容詞的副詞形除了可用來修飾限定動作的樣態外（例句❾、❿），也可以用來表示動作的結果。

・白髪を黒く染めました。〈把頭髮染黑。〉
しらが　くろ　そ

（2）中止形：～くて

兩個形容詞（或形容詞＋形容動詞）結合在一起當述語用或修飾名詞時，前面的形容詞必須將基本形的詞尾「～い」改成中止形「くて」（例句⓫）。

基本形	→	中止形
高い たか	→	高くて たか
新しい あたら		新しくて あたら

グリーン車は広いです。　＋　グリーン車は豪華です。
しゃ　ひろ　　　　　　　　しゃ　ごうか

→グリーン車は広くて豪華です。〈頭等車廂寬敞又豪華。〉
しゃ　ひろ　ごうか

広いグリーン車　　＋　　豪華なグリーン車
　　ひろ　　　　しゃ　　　　　　　　　ごうか　　　　　しゃ
→広くて豪華なグリーン車〈寛敞又豪華的頭等車廂。〉
　ひろ　　ごうか　　　　しゃ

4. 動詞「なる」：表狀態變化

> 【例句】
>
> ⑫下の娘は今年大学生になりました。〈小女兒今年成爲大學生了。〉
> 　した　むすめ　ことし　だいがくせい
>
> ⑬学生の人数が少なくなります。〈學生人數會變少。〉
> 　がくせい　にんずう　すく
>
> ⑭公園は静かになりました。〈公園變安靜了。〉
> 　こうえん　しず

（1）動詞和名詞之間的格位關係

　　動詞是句子的核心部分。每個動詞根據詞義來決定它最少需要和幾個名詞保持語法及詞義上的關係，才能表達完整的意思。名詞和動詞之間的關係，主要利用「が」（表動作主體）、「を」（表動作對象）、「に」（表動作目標）、「から」（表動作起點）、「まで」（表動作終點）之類的助詞（格助詞）來表示。例如自動詞「寝る」，
　　　　　　　　　　　　　　　　　　　　　　　　　　　　　　　　　　　　　　ね
至少需要一個表動作主體的名詞（睡覺的人）與其結合，形成「動作主體－－動作」（～が［自動詞]）的關係。又如他動詞「買う」，至少需要一個表動作主體的名詞（買
　　　　　　　　　　　　　　　　　　　　　　か
的人）和一個表動作對象的名詞（買的東西）結合，形成「動作主體－－對象－－動詞」（～が～を〔他動詞]）的關係。動詞和名詞之間的這種關係稱爲「格位關係」。

　　動詞和名詞之間有一定的格位關係，也就是說，每個動詞能和什麼助詞一起出現原則上是固定的。記動詞時應該將格位關係一併記住，才能避免助詞的誤用。

（2）「なる」的用法

　　「なる」〈變成〉表狀態的變化，他的格位關係可標示如下：

　　　[（變化主體）が（變化結果）に　なる]

　　‧黄さんが中学の教師になりました。〈黄先生當國中的老師了。〉
　　　こう　　　　ちゅうがく　きょうし

變化結果除了採「名詞＋に」的形式來表達之外（例句⑫），還有下面兩種形式：

　　（a）形容詞副詞形（～く）（例句⑬）

- **物価が高くなります。**〈物價上漲。〉
  ぶっか　たか
- **音が大きくなりました。**〈聲音變大了。〉
  おと　おお

(b) 形容動詞副詞形（～に）（例句⑭）

- **町が賑やかになりました。**〈城鎮變熱鬧了。〉
  まち　にぎ
- **公園が静かになりました。**〈公園變安靜了。〉
  こうえん　しず

如果要問變成什麼狀態時，則用「どう＋なりましたか」的形式。「どう」是副詞。

5.もう／まだ：和句尾形式呼應的副詞

【例句】

⑮ **お父さんはもう新聞を読みましたか。**〈爸爸已經看報紙了嗎？〉
とう　しんぶん　よ

⑯ **いいえ、お父さんはまだ新聞を読みません。**〈不，爸爸還沒看報紙。〉
とう　しんぶん　よ

⑰ **大野さんはもうデパートへ行きましたか。**〈大野小姐已經去百貨公司了嗎？〉
おおの　い

⑱ **いいえ、大野さんはまだデパートへ行きません。**〈不，大野小姐還沒去百貨公司。〉
おおの　い

(1)「もう」和動詞的過去肯定形「～ました」一起出現時，表示在說話當時動作已經發生，意思相當於〈已經〉（例句⑮、⑰）。

- **美香ちゃんはもう家へ帰りました。**〈美香已經回家了。〉
  みか　うち　かえ

「もう」也可以修飾「名詞＋斷定詞」，表示說話當時某一狀態已經成立。

- **もう十二時です。食事をしましょう。**〈已經十二點了。我們來吃飯吧。〉
  じゅうに　じ　しょくじ

注意❽

以「もう～しましたか」〈已經～了嗎？〉的句型發問時，肯定的回答方式是「はい、もう～しました」〈是的，已經～了。〉；否定的回答方式是「いいえ、まだ～しません」〈不，還沒～。〉或「いいえ、まだです」〈不，還沒～。〉。

「もう」也可以和「否定形」一起出現，但已經變成〈不再〉的意思而不是〈已經〉的意思了。

私はもうお酒を飲みません。〈我不再喝酒了。〉

（2）「まだ」和動詞的現在否定形「～ません」呼應時，表示在說話當時動作尚未成立，意思相當於〈尚未〉（例句⑯、⑱）。必須注意的是「まだ」絕對不能和過去否定形式呼應。換言之，不可能有「まだ～しませんでした」的形式。

・山本さんはまだ帰りません。〈山田先生還沒回來。〉
・山本さんはまだ帰りませんでした。（×）

注意 8

「まだ」也可以和「肯定形」一起出現，表示〈還要繼續〉的意思。

あなたはまだお酒を飲みますか。〈你還要喝酒嗎？〉

6.格助詞「が」的兩個用法：普通敘述和特指

【例句】
⑲今朝大雪が降りました。〈今天早上下大雪。〉
⑳昨日は一日中強い風が吹きました。〈昨天吹了一整天強風。〉
㉑誰がケーキを食べましたか。〈誰吃了蛋糕？〉
㉒池上さんがケーキを食べました。〈池上吃了蛋糕。〉

（1）「現象句」的主語以「が」表示：普通敘述

　　日語的句子可以大致分為「現象句」和「判斷句」兩類。「現象句」用來描述自然界的各種動態現象，以動詞句為主；「判斷句」則用來說明事物的靜態特徵，以名詞句和形容詞句、形容動詞句為主。

動詞句 ──────────── 現象句

形容詞句、形容動詞句 ────┐
                                    ├── 判斷句
名詞句 ──────────────┘

「現象句」通常以「が」表示其主語，「判斷句」通常以「は」表示其主題。請看下面的例句：

- **雪が降り**ました。〈下雪了。──敘述自然現象。**現象句**。〉
- **雪は白い**です。〈雪是白的。──說明雪的特徵。**判斷句**。〉
- **犬は動物**です。〈狗是動物。──說明狗的屬性。**判斷句**。〉

「現象句」中的「が」是以中立不加任何特殊色彩的態度來描述現象，可稱爲「普通敘述」的用法（例句⑲、⑳）。就訊息傳遞的觀點來看，整句都是說話者要傳遞的新訊息。

- **先生が来**ました。〈老師來了。──看到老師來，脫口而出。〉
- **小犬がい**ます。〈有小狗。──發現狗的存在。〉

這個用法的「が」在華語中並無對應的詞語。

（2）疑問詞當主語時用「～が」問，用「～が」答：

句子的主語如果是疑問詞，就必須用「が」表示。這是因爲「が」有表特指的用法。特指的「が」，用來特別指定句中的訊息焦點是「が」之前的名詞。而有疑問詞的疑問句，實際上就是要對方針對疑問詞的部分回答，疑問詞是訊息焦點，因此必須用「が」表示（例句㉑）。

回答「疑問詞＋が」的疑問句時，要從許多對象中特別指出某一對象來回答，因此也必須採取「名詞＋が」的形式（例句㉒）。不過因爲只有「が」前面的名詞才是訊息焦點，所以也可以用「名詞＋です」的形式簡答。

問 **誰が泣き**ましたか。〈（是）誰哭了。〉

答 **あの女の子が泣き**ました。〈（是）那個小女孩哭了。〉

（簡答）あの女の子です。〈（是）那個小女孩。〉

從中文翻譯可以發現，特指用法的「が」和華語的〈是〉有對應關係。因為華語的〈是〉也有指出訊息焦點的功能。

注意8

疑問詞如出現在述語的位置，就必須以「～は」問，以「～は」答。

問 あの人はどなたですか。〈他是哪位？〉

答 あの人は鈴木さんです。〈他是鈴木先生。〉

7.～を（數量詞）ください：請給我（數量詞）～

【例句】

㉓リンゴを二個ください。〈請給我兩個蘋果。〉

㉔リンゴを二つとバナナを三本ください。〈請給我兩個蘋果和三根香蕉。〉

請求對方給自己某物時，可以用「～をください」的句型（例句㉓）。「ください」是敬稱動詞「くださる」的命令形。如果同時請對方給自己兩種不同的東西，各有不同的數量時，則採取下面的句型（例句㉔）：

句型：[Aを（數量詞）とBを（數量詞）下さい]

第10課

授受動詞的用法

基本句型

1 父は母に指輪を上げました。〈父親給母親戒指。〉
　ちち　はは　ゆびわ　あ

2 母は父から指輪を貰いました。〈母親從父親那兒得到戒指。〉
　はは　ちち　ゆびわ　もら

3 兄は僕に誕生日のプレゼントをくれました。〈哥哥給我生日禮物。〉
　あに　ぼく　たんじょうび

4 由紀子さんは泰男君と結婚します。〈由紀子要和泰男結婚。〉
　ゆきこ　　　　やすおくん　けっこん

5 子供は両親のところへ帰りました。〈孩子回到父母親那兒。〉
　こども　りょうしん　　　　かえ

1.日語授受動詞的特性

　　表物品的授與或接受的動詞就叫「授受動詞」。華語的授受動詞基本上只有一個〈給〉字。日語的授受動詞不但數量較多而且用法複雜，必須根據下面三項條件選擇使用。

（1）**表達的角度**：是站在授與者的角度來表達或是站在接受者的角度來表達？

（2）**物品授受的方向**：是由內向外的授受或由外向內的授受？這裡所謂的內外是以人稱為基準來區分。由內向外是第一人稱→第二人稱→第三人稱，也就是我→你→他的方向。由外向內則是第三人稱→第二人稱→第一人稱，也就是他→你→我的方向。

（3）**授與者和接受者間的地位高低關係**：有普通稱、謙稱、敬稱、鄭重稱等幾種選擇。

　　日語的授受動詞可分為「やる」、「くれる」、「もらう」三大類，以下分項敘述其用法。

2.「やる」類的用法

```
【例句】
❶このおもちゃはお前にやろう。〈這玩具給你吧。〉
　　　　　　まえ
❷私は弟に絵本をやった。〈我給弟弟圖畫書。〉
　わたし おとうと え ほん
❸プラモデルは幸子ちゃんにあげなさい。〈塑膠模型玩具你就給幸子吧。〉
　　　　　　　さちこ
❹お父さんが子供に小遣いをやりました。〈爸爸給孩子零用錢。〉
　とう　　こ ども こづか
❺この柱時計を先生に差し上げます。〈這個掛鐘要送給老師。〉
　　はしら ど けい せんせい さ あ
❻松浦さんはこれをあなたにあげます。〈松浦小姐要把這個送給你。〉
　まつうら
```

　　「やる」類是授與動詞，包括「やる」（普通稱）、「上げる」（鄭重稱）、「差し上げる」（謙稱），採取如下的句型：

> 句型：［（授與者）が（接受者）に（授受物）を　やる／あげる／さしあげる］
> 　　　〈（授與者）給（接受者）（授受物）〉

使用條件如下：

(1) **表達的角度**：從授與者的角度來表達，以授與者爲句中主語。

(2) **授與的方向**：原則上由內向外。接受者不可以是第一人稱〈我〉。

第一人稱　→　第二、第三人稱（我給你、或他）（例句①、②、⑤）

第二人稱　→　第三人稱（你給他）（例句③）

第三人稱　→　第三人稱（他給他）（例句④）

第三人稱　→　第二人稱（他給你）（例句⑥）

(3) **授與者和接受者之間的地位高低關係**：

上對下用「やる」

平輩之間用「上_あげる」

下對上用「差_さし上_あげる」

注意❽

「やる／上_あげる／差_さし上_あげる」的接受者不可以是第一人稱〈我〉，所以下面的句子不合語法。

友達が僕に本をやりました。（×）
_{ともだち　ぼく　ほん}

3.「くれる」類的用法

【例句】

❼姉さんが僕に小遣いをくれました。〈姉姉給我零用錢。〉
_{ねえ　　　ぼく　こづか}

❽あなたがくれた万年筆をなくした。〈把你給我的鋼筆弄丟了。〉
_{まんねんひつ}

❾先生が鉛筆を下さいました。〈老師給我鉛筆。〉
_{せんせい　えんぴつ　くだ}

❿お冷やをください。〈請給我冷開水。〉
_ひ

⓫この絵本は誰が君にくれた？〈這圖畫書誰給你的？〉
_{えほん　だれ　きみ}

「くれる」類也是授與動詞，包括「くれる」（普通稱）、「下_{くだ}さる」（敬稱），採取和「やる」類相同的句型：

> **句型：〔（授與者）が（接受者＝我）に（授受物）をくれる／くださる〕**
> 〈（授與者）給（接受者＝我）（授受物）〉

使用條件如下：

(1) **表達的角度**：從授與者的角度來表達，以授與者爲句中主語。

(2) **授與的方向**：原則上由外向內。接受者必須是第一人稱〈我〉。

第二人稱 → 第一人稱（你給我）（例句⑧、⑩）

第三人稱 → 第一人稱（他給我）（例句⑦、⑨）

第三人稱 → 第二人稱（他給你。這裡的「你」必須是和說話者關係親近，可視爲等同於「我」的人，例如家人、親友、同事等等。否則要用「あげる」。）（例句⑪）

(3) **授與者和接受者之間的地位高低關係**：

長輩或地位較高者給我用「下さる」

平輩之間或地位較低者給我用「くれる」

注意⑧

「くれる／下さる」的授與者不可以是第一人稱〈我〉，所以下面的句子不合語法。

わたしは弟に絵本をくれる。（×）

4.「もらう」類的用法

【例句】

⑫彼は昨日友人から手紙をもらいました。〈他昨天收到朋友的來信。〉

⑬わたしはあなたからもらった万年筆をなくした。〈我把從你那兒得到的鋼筆弄丟了。〉

⑭この靴は誰からもらった？〈這鞋子是從誰那兒得到的？〉

⑮あの写真は先生にいただいたものです。〈那照片是承蒙老師給的。〉

⑯大変立派なものを頂戴しました。〈承蒙賜贈非常精緻的禮物。〉

「もらう」類是接受動詞，包括「もらう」（普通稱）、「いたがく」（謙稱）、「頂戴する」（謙稱），採取如下的句型：

> **句型：[（接受者）が（授與者）から／に（授受物）をもらう／いただく]**
> **〈（接受者）從（授與者那兒）收受（授受物）〉**

使用條件如下：

(1) **表達的角度**：從接受者的角度來表達，以接受者爲句中主語。

(2) **接受的方向**：原則上無特別限制，但授與者通常不可以是第一人稱〈我〉。

(3) **接受者和授與者之間的地位高低關係：**

　　從長輩或地位較高者得到用「いただく／頂戴する」

　　從晚輩或平輩處得到用「もらう」

注意 8

授與者通常不可以是第一人稱〈我〉，所以下面的句子不合語法。

　　日高さんは私からプレゼントをもらいました。（×）

5. に：表動作指向的對方

> 【例句】
> ⑰私は父に手紙を出しました。〈我寄信給父親。〉
> ⑱山田部長は部下に指示を下した。〈山田經理下達指示給下屬。〉
> ⑲学生は先生にいろいろ質問した。〈學生向老師提出各種問題。〉
> ⑳村上さんは台湾人の先生から台湾語を習いました。〈村上小姐跟台灣老師學台語。〉

有一些他動詞（及物動詞）除了動作主體（＝主語。以「が」表示）和動作對象（＝直接賓語。以「を」表示）之外，還需要一個動作指向的對方（＝間接賓語。以「に」表示），才能構成完整的意思。這種他動詞，稱爲「雙賓動詞」。前面提到的授受動詞以及「教える」〈教〉、「習う」〈學〉、「聞く」〈聽〉、「答える」〈回

答〉等等和資訊的授受有關的動詞都是雙賓動詞。日語的雙賓動詞通常採取如下的句型：

> 句型：〔（動作主體）が（間接賓語）に（直接賓語）を（雙賓動詞）〕

雖然動作指向的對方（間接賓語）原則上以「に」表示（例句⑰、⑱、⑲），但有少數動詞像「もらう」、「習う」、「聞く」等等，也可以用「から」表示（例句⑳）。這一類動詞的特徵是：他們的間接賓語同時也都是事物移動的起點。在這個條件之下，「に」才可以和「から」互換。

靖夫君は友達から／に電子辞書をもらった。〈靖夫從朋友那兒得到電子字典。〉

日本人の先生から／に日本語を習いました。〈跟日本老師學日語。〉

6.と：表共事者

> 【例句】
>
> ㉑三浦さんは政子さんと婚約します。〈三浦要和政子訂婚。〉
>
> ㉒池上さんは彼女と別れた。〈池上和女友分手了。〉
>
> ㉓私は信夫君と友達になりました。〈我和信夫變成朋友。〉

> 句型：〔（動作主體）が（共事者）と（相互動詞）〕
> 〈（動作主體）和（共事者）（相互動詞）〉

有些動詞由於詞義上的特性，一定要有共事者當句子成分。例如「喧嘩する」〈吵架〉、「結婚する」〈結婚〉、「約束する」〈約定〉、「別れる」〈分手〉等動詞所表達的行為，都是一個巴掌拍不響的，至少需要一個共事者才能成立。這一類動詞所表示的行為是動作主體和共事者相互從事的行為，因此我們不妨將這一類動詞稱為「相互動詞」。共事者以「と」表示（例句㉑、㉒）。表共事者的「と」在句中和動詞保持語法關係，用法和連接兩個名詞的「と」不同。請比較下面兩句：

細川さんと幸子さんが結婚します。〈細川和幸子（都）要結婚。註：這個句子有兩種解釋，第一種解釋是細川和幸子要結婚成為夫妻，第二種解釋是細川和幸子都

要結婚，各有其結婚對象。〉

細川さんは幸子さんと結婚します。〈細川要和幸子結婚。〉

例句㉓的動詞「なる」本身雖然不是相互動詞，但「友達になる」則等同相互動詞，所以「信夫君」是共事者。

注意8

使用相互動詞的句子，表共事者的「と」之後不可以接副詞「一緒に」〈一起〉。

私は典子さんと一緒に結婚します。（×）

如果典子是我結婚的對象，上面的句子當然不能成立。只有解釋為〈我要和典子一起舉行結婚典禮〉時，這個句子才能成立。

如果句中有共事者，而動詞不是相互動詞，表共事者的「と」之後就可以接「一緒に」，意思不變。

母と（一緒に）出掛けます。〈要和媽媽（一起）出門。〉

7.「と」和「に」的區別

【例句】

㉔彼は喫茶店で友達と会います。〈他要在咖啡館和朋友碰頭。〉

㉕彼は研究室で先生に会います。〈他要在研究室見老師。〉

㉖私はみんなに小説の内容を話しました。〈我向大家說明小說的內容。〉

㉗私は電車のなかで外国人と話しました。〈我在電車內跟外國人交談。〉

表共事者的「と」和表動作指向對方的「に」有時可以互換，但意思會略有不同。原則上，「と」表示動作主體和共事者雙方都採取同樣的行動，「に」則表示只有動作主體單方面採取行動。因此，例句㉔表示他和朋友相約在咖啡館見面，兩人處於對等的立場，彼此前往咖啡館。例句㉕則表示他單方面主動去見老師，老師站在被動的立場。二者的區別可以圖示如下：

と：（動作主體）→ ○ ←（共事者）

に：（動作主體）　　　→　　　（動作指向的對方）

如果不可能是雙方同時採取動作的情況，就只能用「に」，不可用「と」。

車が電信柱にぶつかりました。〈車子撞上電線桿。〉
くるま　でんしんばしら

車が電信柱とぶつかりました。（×）
くるま　でんしんばしら

注意 8

純粹的相互動詞所表示的行為是必須雙方都採取行動才能成立的行為，因此表共事

者的「と」當然不能和「に」互換。

典子さんに結婚します。（×）
のりこ　　　けっこん

8.「名詞＋の＋ところ」：名詞化為處所詞

【例句】

㉘**あした僕のところに来てください。**〈明天請來我這兒。〉
ぼく　　　　　　き

㉙**辞書は電話のところにあります。**〈字典在電話那邊。〉
じしょ　でんわ

「教室」「会社」之類的名詞，本身含有空間的概念，因此可以直接當處所詞用。
きょうしつ　かいしゃ

但像「先生」「電話」「僕」之類的名詞，本身不含空間的概念，無法直接當處所詞
せんせい　でんわ　ぼく

用，如果要用於處所詞才能出現的位置，就必須採取「名詞＋の＋ところ」的形式，先

將其處所詞化。除了「ところ」之外，像「前／後／上／下／右／左」之類的方位詞，

也有讓名詞成為處所詞的作用。例如：

子供が草の上で遊びます。〈小孩在草地上玩。——「草の上」表處所。〉
こども　くさ　うえ　あそ　　　　　　　　　　　　　　　　　　　くさ　うえ

子供が草で遊びます。〈小孩拿草玩。——草是玩的東西。〉
こども　くさ　あそ

9.不同形式的連體修飾語

【例句】

㉚私たちは日本の歌を歌います。〈我們唱日本的歌曲。〉

㉛白いつつじが咲きました。〈白色的杜鵑花開了。〉

㉜彼女はきれいな帽子を買いました。〈她買了一頂漂亮的帽子。〉

㉝その小説はもう読みました。〈那本小説已經看過了。〉

㉞これは先生に差し上げる記念品です。〈這是要送給老師的記念品。〉

　　句子成分和詞類是不同層次的概念，必須嚴加區分。詞類是根據詞語的基本性質所做的分類。句子成分則是根據詞語在句中的語法功能所做的分類。不同的詞類用到句中可能扮演同樣的角色，成為同一種句子成分。相反地，同一詞類的詞語用到句中可能扮演不同的角色，成為不同的句子成分。

　　句子成分是直接構成句子的基本單位，就日語而言，主要有主語、述語、連用修飾語、連體修飾語、目的語（即賓語、受詞）、補語（通常採「名詞＋格助詞」的形式，出現在用言前面，用來補足句子的意思。目的語也是補語的一種。）等幾種。請看下面的例句：

生徒が	学校の	運動場で	元気に	校歌を	歌いました。
（主語）	（連體修飾語）	（補語）	（連用修飾語）	（目的語）	（述語）

〈學生在學校的運動場精神抖擻地唱校歌。〉

　　到目前為止出現過的連體修飾語，如果從詞類的觀點加以分類的話，共有下面幾種形式：

(1) **體言＋の**　　　日本の（歌）　　　（例句㉚）

(2) **形容詞連體形**　白い（つつじ）　　（例句㉛）

(3) **形容動詞連體形**きれいな（帽子）　（例句㉜）

(4) **連體詞**　　　　その（小説）　　　（例句㉝）

(5) **動詞連體形**　　差し上げる（記念品）（例句㉞）

重點筆記

第11課

推量、對比、疑問

《基本句型》

1 たぶん雨が降るでしょう。〈大概會下雨吧。〉

2 雨が降るか、降らないか分かりません。〈不知道會下雨或不會下雨。〉

3 雨が降るかどうか分かりません。〈不知道是否會下雨。〉

4 昨日銀座でパーティーがありました。〈昨天在銀座有酒會。〉

5 今日は行きませんが、あしたは行きます。〈今天不去，但明天去。〉

6 午後どこかへ行きますか。〈下午要去哪兒嗎？〉

7 いいえ、どこへも行きません。〈不，哪兒都不去。〉

1. 用言及斷定詞的活用形：常體現在否定形

先複習一下用言及斷定詞的敬體現在否定形。

		五　段	書きません	読みません
動　詞		一　段	起きません	食べません
		不規則	しません	来ません
形　容　詞			高くないです	新しくないです
形　容　動　詞			綺麗ではありません	静かではありません
斷　定　詞			（学生）ではありません	

（1）動詞常體現在否定形

構詞方式：未然形＋ない（否定助動詞）

	基本形　→	未然形　＋	ない	→　常體現在否定形
五　段	書く 読む 歌う	書か 読ま 歌わ	ない ない ない	書かない 読まない 歌わない
一　段	起きる 食べる	起き 食べ	ない ない	起きない 食べない
不規則	する 来る	し こ	ない ない	しない 来ない

（2）形容詞常體現在否定形

構詞方式：將敬體現在否定形「～くないです」的「です」刪除

敬體現在否定形　　→	常體現在否定形
高くないです	高くない
新しくないです	新しくない

（3）形容動詞常體現在否定形

構詞方式：將敬體現在否定形「～ではありません」改為「～ではない」

敬體現在否定形	→	常體現在否定形
綺麗ではありません き れい		綺麗ではない き れい
静かではありません しず		静かではない しず

（4）**斷定詞常體現在否定形**

構詞方式：和形容動詞相同

敬體現在否定形	→	常體現在否定形
（学生）ではありません がくせい		（学生）ではない がくせい

2.敬體推量形：～でしょう

【例句】

❶明日たぶん晴れるでしょう。〈明天大概會放晴吧。〉
　あした　　　は

❷松本さんはインドネシアへ行かないでしょう。〈松本先生不會去印尼吧。〉
　まつもと　　　　　　　　　　い

❸ダイヤの指輪はとても高いでしょう。〈鑽石戒指非常貴吧。〉
　　　　ゆびわ　　　　　たか

❹その小説はたぶん面白くないでしょう。〈那本小說大概不好看吧。〉
　　しょうせつ　　　おもしろ

❺日曜日の銀座は賑やかでしょう。〈禮拜天的銀座很熱鬧吧。〉
　にちようび　ぎんざ　にぎ

❻夜は静かではないでしょう。〈晚上不安靜吧。〉
　よる　しず

❼このデジタルカメラは五万円ぐらいでしょう。〈這數位相機五萬元左右吧。〉
　　　　　　　　　　ご まんえん

❽五木さんは金持ちではないでしょう。〈五木小姐不是有錢人吧。〉
　いつき　　　かねも

推量形用來表示說話者針對某種情況所做的推測，也有常體和敬體之分。這裡先介

紹敬體推量形。

	敬體肯定推量形	敬體否定推量形
斷 定 詞	（学生）　でしょう がくせい	（学生）ではない　でしょう がくせい
形 容 動 詞	賑やか　でしょう にぎ	賑やか　ではない　でしょう にぎ

動　詞	書く_か	でしょう	書か_か	ない	でしょう
	食べる_た	でしょう	食べ_た	ない	でしょう
	する	でしょう	し	ない	でしょう
	来る_く	でしょう	来_こ	ない	でしょう
形　容　詞	高い_{たか}	でしょう	高く_{たか}	ない	でしょう

由上面的例詞可以發現推量形的構詞方式是：

（1）動詞和形容詞的肯定推量形是「基本形＋でしょう」（例句①③），否定推量形是在常體否定形「～ない」之後加上「でしょう」（例②④）。

（2）斷定詞和形容動詞的肯定推量形是將肯定形「～です」改爲「～でしょう」（例句⑤⑦），否定推量形是在常體否定形「～ではない」之後加上「でしょう」（例句⑥⑧）。

例句①、③中出現的「たぶん」〈大概〉是副詞。日語的副詞當中有一類稱爲「陳述副詞」。這一類副詞的特徵是：句尾述語必須採特定形式與之呼應。「たぶん」即爲「陳述副詞」，句尾述語必須是推量形。

3.～か～ないか／～か～どうか：表事情無法確定的句型

【例句】

❾花が咲くか咲かないか、分かりません。〈不知道會開花或不會開花。〉
_{はな} _さ _さ _わ

❿花が咲くかどうか、分かりません。〈我不知道是否會開花。〉
_{はな} _さ _わ

⓫この映画は面白いか面白くないか分かりません。〈不知道這部電影是好看或不好
_{えいが} _{おもしろ} _{おもしろ} _わ
看。〉

⓬この映画は面白いかどうか分かりません。〈不知道這部電影是否好看。〉
_{えいが} _{おもしろ} _わ

⓭その書類は大切か大切ではないか分かりません。〈不知道那文件是重要或不重
_{しょるい} _{たいせつ} _{たいせつ} _わ
要。〉

⓮その書類は大切かどうか分かりません。〈不知道那文件是否重要。〉
_{しょるい} _{たいせつ} _わ

說話者要表示自己對某事無法確知或做出判斷時，可使用下面兩種句型來表達。

⑴ [XかXないか　分かりません／知りません。] 〈不清楚是X或非X。〉

「X」的部分可以是ⓐ動詞／形容詞常體肯定形、ⓑ形容動詞詞幹、ⓒ名詞。「Xない」的部分必須是「和X同一詞語的常體否定形」（例句⑨⑪⑬）。

⑵ [Xかどうか　分かりません／知りません。] 〈不清楚是否X。〉

「X」的部分和上一個句型一樣，可以是ⓐ動詞／形容詞常體肯定形、ⓑ形容動詞詞幹、ⓒ名詞。

4.「ある」的特殊用法：表動態事件

【例句】

⓯きょう学校で日本語の試験があります。　〈今天學校有日語測驗。〉
　　　がっこう　にほんご　しけん

⓰あした立法院の前でデモがあります。　〈明天立法院前面有示威活動。〉
　　　りっぽういん　まえ

⓱きのう駅前で交通事故がありました。　〈昨天車站前面發生一起車禍。〉
　　　えきまえ　こうつうじこ

句型：[（場所詞）で　＋（動態事件）が　あります。]

「ある」通常用來表靜態事物存在於某處，存在場所用「に」表示。但「ある」還可以用來表動態事件的發生，這時就必須用「で」表示該動態事件發生的場所。「が」前面的名詞必須是表動態事件的名詞，例如「火事」〈失火〉、「試験」〈考試〉、
　　　　　　　　　　　　　　　　　　　　　　かじ　　　　　　しけん
「試合」〈比賽〉之類。
しあい

映画館に火事がありました。　（×）
えいがかん　かじ

映画館で火事がありました。　（○）〈電影院發生火災。〉
えいがかん　かじ

5.表逆接的接續助詞：が

【例句】

⑱私は夏目漱石の小説を読みましたが、よく分かりませんでした。〈我讀了夏目漱石的小説，可是不太懂。〉

⑲この洋服は高いですが、とても素敵です。〈這洋裝很貴，但很漂亮。〉

⑳バラの花は綺麗ですが、ちょっと高いです。〈玫瑰花很漂亮，可是有點貴。〉

㉑お茶はありますが、コーヒーはありません。〈有茶，不過沒有咖啡。〉

㉒この家は新しいですが、その家は古いです。〈這房子很新，但那房子很舊。〉

㉓ここは安全ですが、そこは危ないです。〈這裡很安全，可是那裡很危險。〉

句型：〔（附屬子句）＋ が ＋（主要子句）〕

接續助詞和「しかし」〈但是〉或「それから」〈然後〉之類的接續詞一樣，具有連接句子的功能，但二者性質及用法略有不同。接續助詞是助詞的一種，不能獨立使用，必須接在動詞、形容詞、形容動詞或斷定詞的後面，用來連接兩個子句。接續詞則能獨立使用，通常出現在句首，用來連接兩個句子。

接續助詞「が」，意思相當於中文的〈可是；不過〉，主要有下面兩個用法：

（1）連接同一個主題的兩個相反情況，採〔AはXがY〕的句型（例句⑱⑲⑳）。

（2）連接兩個主題的相反情況，採〔AはXがBはY〕的句型。這是對比的句型，前後兩個對比的事物必須用「は」表示，不能用格助詞「が」。因為「は」才有表示對比的功能（例句㉑㉒㉓）。（請看下面6的說明）

6.「は」的兩個用法：〈提示主題〉和〈對比〉

【例句】

㉔犬は人類の友達です。〈狗是人類的朋友。〉
　いぬ　じんるい　ともだち

㉕雪は白いです。〈雪是白色的。〉
　ゆき　しろ

㉖右は山で、左は海です。〈右邊是山，左邊是海。〉
　みぎ　やま　ひだり　うみ

㉗これは液晶テレビで、それはプラズマテレビです。〈這是液晶電視，那是電漿電
　　えきしょう
視。〉

　　「は」的基本特性是把一個句子分爲「主題」和「說明」兩大部分。「は」之前的部分就是「主題」，「は」之後的部分就是「說明」。先用「は」把談話主題提示出來，然後就這個主題加以說明。這種把句子一分爲二的特性是格助詞「が」所沒有的，也是「は」和「が」在語法功能上最大的區別。

　　「は」主要有下面兩個用法：

　　（1）提示談話的主題。（例句㉔㉕）

　　（2）提示對比的主題。採取〔AはX、BはY〕的句型（例句㉖㉗）。

7.句子成分的主題化

　　句子成分通常可經由主題化的過程提升爲句中的談話主題或對比主題。主題化的過程包含兩個要件：

　　（1）把要主題化的句子成分移到句首。

　　（2）被移到句首的句子成分原有的助詞是「が」、「を」時，以「は」取代；是「へ」、「に」時，可在其後接上「は」或以「は」取代；如爲其他助詞時，則只能在其後加「は」，不能以「は」取代。提示同類事物的「も」和「は」一樣能取代「が」、「を」，但不必將句子成分移到句首。以下一併舉例以便比較。

　　友子がお茶を飲みました。〈友子喝茶了。（單純敘述）〉
　　ともこ　ちゃ　の

　　→友子はお茶を飲みました。〈友子啊，喝茶了。（將「友子が」主題化）〉
　　　ともこ　ちゃ　の　　　　　　　　　　　　　　　　　　　　ともこ

→友子もお茶を飲みました。〈友子也喝茶了。〉

友子が本を買いました。〈友子買書了。（單純敘述）〉

→本は友子が買いました。〈書啊，友子買了。（將「本を」主題化）〉

→友子は本も買いました。〈友子也買書了。〉

友達と銀座へ行きました。〈跟朋友去銀座。（單純敘述）〉

→銀座へは友達と行きました。〈銀座是跟朋友去。（將「銀座へ」主題化）〉

→友達とは銀座へ行きました。〈跟朋友是去銀座。（將「友達と」主題化）〉

8.否定疑問句

【例句】

㉘神戸へ行きませんか。〈你不去神戸嗎？〉

㉙はい、神戸へは行きません。／いいえ、行きます。〈是的，不去神戸。／不，要去。〉

㉚大阪へも行きませんか。〈也不去大阪嗎？〉

㉛はい、行きません。／いいえ、大阪へは行きます。〈是的，不去。／不，要去大阪。〉

疑問句可根據述語的形式分為肯定問句和否定問句兩種。句尾述語為肯定形的問句是肯定問句，句尾述語為否定形式的問句就是否定問句（例句㉘㉚）。否定問句的回答方式如下：

肯定的回答：採〔はい、否定句。〕的形式，而且要加上助詞「は」（例句㉙）。

否定的回答：採〔いいえ、肯定句。〕的形式（例句㉙）。

否定問句含有助詞「も」時，回答方式如下：

肯定的回答：採〔はい、否定句。〕的形式。（例句㉛）

否定的回答：採〔いいえ、肯定句。〕的形式，而且助詞「も」要改成「は」

（例句㉛）。

9. 疑問詞＋も＋否定形：表全面否定

【例句】

㉜誰かにこの手紙を見せましたか。〈你給誰看了這封信了嗎？〉

㉝いいえ、誰にも見せませんでした。〈沒有，我沒給任何人看。〉

㉞この日曜日、どこかへ行きますか。〈這個禮拜天，你要去什麼地方嗎？〉

㉟いいえ、どこへも行きません。〈不，哪兒都不去。〉

㊱どこかに間違いがありますか。〈哪裡有錯嗎？〉

㊲いいえ、どこにもありません。〈沒有，哪兒都沒錯。〉

㊳どこからか荷物が届きましたか。〈有從哪裡送來行李嗎？〉

㊴いいえ、どこからも届きませんでした。〈沒有，哪兒都沒送行李來。〉

㊵誰かと喧嘩しましたか。〈有跟誰吵架嗎？〉

㊶いいえ、誰とも喧嘩しませんでした。〈沒有，沒跟任何人吵架。〉

帶有不定詞（＝疑問詞＋か）的疑問句，重點在問動作的有無或存在的有無（例句㉜
㉞㊱㊳㊵）。肯定的回答是〔はい、肯定句。〕，否定的回答是〔いいえ、否定句。〕。

問 どこかへ出かけますか。〈有要出去哪兒嗎？〉

答 はい、出かけます。〈是的，要出去。〉

　　いいえ、出かけません。〈沒有，不出去。〉

如果要加強語氣表全面否定時，可以採〔いいえ、疑問詞＋も＋否定形〕的句型。
要注意「も」前面的助詞原則上不可刪除（例句㉝㉟㊲㊴㊶）。

重點筆記

第12課

動詞中止形及音便、請求、移動目的的表達方式、雙主句

《基本句型》

1 ちょっと待ってください。〈請等一下。〉

2 ドアを閉めないでください。〈請不要關門。〉

3 小林は東京大学で日本文化の勉強をします。〈小林要在東京大學唸日本文化。〉

4 公園へ散歩に行きましょう。〈我們去公園散步吧。〉

5 危ないですから、右と左をよく見てください。〈很危險，所以請好好看左右邊。〉

6 もう十二時です。だから、早く帰りましょう。〈已經十二點了。所以我們趕快回家吧。〉

7 私は日本語の手紙の書き方を習いました。〈我學了日文書信的寫法。〉

8 象は鼻が長いです。〈大象鼻子很長。〉

1.動詞的中止形（て形）及音便

（1）肯定中止形

動詞肯定中止形的構詞方式是「連用形（第二變化）＋て」。五段動詞的肯定中止形，因爲會發生「音便」的現象，較爲複雜，我們先來看看一段動詞及不規則動詞的肯定中止形。

	連用形 ＋ て →			肯定中止形
一 段	起 お き	て		起 お きて
	寝 ね	て		寝 ね て
不規則	し	て		して
	来 き	て		来 き て

五段動詞的中止形如果也是完全依據上述構詞規則的話，應該也很單純才對，但事實不然。因爲除了さ行五段動詞（例如「出
だ す」）以外，其他各行五段動詞的中止形都有「音便」的現象。請看：

	基本形	連用形 ＋	て	→	肯定中止形
無音便	出 だ す	出 だ し	て（出 だ して）		出 だ して
イ音便	書 か く	書 か き	て（書 か きて）		書 か いて
	泳 およ ぐ	泳 およ ぎ	て（泳 およ ぎて）		泳 およ いで
	＊例外				
	行 い く	行 い き	て（行 い きて）		行 い って
促音便	打 う つ	打 う ち	て（打 う ちて）		打 う って
	言 い う	言 い い	て（言 い いて）		言 い って
	作 つく る	作 つく り	て（作 つく りて）		作 つく って
鼻音便	死 し ぬ	死 し に	て（死 し にて）		死 し んで
	飛 と ぶ	飛 と び	て（飛 と びて）		飛 と んで
	読 よ む	読 よ み	て（読 よ みて）		読 よ んで

觀察上面的實例，五段動詞的音便規律可歸納如下：

⒜**イ音便**

　　カ行和ガ行五段動詞的連用形下接助詞「て」、「ても」、「たり」、「たって」或助動詞「た」時，詞尾「き」、「ぎ」要變成「い」。而且詞尾為「ぎ」時，後面的音節必須由清音改為濁音。唯有「行<ruby>く<rt>い</rt></ruby>」一詞例外，肯定終止形不是「行<ruby>い<rt>い</rt></ruby>いて」而是「行<ruby>っ<rt>い</rt></ruby>って」。

⒝**促音便**

　　タ行、ア・ワ行、ラ行五段動詞的連用形下接助詞「て」、「ても」、「たり」、「たって」或助動詞「た」時，詞尾「ち」、「い」、「り」要變成促音「っ」。

⒞**鼻音便**

　　ナ行、バ行、マ行五段動詞的連用形下接助詞「て」、「ても」、「たり」、「たって」或助動詞「た」時，詞尾「に」、「び」、「み」要變成鼻音「ん」，而且後面的音節必須由清音改為濁音。

（2）否定中止形

　　否定中止形的構詞方式比較單純，一律為「常體現在否定形＋で」。

	常體現在否定形　＋　で　→　否定中止形		
五　段	書<ruby>か<rt>か</rt></ruby>かない	で	書<ruby>か<rt>か</rt></ruby>かないで
	読<ruby>よ<rt>よ</rt></ruby>まない	で	読<ruby>よ<rt>よ</rt></ruby>まないで
一　段	起<ruby>お<rt>お</rt></ruby>きない	で	起<ruby>お<rt>お</rt></ruby>きないで
	寝<ruby>ね<rt>ね</rt></ruby>ない	で	寝<ruby>ね<rt>ね</rt></ruby>ないで
不規則	しない	で	しないで
	来<ruby>こ<rt>こ</rt></ruby>ない	で	来<ruby>こ<rt>こ</rt></ruby>ないで

　　中止形除了可用於句中表句子暫時停頓外，還可以後面接補助動詞，表達各種意思。

2.請求的表達方式：～てください／～ないでください

【例句】

❶お名前と住所を書いてください。〈請寫下您的大名和住址。〉

❷すみませんが、ボールペンを貸してください。〈抱歉，請借我原子筆。〉

❸どうぞお茶を飲んでください。〈您請喝茶。〉

❹約束を忘れないで下さい。〈請別忘了約定。〉

❺テレビを見ないで下さい。〈請不要看電視。〉

（1）肯定的請求： [肯定中止形＋ください]

　　請求對方給自己某物時，可以用「～をください」的句型。這是「ください」當主要動詞的用法。「ください」也可以接在動詞中止形（て形）的後面當補助動詞，以「～てください」的句型來請求對方採取某一行動（例句①）。

　　如果在句首加上「すみませんが」〈對不起〉，就表示是爲了說話者本身的需要而請求對方採取該行動（例句②）。如果是在句首加上「どうぞ」就表示是替對方著想而請求對方採取該行動（例句③）。

注意8

「すみませんが」的「が」是接續助詞，這裡只是單純連接上下文（「が」前面的部分是開場白，後面的部分才是正題）使語氣顯得柔和委婉，沒有逆接的作用，不能譯成〈可是；不過〉。日本人說話在進入正題之前，很喜歡先來一句開場白並以「が」連接。

（2）否定的請求： [否定中止形＋ください]

用來請求請求對方不要採取某一行動（例句④⑤）。

3.漢語動作名詞的用法

【例句】

❻小池さんは大学でアニメを研究します。〈小池同學要在大學研究卡通。〉
　こいけ　　　　だいがく　　　　　　　　けんきゅう

❼小池さんは大学でアニメの研究をします。〈小池同學要在大學研究卡通。〉
　こいけ　　　　だいがく　　　　　　　　けんきゅう

❽水谷さんは博物館で焼き物を調査しました。〈水谷在博物館調查過陶瓷器。〉
　みずたに　　　　はくぶつかん　や　もの　ちょうさ

❾水谷さんは博物館で焼き物の調査をしました。〈水谷在博物館調查過陶瓷器。〉
　みずたに　　　　はくぶつかん　や　もの　ちょうさ

　　漢語動作名詞所表示的動作如具有及物性，用於句中時可採取下面兩種句型，意思一樣。

⑴ [（對象）を（漢語動作名詞）する]

日本語を勉強する。〈學日語。〉
にほんご　べんきょう

　　在這個句型中，漢語動作名詞和動詞「する」結合成複合動詞。動作對象「日本語」以「を」標示。（例句❻❽）。
　ご

⑵ [（對象）の（漢語動作名詞）をする]

日本語の勉強をする。〈學日語。——字面意思是做日語的學習〉
にほんご　べんきょう

　　在這個句型中，漢語動作名詞當名詞用，是動詞「する」的賓語，動作對象「日本語」以「の」標示（例句❼❾）。
　ご

4.表移動的目的：に

【例句】

⑩ 小谷さんは空港へ友人を迎えに行きます。〈小谷去機場接朋友。〉

⑪ 橋本さんは上野駅まで彼女を見送りに来ました。〈橋本到上野車站來幫女友送行。〉

⑫ 林さんは両親に会いに国へ帰ります。〈林小姐要回家鄉見父母。〉

⑬ 水野さんは来週名古屋へ博覧会を見学しに行きます。〈水野先生下週要去名古屋參觀博覽會。〉

⑭ 水野さんは来週名古屋へ博覧会の見学に行きます。〈水野先生下週要去名古屋參觀博覽會。〉

要表示某人為了特定目的而移動所在的位置時，通常採取下面的句型（例句⑩⑪⑫）：

句型：[動詞連用形 ＋ に ＋移動動詞]

映画を見に行きます。〈去看電影。〉

魚を釣りに来ました。〈來釣魚。〉

移動動詞是用來表示某人由某一位置移動到其他位置的動詞，例如「来る」「行く」「帰る」等等。位於「に」前面的動詞兼具動詞和名詞的雙重特徵，功能上類似英語的動名詞。

移動的目的如果是以漢語動作名詞或漢語複合動詞表示，則採取下面的句型（例句⑬⑭）：

句型：[（對象）を 漢語複合動詞し ＋ に ＋ 移動動詞]
　　　[（對象）の 漢語動作名詞 ＋ に ＋ 移動動詞]

日本語を勉強しに来ました。〈來學日語。〉

日本語の勉強に来ました。〈來學日語。〉

如果本來就沒有動作對象或原本有動作對象但在句中不表示出來的話，通常採取

〔漢語動作名詞＋に＋移動動詞〕的句型。

公園へ散歩に行く。〈去公園散步。〉
こうえん　　さんぽ　　い

5.表原因或理由的接續助詞：から

> 【例句】
>
> ⓯**よく分かりませんから、先生に聞きましょう。**〈我不大清楚，所以問一下老師
> 　　　わ　　　　　　　　　せんせい　き
> 吧。〉
>
> ⓰**とても汚いですから、掃除してください。**〈非常髒，所以請打掃一下。〉
> 　　　きたな　　　　　　　そうじ
>
> ⓱**今日は日曜日ですから、銀行は休みですよ。**〈今天是星期天，所以銀行沒開啊。〉
> 　きょう　にちようび　　　　　ぎんこう　やす
>
> ⓲**このことは重要ですから、忘れないで下さい。**〈因為這一點很重要，所以別忘
> 　　　　　じゅうよう　　　　わす　　　　　くだ
> 記。〉

> 句型：〔（附屬子句）＋　から　＋（主要子句）〕

「から」是表原因或理由的接續助詞，相當於華語的〈因為～所以～〉。在用法上
有如下特徵：

（1）對兩個事項之間的因果關係做主觀的認定，因此所認定的因果關係並非必然
　　　的。也就是說，兩個事項在邏輯上未必有因果關係，但說話者根據自己的主觀
　　　判斷，認定二者之間有因果關係。

（2）後面的子句（主要子句）通常是表命令、請求、希望、禁止、決意、推量、疑
　　　問的子句。

　　　暑いですから、窓を開けてください。〈很熱，所以請把窗戶打開。〉
　　　あつ　　　　　まど　あ

　　　遅くなりましたから、タクシーで帰りましょう。〈已經晚了，所以我們搭計
　　　おそ　　　　　　　　　　　　　　かえ
　　　程車回去吧。〉

注意8

句尾述語如果是敬體，「から」前面的詞語可以採敬體或常體的形式，但用敬體會
比常體來得鄭重。句尾述語如果是常體，「から」前面的詞語則只能用常體，不能

用敬體。

句中常體＋句尾敬體　　（一般的敬體句）

句中敬體＋句尾敬體　　（較鄭重的敬體句）

句中常體＋句尾常體　　（常體句）

句中敬體＋句尾常體　　（不合語法的句子）

因此，下面的句子是不合語法的句子，不可使用。

　　もう遅いですから、帰る。（×）

6.表原因或理由的接續詞：だから

【例句】

⑲時間がありません。だから、急いでください。〈沒時間了，所以請快一點。〉

⑳この部屋には赤ちゃんがいます。だから、たばこを吸わないで下さい。〈這房間有嬰兒，所以請不要吸煙。〉

㉑踏み切りで事故がありました。だから、遅刻しました。〈平交道發生車禍，所以遲到了。〉

㉒この家は新しいです。だから、家賃も高いです。〈這房子很新，所以房租也很貴。〉

句型：〔（句子）＋　だから　＋（句子）〕

接續詞「だから」和接續助詞「から」所表示的意思大致相同，但出現的位置有別。「だから」出現在兩個句子之間，「から」則出現在兩個子句之間。

子供がいます。だから、たばこを吸わないで下さい。〈有孩子所以請不要吸煙。〉

子供がいますから、たばこを吸わないで下さい。〈有孩子所以請不要吸煙。〉

「ですから」是「だから」的敬體，語氣比「だから」鄭重。

時間がありません。ですから、急いでください。〈沒時間了，所以請快一點。〉

7.〜方：表動作方法

【例句】

㉓あなたはこの漢字の読み方を知っていますか。〈你知道這漢字的讀法嗎?〉

㉔日本語の作文の書き方を習いました。〈學了日文作文的寫法。〉

㉕蟹の食べ方を教えてください。〈請教我螃蟹的吃法。〉

　　動詞連用形後面接「方」，即可構成表動作方法的名詞。例如：

書き方〈寫法〉　　飲み方〈喝法〉　　言い方〈說法〉

見方〈看法〉　　仕方〈做法〉　　コーヒーの入れ方〈咖啡的沖泡法〉

他動詞改爲「〜方」後，原有的動作對象必須改用「の」來標示。

手紙を書く。〈寫信。〉

→　手紙の書き方〈書信的寫法〉

ウイスキーを飲む。〈喝威士忌。〉

→　ウイスキーの飲み方〈威士忌的喝法〉

8.雙主句：主題＋主語＋述語

【例句】

㉖あの子供は頭がいいです。〈那孩子頭腦很好。〉

㉗東京は人口が多いです。〈東京人口很多。〉

㉘彼女は目がとても綺麗です。〈她眼睛非常漂亮。〉

　　日語最基本的句型之一是〔AはBです〕（主題部分＋說明部分）。所謂雙主句就是說明部分（即B的部分）又包含「主述句」（主語＋述語）在內，形成〔Aは（BがC）です〕結構的句子。其中A是主題，B是主語，C是述語。B＋C則是針對主題加以說明的部分。下面的圖示可以幫助各位的了解。

（主題）　　　　　　　　　　　　（說明）
| 主題は | ＋ | 主語が ＋ 述語 |

　　這種句型的主題和主語之間通常具有包含和被包含、擁有和隸屬、整體和部分之類的關係。請觀察下面的例句：

　　この町は店が少ないです。〈這城鎮店家很少。——店家位於鎮內。〉
　　　まち　みせ　すく

　　うちの大学は若い先生が多いです。〈我們大學年輕老師很多。——老師隸屬於大
　　　　だいがく　わか　せんせい　おお
學。〉

　　あの森林公園は松の木がたくさんあります。〈那森林公園有很多松樹。——松樹
　　　しんりんこうえん　まつ　き
為公園所有。〉

第13課

移動位置的表達方式和動詞的「貌」

《基本句型》

1. 梅田さんは台北駅で電車に乗ります。〈梅田先生在台北車站搭電車。〉
   うめだ　　　たいぺいえき　でんしゃ　の

2. 北村さんは淡水でバスを降りました。〈北村小姐在淡水下了公車。〉
   きたむら　　　たんすい　　　　お

3. 円山駅で電車からバスに乗り換えました。〈在圓山車站由電車改搭巴士。〉
   まるやまえき　でんしゃ　　　　　の　か

4. 光子さんは茶の間で大河ドラマ「義経」を見ています。〈光子正在起居間看
   みつこ　　　ちゃ　ま　たいが　　　　　よしつね　　み

   長篇連續劇「源義經」。〉

5. 波多野さんは六時に起きて、九時に会社へ出ます。〈波多野先生六點起床，
   はたの　　　　ろくじ　お　　　　くじ　かいしゃ　で

   九點去公司上班。〉

6. 天気予報を見てから出掛けましょう。〈看完天氣預報之後才出門吧。〉
   てんきよほう　み　　　でか

7. 寝る前に久野さんに電話してください。〈請在睡覺之前打電話給久野先
   ね　まえ　くの　　　でんわ

   生。〉

8. 犯人は拳銃を持って西の方へ逃げました。〈犯人帶著手槍往西方逃走。〉
   はんにん　けんじゅう　も　　にし　ほう　に

9. この川の深さはどのくらいでしょう。〈這條河深度大約多少啊？〉
   かわ　ふか

10. 公園まで一緒に散歩しましょうか。〈要不要一起散步走到公園？〉
    こうえん　　いっしょ　さんぽ

1. に：表移動後所在的位置（目標）

【例句】

❶中山北路で220番のバスに乗って下さい。〈請在中山北路搭220公車。〉

❷飛行機は午後三時成田空港に到着するでしょう。〈飛機大概會在下午三點抵達成田機場吧。〉

❸今夜は帝国ホテルに泊りましょう。〈今晚住帝國飯店吧。〉

❹10時ごろお風呂に入ります。〈十點左右洗澡。〉

❺母親が赤ちゃんをお風呂に入れました。〈母親幫嬰兒洗澡。〉

❻弟はクラスメートを家に泊めます。〈弟弟要讓同班同學住家裡。〉

句型：〔（動作主體）が／は（目標）に（移動位置的自動詞）〕

「に」可以用來表示動作主體在移動位置後所到達的位置（目標）。「に」之後的動詞是表示動作主體移動位置的自動詞（例句①②③④）。

リニアモーターカーに乗る。〈搭乘磁浮列車。〉

会場に入る。〈進入會場。〉

旅館に泊る。〈住日式旅館。〉

「に」也可以用來表示動作主體將對象加以移動後，該對象所到達的位置（目標）。「に」之後的動詞是表示動作主體將對象所在位置加以移動的他動詞（例句⑤⑥）。這時的句型如下：

句型：〔（動作主體）が／は（對象）を（目標）に（移動位置的他動詞）〕

子供をぶらんこに乗せました。〈讓孩子坐在鞦韆上。〉

観客を会場に入れました。〈讓觀眾進入會場。〉

2. を：表離開或出發的場所

【例句】

❼小沢さんは毎朝八時ごろに家を出ます。〈小澤每天早上八點左右出門。〉
　おざわ　　　まいあさはちじ　　　　いえ　で

❽父は大抵渋谷駅で電車を降りる。〈父親通常在澀谷站下電車。〉
　ちち　たいていしぶやえき　でんしゃ　お

❾息子は今年の七月大学を卒業しました。〈兒子今年七月大學畢業。〉
　むすこ　ことし　しちがつだいがく　そつぎょう

> 句型：〔（動作主體）が／は（處所）を（離去動詞）〕

常用的離去動詞包括：出る、離れる、降りる、出発する、卒業する等等（例句❼
　　　　　　　　　　　　で　はな　お　しゅっぱつ　そつぎょう
❽❾）。這類動詞雖然可以帶格助詞「を」，但都屬於自動詞。因此這個用法的「を」

並非標示對象，而是標示離開的地方。這樣的「を」常可和表示起點的「から」互換，

但二者語感略有不同。

(1) 用「を」時表達重點在動作本身，用「から」時表達重點在出發地點。

家を出ました。〈出門。——敘述離開家門這件事。〉
いえ　で

家から出ました。〈從家裡出去。——敘述從什麼地方出去。〉
いえ　で

(2) 用「を」時整個動詞片語可以表示抽象的行為，用「から」時則表具體的動作。

学校を出ました。〈離開學校。——畢業。〉
がっこう　で

学校から出ました。〈走出校門。〉
がっこう　で

3. 乗り換える：和語複合動詞

【例句】

❿息子は新宿でJRから地下鉄に乗り換えます。〈我兒子在新宿由JR換搭地鐵。〉
　むすこ　しんじゅく　　　　ちかてつ　の　か

⓫今日は銀座でバスに乗り換えました。〈今天在銀座換搭巴士。〉
　きょう　ぎんざ　　　　　　の　か

動詞		+	動詞	→	複合動詞
（基本形	→ 連用形）				
乗る の	乗り の		換える か		乗り換える〈換車〉 の　かえ

見る	見	送る	見送る〈送行〉
み	み	おく	みおく

「乗り換える」這個動詞牽涉到原來搭乘的交通工具和換乘之後的交通工具，原來
の　か
搭乘的交通工具用「から」標示，換乘之後的交通工具用「に」標示（例句⑩）。句型如
下：

> **句型：[（動作主體）が／は（處所）で**
> **（交通工具1）から（交通工具2）に　乘り換える]**

在實際會話中，原來搭乘的交通工具常省略不說，只會提到換乘之後的交通工具
（例句⑪）。

4.動詞的「貌」

動詞所表示的動作，如果仔細加以分析觀察，通常可分爲若干過程，包括動作的
開始、動作的持續、動作的結束、動作的結果、動作的反覆等等。例如〈讀〉這個動
作，可以有〈將要讀〉、〈開始讀〉、〈正在讀〉、〈讀完〉等許多不同的過程。像這
樣從過程的觀點，用不同的語言形式來表達不同動作過程的各種狀況，就是所謂動詞的
「貌」（aspect）。

日語動詞的「貌」，最常見的形式是「動詞て形＋補助動詞」。補助動詞指詞義上
已經脫離原意，而且形式上附屬於其他語詞之後，失去獨立性，只具有補助性用法的動
詞而言。常見的補助動詞有：ある、いる、みる、いく、くる、おく、しまう、やる、
くれる、もらう等等。補助動詞通常寫假名，不寫漢字。

日語的「貌」主要有下面幾種，相關用法以後會分別介紹。

（1）持續貌：～ている（表動作持續進行）

（2）結果貌：～てある（表動作結果的殘存）

（3）完成貌：～てしまう（表動作的完成）

（4）備置貌：～ておく（表預備的動作或放置）

（5）接近貌：～てくる（表逐漸靠近的動作）

（6）遠離貌：～ていく（表逐漸遠離的動作）

（7）試行貌：～てみる（表嘗試性的動作）

5.持續貌的用法

> 【例句】
>
> ⑫**今朝**から**雪**が**降**っている。〈今天早上起一直下雪。〉
> けさ　ゆき　ふ
>
> ⑬**燕**が**二羽飛**んでいます。〈有兩隻燕子在飛。〉
> つばめ　にわと
>
> ⑭**神戸大学**で**ドイツ語**を**勉強**していました。〈（以前）在神戸大學唸德語。〉
> こう べ だいがく　　　　　　ご　べんきょう
>
> ⑮**福岡**に**住**んでいました。〈（以前）住在福岡。〉
> ふくおか　す

　　持續貌的形式是「～ている」（過去形「ていた」），主要用來（1）表示動作或狀態的持續。「～ている」表示該動作現在持續進行或該狀態現在持續存在（例句⑫⑬），「ていた」則表示該動作在過去某一段時間內持續進行，或該狀態在過去某一段時間內持續存在（例句⑭⑮）。

　　持續貌還有下面三個用法，這裡順便介紹一下。

（2）**表動作結果的存續**

　　めがねを**掛**けています。〈戴著眼鏡。——戴上眼鏡後，結果眼鏡戴在臉上。〉
　　か

　　スーツを**着**ています。〈穿著西裝。——穿上西裝後，結果西裝穿在身上。〉
　　き

（3）**表反覆的動作（通常句中會出現含有反覆意思的詞語）**

　　毎日公園で**ジョギング**をしています。〈每天在公園慢跑。——天天重複同樣的運動。〉
　　まいにちこうえん

（4）**表經驗（通常句中會出現表次數的詞語）**

　　富士山には**三回登**っています。〈富士山爬過三次。——到目前為止有三次經驗。〉
　　ふ じ さん　　さんかいのぼ

6. 動詞中止形（て形）的用法：表動作、現象相繼出現

【例句】

⓰会議は午前九時に始まって、午後五時に終わります。〈會議在上午九點開始，下午五點結束。〉

⓱母は毎朝六時に起きて、歯を磨いて、顔を洗って、シャワーを浴びます。〈母親每天早上六點起床，刷牙，洗臉，淋浴。〉

⓲家を出て、コンビニで新聞を買って、近くの喫茶店で朝食を食べました。〈出門後，在便利商店買報紙，然後在附近的咖啡館吃早餐。〉

⓳バスで駅まで行って、それから地下鉄で国際空港へ行きましょう。〈搭公車去到車站，然後搭地鐵到國際機場吧。〉

句型：[〜て、（〜て、〜て……）＋句尾動詞]

　　句中出現兩個以上的動詞表動作或現象相繼出現時，除了最後一個動詞以外，其餘的動詞原則上要用中止形（例句⓰⓱）。

小説を読んで、感想を書きます。〈看小說寫讀後感。〉

帽子を取って挨拶をしました。〈摘下帽子打招呼。〉

注意 8

　　「〜て」本身並無表示時態的作用，所以句中的動詞中止形究竟是表過去的動作或未來的動作，必須根據句尾述語的時態才能決定（例句⓲⓳）。請比較下面兩句：

映画を見て、コーヒーを飲んで帰ります。〈看電影，喝咖啡後才回家。——「帰ります」不是過去形，所以「見て」「飲んで」都是未來的動作。〉

映画を見て、コーヒーを飲んで帰りました。〈看電影，喝咖啡後才回家。——「帰りました」是過去形，所以「見て」「飲んで」都是過去的動作。〉

7. てから／～前に：表動作的先後順序

【例句】

⑳父はいつもワインを飲んでから寝ます。〈父親總是喝了葡萄酒之後才就寝。〉

㉑お風呂に入ってから浜崎あゆみの歌を聴きましょう。〈洗完澡之後我們來聽濱崎步的歌吧。〉

㉒父はいつも寝る前にワインを飲みます。〈父親總是在就寝之前喝葡萄酒。〉

㉓浜崎あゆみの歌を聴く前に、お風呂に入りましょう。〈聽濱崎步的歌之前，我們先洗澡吧。〉

㉔旅行の前に、ガイドブックを三冊読みました。〈去旅行之前看了三本導遊書。〉

㉕卒業の前に、家族で日本に旅行しましょう。〈畢業之前，我們一家人去日本旅行吧。〉

(1) ～てから〈～之後〉

要表示完成某事之後才做另一件事時，可以採「中止形＋から」（～てから）的形式（例句⑳㉑）。

ご飯を食べてからコーヒーを飲みましょう。〈吃完飯之後來喝咖啡吧。〉

新聞を読んでから大学へ行きます。〈看完報紙之後要去學校。〉

(2) ～前に〈～之前〉

要表示做某事之前先做某事時，可以採取「動詞連體形＋前に」（例句㉒㉓）或「名詞＋の前に」的形式（例句㉔㉕）。

ご飯を食べる前にビールを二本飲みました。〈吃飯前喝了兩瓶啤酒。〉

食事の前にケーキを食べました。〈吃飯前先吃了蛋糕。〉

注意8

「～前に」前面的動詞絕對不可以用過去形。

8.「持って＋移動動詞」

【例句】

㉖彼は旅行の時、いつもデジタルカメラを持って行きます。〈他旅行時總是帶數位相機去。〉

㉗図書館の本を自宅に持って帰りました。〈把圖書館的書帶回自己家。〉

㉘日高さんはゲームソフトをたくさん学校に持って来ました。〈日高帶了許多遊戲軟體來學校。〉

「持って＋移動動詞」表攜帶某物移動至某處。「持って」和「移動動詞」處於同時進行的關係。

見合い写真を持って来ます。〈帶相親照片來。〉

傘を持って行きましょう。〈我們帶傘去吧。〉

合格通知を持って帰って下さい。〈請帶著錄取通知回去。〉

会社のお金を持って逃げました。〈帶著公司的錢逃走。〉

カメラを持って愛・地球博の会場に入りました。〈帶著相機進入愛知萬博會場。〉

9.接尾辭「さ」：形容詞的名詞化

【例句】

㉙玉山の高さはどのぐらいですか。〈玉山的高度大概多少？〉

㉚この湖の深さは10メートルぐらいあります。〈這湖泊大約有十公尺深。〉

㉛この小包の重さを計ってください。〈請秤一下這包裏的重量。〉

㉜彼女の髪の長さを見て、みんなびっくりしました。〈看到她頭髮那麼長，大家都嚇了一跳。〉

「さ」是表程度的接尾辭。形容詞的詞幹後面接「さ」就成為名詞。

基本形 →	詞幹 →	名詞	
高い たか	高 たか	高さ たか	〈高度；高低〉
大きい おお	大き おお	大きさ おお	〈大小〉
長い なが	長 なが	長さ なが	〈長度；長短〉
広い ひろ	広 ひろ	広さ ひろ	〈面積〉
重い おも	重 おも	重さ おも	〈重量〉

10.ましょうか：委婉的邀約

【例句】

❸あの喫茶店でジュースを飲みましょうか。〈要不要在那家咖啡館喝杯果汁？〉
　きっさてん　　　　　　　　　　の

❸食事が終わってから、ショッピングしましょうか。〈吃完飯之後要不要去血拼？〉
　しょくじ　お

　　「〜ましょうか」〈我們來〜怎麼樣？〉是以徵求同意的口氣邀約對方跟自己一起

行動的表達方式，比「〜ましょう」來得委婉。

重點筆記

第14課

移動物體位置的表達方式和用言的過去形

〈基本句型〉

1 お母さんは冷蔵庫に西瓜を入れました。〈母親把西瓜放進冰箱裡。〉

2 水谷君はポケットから財布を出しました。〈水谷從口袋裡拿出錢包。〉

3 日本語の勉強をした後でお寿司を食べましょう。〈唸完日語後我們來吃壽司吧。〉

4 日曜日は演歌を歌ったりテレビを見たりします。〈星期天有時唱演歌有時看電視。〉

5 私は彼女に結婚しましょうと言いました。〈我跟女友說：我們結婚吧。〉

6 友達から昨日の試験は難しくなかったと聞きました。〈從朋友那兒聽說昨天的考試不難。〉

7 奥野さんは今日の会議に出ると思います。〈我認爲奥野小姐會出席今天的會議。〉

8 図書館で日本料理についていろいろ調べました。〈在圖書館就日本料理查了許多資料。〉

1.に：表動作對象移動後所在的位置（終點）

【例句】

❶あなたはどこに本を置きましたか。〈你把書放在哪兒？〉

❷わたしは書斎の机の上に本を置きました。〈我把書放在書房的桌子上。〉

❸お金は金庫に入れましょう。〈錢放進保險櫃裡吧。〉

❹杉本さんはかばんを棚の上に乗せました。〈杉本把皮包放在架子上。〉

❺新しい時計はここに掛けてください。〈新時鐘請掛在這兒。〉

❻子供たちは壁に絵を描きました。〈孩子們在牆壁上畫圖。〉

> 句型：〔（動作主體）が／は（對象）を（終點）に（移動對象位置的他動詞）〕

　　這個句型在上一課已經出現過，不過上一課所舉例句中的對象都是人，這一課例句中的對象都是物品。請比較一下下面的例句。

　　赤ちゃんをお風呂に入れました。〈把嬰兒放入浴缸內（幫嬰兒洗澡）。——**嬰兒移動位置到浴缸內。**〉

　　お金をポケットに入れました。〈把錢放進口袋。——**錢移動位置到口袋內**〉

　　「に」可以用來表示動作對象移動位置後所到達的位置（終點）。「に」之後的動詞是表示移動對象位置的他動詞。例句⑥的「描きました」〈畫〉雖然看起來不像是移動對象位置的動詞，但從認知的觀點來看，可以解釋為小孩子將原本存在於腦子裡的圖像移植到牆壁上。下面是類似的例句。

　　紙に住所を書きました。〈把地址寫在紙上。〉

　　黒板に感想を書いてください。〈把感想寫在黑板上。〉

2.から：表動作對象移動位置的起點

【例句】

❼あなたはどこから本を出しましたか。〈你從哪裡拿書出來的？〉

❽私は箱から本を出しました。〈我從箱子裡拿書出來。〉

❾私の財布から二千円取ってください。〈從我的錢包裡拿兩千塊錢吧。〉

❿テレビは居間から応接間に移しましょう。〈電視從起居室搬到客廳吧。〉

句型：〔（動作主體）が／は（起點）から（對象）を（移動對象位置的他動詞）〕

如果有必要的話，可以將起點和終點同時表示出來（例句❿）。

3.動詞常體過去形：肯定和否定

　　動詞常體過去肯定形的構詞方式和肯定中止形（即「て形」。請見第12課P.98的相關說明）類似。肯定中止形是「連用形＋て」，常體過去肯定形則是「連用形＋た（過去助動詞）」。而五段動詞常體過去肯定形發生的音便現象，也和中止形完全一樣。

（1）常體過去肯定形

　　構詞方式：將中止形「～て」改成「～た」

	基本形	常體肯定中止形	常體過去肯定形
五　段	出す 書く 泳ぐ 打つ 言う 作る 死ぬ 飛ぶ 読む	出して 書いて 泳いで 打って 言って 作って 死んで 飛んで 読んで	出した 書いた 泳いだ 打った 言った 作った 死んだ 飛んだ 読んだ
一　段	起きる 寝る	起きて 寝て	起きた 寝た

| 不規則 | する
来る_く | して
来て_き | した
来た_き |

（2）**常體過去否定形**

　　構詞方式：將常體現在否定形的「～ない」改成「～なかった」

	基本形	常體肯定中止形	常體過去肯定形
五　段	書く_か 読む_よ 言う_い	書かない_か 読まない_よ 言わない_い	書かなかった_か 読まなかった_よ 言わなかった_い
一　段	起きる_お 寝る_ね	起きない_お 寝ない_ね	起きなかった_お 寝なかった_ね
不規則	する 来る_く	しない 来ない_こ	しなかった 来なかった_こ

4. 形容詞常體過去形：肯定和否定

（1）**常體過去肯定形**

　　構詞方式：將敬體過去肯定形的詞尾「です」去掉

基本形	敬體過去肯定形	常體過去肯定形
高い_{たか}	高かったです_{たか}	高かった_{たか}
新しい_{あたら}	新しかったです_{あたら}	新しかった_{あたら}

（2）**常體過去否定形**

　　構詞方式：將敬體過去否定形的詞尾「です」去掉

基本形	敬體過去否定形	常體過去否定形
高い_{たか}	高くなかったです_{たか}	高くなかった_{たか}
新しい_{あたら}	新しくなかったです_{あたら}	新しくなかった_{あたら}

5. 形容動詞及斷定詞常體過去形：肯定和否定

（1）常體過去肯定形

構詞方式：將常體現在肯定形的詞尾「だ」改為「だった」

	常體現在肯定形	常體過去肯定形
形容動詞	きれいだ 静かだ しず	きれいだった 静かだった しず
斷定詞	（先生）だ せんせい	（先生）だった せんせい

（2）常體過去否定形

構詞方式：將常體現在否定形的詞尾「ではない」改為「ではなかった」

	常體現在否定形	常體過去否定形
形容動詞	きれいではない 静かではない しず	きれいではなかった 静かではなかった しず
斷定詞	（先生）ではない せんせい	（先生）ではなかった せんせい

6. ～た後で／～の後で：表動作的先後順序

【例句】

⓫小説を読んだ後で碁を打ちましょう。〈看完小說後，我們來下圍棋吧。〉
　しょうせつ　よ　　あと　ご　　う

⓬朝ごはんを食べた後で、部屋を掃除してください。〈吃完早餐後請打掃房間。〉
　あさ　　　　た　　あと　へや　そうじ

⓭朝ごはんの後で、部屋を掃除してください。〈吃完早餐後請打掃房間。〉
　あさ　　　　あと　へや　そうじ

　　要表示做完某事之後才做另一件事時，可以採〔動詞過去肯定形＋後で〕（例句⓫
　　　　　　　　　　　　　　　　　　　　　　　　　　　　　　　　あと
⓬）或〔名詞＋の後で〕（例句⓭）的句型。這個句型和「動詞現在形＋前に」剛好相
　　　　　　　あと　　　　　　　　　　　　　　　　　　　　　　　　　　　　　まえ
反，「後で」前面所接的動詞必須是過去形（た形）。
　　あと

　　宿題をした後で連ドラを見ます。〈做完習題後要看連續劇。〉
　　しゅくだい　　あと　れん　　み

　　宿題をする前に連ドラを見ます。〈做習題之前要看連續劇。〉
　　しゅくだい　　まえ　れん　　み

7.〜たり：活用語的並列形

【例句】

⑭休日はたいてい散歩したり運動したりします。〈假日通常有時散步有時運動。〉

⑮電気が付いたり消えたりしています。〈電燈忽明忽滅。〉

⑯ドアを開けたり閉めたりしないで下さい。〈請不要一下子開門一下子關門。〉

⑰ピアノを弾いたり弾かなかったりします。〈時而彈鋼琴時而不彈。〉

並列形的構詞方式也很單純,只要把常體過去形的詞尾「〜た」改為「〜たり」即可。

	過去形	並列形
動　詞	書いた 言わなかった 起きた した 来なかった	書いたり 言わなかったり 起きたり したり 来なかったり
形　容　詞	高かった 新しくなかった	高かったり 新しくなかったり
形容動詞	きれいだった 静かでなかった	きれいだったり 静かでなかったり
斷　定　詞	(先生)だった	(先生)だったり

要並列形在使用時通常採取〔Xたり Yたりする〕〈有時X有時Y〉(例句⑭⑮⑯)或〔Xたり Xなかったりする〕〈有時X有時不X〉(例句⑰)的句型,表示兩個動作交替出現。

「〜たり〜たりする」用於句中當連用修飾語修飾句尾的動詞時,必須採取「〜たり〜たりして」的形式。

日本の雑誌を読んだり日本映画を見たりして日本語を勉強しています。〈有時看日本雜誌有時看日本電影來學日語。〉

如果所修飾的句尾述語不是動詞,「して」的部分就可以省略。

小説を読んだり衛星放送を見たり（して）とても楽しかった。〈有時看小説有時看衛星廣播，非常快樂。〉

8. と：表發言、稱呼、思考、感覺的内容

> 【例句】
>
> ⑱父はあしたはうちにいないと言いました。〈父親說他明天不在家。〉
>
> ⑲山田君は「僕は智子さんと結婚します」と嘘を言いました。〈山田撒謊說：「我要和智子小姐結婚」。〉
>
> ⑳友達にありがとうと言いました。〈向朋友說謝謝。〉
>
> ㉑この漢字は日本語で何と読みますか。〈這個漢字，日語怎麼唸？〉
>
> ㉒彼は日本に留学すると思います。〈我想他會去日本留學。〉
>
> ㉓昨日の映画は面白かったと思います。〈我覺得昨天的電影很好看。〉

（1）表發言、稱呼的内容

格助詞「と」可用來引用言談的内容，後面接「言う」「話す」「聞く」「書く」「読む」「答える」「呼ぶ」之類和語言表達行爲有關的動詞（例句⑱⑲⑳㉑）。引用的内容可以是一個詞、一個句子或一段文章。引用的方式有「直接引用」和「間接引用」兩種。

直接引用是將別人所說的話原封不動加以引述，因此視原說話者所用的說話體裁而定，「と」前面可能出現敬體句也可能出現常體句。而且引用的内容可以用引號「」表示。間接引用則是說話者站在自己的觀點，將別人所說的話經過改造後加以轉述，「と」前面的句子都是常體句，引述的内容通常不用引號「」表示。

直接引用　小谷さんは「私はあした行きます」と言いました。〈小谷說：「我明天會去」。〉

間接引用　小谷さんは今日来ると言いました。〈小谷說他今天會來。〉

又例句㉑的句型是〔AはBでCと言う（読む／書く）〕〈A用B來說（讀／寫），

說（讀／寫）成Ｃ）。這個句型中「Ｂで」的「で」表手段。

ネコは中国語で何と言いますか。〈「ネコ」中國話怎麼說？〉

「猫」と言います。〈說「貓」。〉

（2）**表思考、感覺的內容**

「と」後面可以接「思う」「考える」「感じる」「信じる」之類的知覺動詞，表思考或感覺的內容（例句㉒㉓）。

あしたはいい天気だと思います。〈我想明天會是好天氣。〉

私は彼は正直者だと信じている。〈我相信他是個老實人。〉

注意8

句尾述語是「思う」時，主語一定是說話者（第一人稱）。如果主語是第三人稱，就必須採取「思っている」的形式。

私は値段が高いと思います。〈我認爲價格貴。〉

あの人は値段が高いと思っています。〈他認爲價格貴。〉

9.〜について：助詞片語

【例句】

㉔新しい企画について検討しました。〈就新企劃進行探討。〉

㉕私の考え方について詳しく説明しましょう。〈針對我的想法我來詳加說明吧。〉

日語中有許多片語在句中的語法功能類似助詞，可稱爲助詞片語。「〜ついて」就是最常見的助詞片語之一，接於名詞之後，相當於中文的〈關於〜；就〜〉。「〜ついて」也可以在後面接「の」，用來修飾名詞。

橋本博士は日本語の特徴について講演しました。〈橋本博士就日語的特徵進行演講。〉

橋本博士は日本語の特徴についての講演をしました。〈橋本博士進行有關日語特徵的演講。〉

第15課

持續貌和連體修飾的用法

《基本句型》

1 社長は名古屋に行っています。〈董事長去名古屋了。〉
　　しゃちょう　なごや　い

2 陣内さんは素敵な帽子をかぶっています。〈陣內小姐戴一頂很漂亮的帽
　　じんのうち　すてき　ぼうし

　　子。〉

3 あなたは黄さんのメールアドレスを知っていますか。〈你知道黄先生的電郵
　　こう　し

　　位址嗎？〉

4 会議は何時に始まるか教えてください。〈請告訴我會議幾點開始。〉
　　かいぎ　なんじ　はじ　おし

5 入場料はいくらか友達に聞きました。〈問朋友門票要多少錢。〉
　　にゅうじょうりょう　ともだち　き

6 これは私が彼女にあげるプレゼントです。〈這是我要送女朋友的禮物。〉
　　わたし　かのじょ

7 それは父の描いた絵です。〈那是父親畫的畫兒。〉
　　ちち　か　え

8 あれは何という花ですか。〈那花叫什麼花？〉
　　なん　はな

9 誰か千円札を持っている人はいませんか。〈有沒有什麼人有千元鈔？〉
　　だれ　せんえんさつ　も　ひと

10 ちょっと疑問がありますが。〈我有點疑問……〉
　　ぎもん

1. 持續貌的用法：表動作結果的持續

【例句】

❶父は学校に来ています。〈父親來學校（現在在學校）。〉

❷宮子さんはきれいな着物を着ています。〈宮子小姐穿著漂亮的和服。〉

❸大きな木が道路の真中に倒れています。〈一顆大樹躺在馬路當中。〉

❹兄はお風呂に入っています。〈哥哥在泡澡（泡在浴缸裡）。〉

❺妹はおしゃれなサングラスを掛けています。〈妹妹戴著時髦的墨鏡。〉

如果「〜ている」（過去形「〜ていた」）這個形式中的動詞是「行く」「来る」「帰る」之類的「移動動詞」或動作在一瞬間即可完成的「瞬間動詞」，「〜ている」（或「〜ていた」）就表示該動作完成後，其結果持續存在。例句①表示父親從別的地方移動到（來到）學校，在結束「來」的動作後，結果現在人在學校。例句②表示宮子小姐做完穿和服的動作後，結果現在和服穿在身上。例句③表示樹傾倒後，結果保持橫臥在路上的狀態。例句④表示哥哥完成進入浴室（或浴缸）的動作後，結果現在人在浴室（或浴缸）內。例句⑤表示妹妹做了戴眼鏡的動作後，結果眼鏡戴在臉上。

不過像例句②這樣的句子，其實在特定的情況下也可以解釋為〈正在穿和服〉。因為穿衣服的動作有可能花上幾十分鐘甚至幾個小時，具有持續性。這時要採取何種解釋就必須看前後文才能決定。例如下面的例句，因為有副詞「今」點出〈現在正在〉的意思，所以就可以解釋為現在正在進行該動作。

宮子さんは今着物を着ています。〈宮子小姐現在正在穿和服。〉

句尾述語都是「〜ている」的兩個句子結合成一個句子時，只要把前一句的動詞改為中止形即可。

スカートを穿いています。 ＋ ハンドバッグを持っています。

〈穿著裙子。〉 ⇩ 〈拿著皮包。〉

スカートを穿いて、ハンドバッグを持っています。

〈穿裙子，拿著皮包。〉

注意：

（1）「知る」這個動詞的肯定形必須採取「知っています」的形式，否定形必須採取「知りません」的形式。因此下面兩句一般都不能用。

知ります。（×）

知っていません。（×）

（2）根據動詞和「～ている」之間的關係，動詞原則上可以分為下面四類：

　①狀態動詞：本身就表示一種狀態，因此不能採取「～ている」的形式。這一類動詞包括：

　　a.表存在的動詞：ある　いる　おる……

　　b.表事物屬性的動詞：大きすぎる　あたる〈相當於〉……

　　c.可能動詞：できる　書ける……

　②持續動詞：表持續性動作（可持續進行一段時間）的動詞。可採「～ている」的形式，通常表動作或狀態的持續。這一類動詞包括：

　　書く　読む　泣く　歩く　食べる　話す……

　③瞬間動詞：表瞬間性動作（瞬間完成無法長時間持續）的動詞。可採「～ている」的形式，通常表動作果的存續。這一類動詞包括：

　　止まる　死ぬ　行く　知る　終わる……

　④ている動詞：固定採「～ている」的形式，表事物的屬性、狀態。這一類動詞包括：

　　優れる　聳える　尖る……

（3）有一些動詞跨（2）（3）兩類，所以它們的「～ている」形式，既可表示動作正在進行，亦可表示動作結果的存續。例如「着る」「掛ける」之類即是。請參見上面例句②的說明。

2. 出現在句中的疑問句

【例句】

❻留学試験はいつ行われるか知っていますか。〈你知道留學考何時舉行嗎？〉
りゅうがく しけん　　　おこな　　　　　　し

❼合コンは何時に始まるか教えてください。〈請告訴我聯誼幾點開始。〉
ごう　　　なんじ　はじ　　　おし

❽日本の小説は何冊読んだか彼に聞きました。〈問他看過幾本日本的小說。〉
にほん　しょうせつ　なんさつよ　　　かれ　き

❾座談会はどこでやるか知りません。〈不知道座談會在哪兒舉行。〉
ざ だんかい　　　　　　　し

　　　疑問句可以出現在句中當成認知的對象，後面接「教える」「聞く」「知る」之類
　　　　　　　　　　　　　　　　　　　　　　おし　　　き　　　し
和訊息的認知有關的動詞。要注意這時出現在句中疑問句必須採常體的形式。

　　　パーティは何時に始まるか、知っていますか。〈你知道酒會幾點開始嗎？〉
　　　　　　　　なんじ　はじ　　　　　　し

　　　パーティはどこでやるか、聞いてください。〈請你問一下酒會在哪兒舉行。〉
　　　　　　　　　　　　　　　　き

　　　這裡的疑問句在句中扮演的角色實際上相當於名詞，因此上面的例句中出現的疑問
句可以改為名詞組的形式。唯一不同之處是：用疑問句時後面不必接助詞「を」，用名
詞組時後面一定要有助詞才行。

　　　パーティの時間を知っていますか。〈你知道酒會的時間嗎？〉
　　　　　　　　じかん　し

　　　パーティの場所を聞いてください。〈請你問一下酒會的地點。〉
　　　　　　　　ばしょ　き

　　　而且，疑問句和名詞組可以同時出現在句中。

　　　パーティは何時に始まるか、（時間を）知っていますか。
　　　　　　　　なんじ　はじ　　　　　じかん　し

　　　〈酒會幾點開始，你知道時間嗎？〉

　　　パーティはどこでやるか、（場所を）聞いてください。
　　　　　　　　　　　　　　　ばしょ　き

　　　〈酒會在哪裡舉行，你知道地點嗎？〉

3.用言的連體修飾用法：修飾體言

【例句】

⑩東京へ行く夜行バス。〈開往東京的夜間巴士。〉

⑪パーティに出ない人。〈不出席聚會的人。〉

⑫夜遅くまで勉強した学生。〈唸書唸到深夜的學生。〉

⑬コーヒーを飲まなかった女性。〈沒喝咖啡的女子。〉

⑭おいしいウーロン茶。〈好喝的烏龍茶。〉

⑮面白くない映画。〈不好看的電影。〉

⑯まずかった料理。〈難吃的料理。〉

⑰楽しくなかった少年時代。〈不快樂的少年時代。〉

　　動詞和形容詞的現在肯定形（例句⑩、⑭）和現在否定形（⑪、⑮）以及過去肯定形（⑫、⑯）和過去否定形（⑬、⑰）除了可出現在句尾當述語之外，如以上例句所示，還可以出現在體言前面，當連體修飾語來修飾體言，但原則上必須採常體的形式。

4.連體修飾子句

【例句】

⑱この部屋はクーラーのある部屋です。〈這房間是有冷氣的房間。〉

⑲それは親友のくれたプレゼントです。〈那是好友送給我的禮物。〉

⑳父がきのう銀座で買ったコーヒーカップは高かったです。〈父親昨天在銀座買的咖啡杯很貴。〉

　　句子也可以充當連體修飾語來修飾體言。這樣的句子稱爲連體修飾子句。連體修飾子句有兩個特點：（1）原則上必須採常體的形式；（2）子句中的主語通常用「の」表示。

　　連體修飾子句可視爲一般敘述句的變形，請仔細觀察下列句子。

　　部屋にテレビがあります。〈房間有電視。──敘述句〉

→ テレビがある部屋。〈有電視的房間。——**連體修飾子句＋體言**〉

→ テレビのある部屋。〈有電視的房間。——「が」**轉換為**「の」〉

妹がおもちゃを買いました。〈妹妹買玩具。〉

→ 妹が買ったおもちゃ。〈妹妹買的玩具。〉

→ 妹の買ったおもちゃ。〈妹妹買的玩具。〉

あの店は紅茶がまずいです。〈那家店紅茶很難喝。〉

→ 紅茶がまずいあの店。〈紅茶很難喝的那家店。〉

→ 紅茶のまずいあの店。〈紅茶很難喝的那家店。〉

酒井さんは目が大きいです。〈酒井小姐眼睛很大。〉

→ 目が大きい酒井さん。〈眼睛很大的酒井小姐。〉

→ 目の大きい酒井さん。〈眼睛很大的酒井小姐。〉

この洋服は柄がきれいです。〈這件洋裝花樣很漂亮。〉

→ 柄がきれいなこの洋服。〈花樣很漂亮的這件洋裝。〉

→ 柄のきれいなこの洋服。〈花樣很漂亮的這件洋裝。〉

5.という：指定名稱或內容

【例句】

㉑あれは何という動物ですか。〈那動物叫什麼？〉

㉒あれはコアラという動物です。〈那動物叫無尾熊。〉

㉓お台場という所は有名な観光スポットです。〈台場這個地方是有名的觀光景點。〉

㉔「ありがとう」という言葉を知っていますか。〈你知道「ありがとう」這個字眼嗎？〉

問事物的名稱怎麼說時，可以採取（1）〔Xは何と言いますか〕〈X叫什麼？〉之

類的形式。例如：

この動物は何と言いますか。〈這動物叫什麼？〉

あの乗り物は何と言いますか。〈那車子叫什麼？〉

也可以採取（2）〔Ｘは何というＸですか〕〈Ｘ是叫什麼的Ｘ？〉的形式。例如：

この動物は何という動物ですか。〈這動物是叫什麼的動物？〉

あの乗り物は何という乗り物ですか。〈這車子是叫什麼的車子？〉

（2）的形式中出現的「〜という」，顯然是「〜と言います」轉換爲連體修飾用法時的形態，通常出現於〔（名稱）という（事物）〕〈叫做〜的事物〉的句型中，用來指定事物的名稱。但在詞義進一步虛化後，變成只具有連接兩個名詞的功能，採〔ＮというＮ〕的形式，前面的Ｎ用來對事物的類別或內容做進一步的限定。所以「コアラという動物」譯成華語，有時可譯爲〈叫做無尾熊的動物〉，有時單純譯成〈無尾熊這種動物〉即可。

6. か：表不確定的提示

【例句】

㉕ 何か面白い小説を貸してください。〈請借我什麼好看的小說吧。〉

㉖ 誰か電子辞書を持っている人はいませんか。〈有沒有什麼人帶電子辭典？〉

㉗ どこかコーヒーのおいしい店へ行きました。〈到哪家咖啡很好喝的店去了。〉

㉘ いつか暇なときに一緒に映画を見ましょう。〈什麼時候有空一起去看電影吧。〉

「疑問詞＋か」就成爲不定詞，表不確定的提示。

誰か〈某人＝不確定的什麼人〉

何か〈某物＝不確定的什麼事物〉

どこか〈某處＝不確定的什麼場所〉

いつか〈某時＝不確定的什麼時間〉

不定詞的用法和一般的體言相同，可下接各種格助詞。下接「が」「を」時通常將

「が」「を」省略。

誰か（が）ケーキを食べました。〈有人（不確定是誰）把蛋糕吃掉了。〉

何か（を）買いました。〈買了某物（不確定是什麼東西）。〉

以不定詞所做的提示，意思相當含糊籠統，因此可以在不定詞後面加上進一步的限定，讓提示的內容更為清楚。例句㉕㉖㉗㉘都是加了進一步的限定的句子。

7.單純用來連接句子的「が」

> 【例句】
>
> ㉙すみませんが、この申込書の書き方を教えてください。〈對不起，請教我這報名表的寫法。〉
>
> ㉚とても面白い小説ですが、読みませんか。〈這小說非常有趣，你不看嗎?〉
>
> ㉛ちょっと伺いますが。〈請問一下……〉

接續助詞「が」除了用來表示逆接，相當於華語的〈可是；不過〉（見第11課P.92的說明）之外，還可以單純用來承上啓下展開話題。這時並沒有逆接的意思，所以不能譯成〈可是〉（例句㉙、㉚）。這個用法的「が」有讓語氣顯得比較委婉的作用。下面兩句的意思都是〈我有事要跟你商量一下，可以嗎?〉，但（1）比（2）來得委婉。

（1）ちょっと相談がありますが、いいですか。

（2）ちょっと相談があります。いいですか。

將「が」之後的句子省略不說，以「が」結尾，也有讓語氣顯得比較委婉的作用，是會話中常用的策略之一（例句㉛）。

私は黄と言いますが。〈我姓黄……〉

ちょっと相談がありますが。〈我有事要跟你商量一下……〉

第16課 希望、好惡、巧拙、允許、禁止、試行等
表達方式

《基本句型》

① 私はノートパソコンが／を買いたいです。〈我想買一台筆記型電腦。〉

② 田村さんはノートパソコンが／を買いたいと言っています。〈田村說（他）
想買一台筆記型電腦。〉

③ 私はノートパソコンがほしいです。〈我想要一台筆記型電腦。〉

④ 田村さんはノートパソコンがほしいと言っています。〈田村說（他）想要一
台筆記型電腦。〉

⑤ 私はクラシック音楽が好き／嫌いです。〈我愛聽／討厭聽古典音樂。〉

⑥ 高野さんは社交ダンスが上手／下手です。〈高野小姐很會跳／不大會跳交際
舞。〉

⑦ 小谷さんの趣味はCDを買うことです。〈小谷的興趣是買CD。〉

⑧ 部屋に入ってもいいですか。〈（我）可以進房間嗎？〉

⑨ 部屋に入ってはいけません。〈（你）不可以進房間。〉

⑩ 納豆を食べてみます。〈吃納豆看看。〉

1.たい：希望助動詞

【例句】

❶私は小説家になりたいです。〈我想當小說家。〉
　わたし　しょうせつか

❷私は彼女と結婚したいです。〈我想和她結婚。〉
　わたし　かのじょ　けっこん

❸兄は日本に留学したいと言っています。〈我哥哥說想去日本留學。〉
　あに　にほん　りゅうがく　い

❹児島さんは故郷に帰りたいと言っています。〈兒島先生說想回家鄉去。〉
　こじま　ふるさと　かえ　い

「動詞第二變化（連用形）＋たい」用來表說話者的希望。

（読む）よ	読み よ	＋	たい	→	読みたい よ 〈想讀〉
（歌う）うた	歌い うた	＋	たい	→	歌いたい うた 〈想唱〉
（起きる）お	起き お	＋	たい	→	起きたい お 〈想起床〉
（寝る）ね	寝 ね	＋	たい	→	寝たい ね 〈想睡覺〉
（する）	し	＋	たい	→	したい 〈想做〉
（来る）く	来 き	＋	たい	→	来たい き 〈想來〉

動詞和「たい」結合後，詞尾的變化方式完全比照形容詞。原則上採取下面的句型：

句型：[（希望主體）は（希望對象）が／を（動詞）たいです]

並非所有動詞後面都可以加「たい」，只有意志動詞（動作主體能依據自己的意志去控制該動作的動詞）才能採「～たい」的形式。下面的日文句子，因為動詞不是意志動詞，所以不能成立（但中文類似的說法可以成立。）

雨が降りたいですね。（×）〈眞希望下雨！（○）〉
あめ　ふ

注意8

（1）「～たい」的表達方式，在人稱上有一些限制。

　　①以「～たいです」為述語的句子，是用來把個人內心的希望直接表達出來，因

　　　此主語以第一人稱也就是說話者為限。這一點和中文有別。

　　　　私は日本へ行きたいです。（○）〈我想去日本。（○）〉
　　　　わたし　にほん　い

あなたは日本へ行きたいです。（×）〈你想去日本。（○）〉

あの人は日本へ行きたいです。（×）〈他想去日本。（○）〉

②以第二人稱爲主語時，只能採取疑問句的形式。

あなたは日本へ行きたいですか。〈你想去日本嗎？〉

③主語是第三人稱時，不可直接以「～たいです」結尾，必須採取「～たいと言っています」〈說是希望～〉或「～たいようです」〈好像希望～〉之類的間接說法。

角川さんはテレビを買いたいと言っています。〈角川先生說想買電視。〉

妹は韓国へ行きたいようです。〈妹妹好像想去韓國。〉

（2）用「～たい」表示希望的句子中，希望的對象原則上用「が」表示，但也可以用「を」表示。用「が」表示的對象，有人把它叫做「對象語」，以便和「を」所表示的「目的語」有所區別。

私はケーキを食べます。〈我要吃蛋糕。〉

私はケーキが食べたいです。〈我想吃蛋糕。〉

私はケーキを食べたいです。〈我想吃蛋糕。〉

2.形容詞「ほしい」的用法

【例句】

❺私はガールフレンドがほしいです。〈我想要有個女朋友。〉

❻小室さんはデジカメがほしいと言っています。〈小室說他想要一台數位相機。〉

「ほしい」是形容詞，意思是〈想要（某物）；希望得到（某物）〉，採取如下句型：

句型：［（希望主體）は（希望對象）が　ほしいです］

「ほしい」在用法上類似「～たい」，同樣有人稱上的限制。以「ほしいです」結尾的句子，主語限第一人稱（例句⑤）；如爲第二人稱，只能用於疑問句；如爲第三人

稱，則必須採「～がほしいと言っています」之類的表達方式（例句⑥）。

私はデジカメがほしいです。〈我想要一台數位相機。〉

あなたはデジカメがほしいですか。〈你想要一台數位相機嗎？〉

村上さんはデジカメがほしいと言っています。〈村上說想要一台數位相機。〉

和「～たい」唯一不同之處是：「ほしい」的對象只能用「が」表示，不能用「を」。這是因為「ほしい」本來就是形容詞，而「動詞＋たい」則兼具動詞和形容詞的雙重性。記住凡是以形容詞或形容動詞為述語的句子，原則上對象不可用「を」表示。

3.好惡的表達方式

【例句】

❼私は刺身が好き／大好きです。〈我愛吃／非常愛吃生魚片。〉

❽酒井さんはニンジンが嫌い／大嫌いです。〈酒井討厭吃／非常討厭吃胡蘿蔔。〉

❾ケーキの中ではイチゴショートが一番好きです。〈蛋糕當中最愛吃草莓切片蛋糕。〉

❿奥津さんは人と喧嘩することが嫌いです。〈奥津不喜歡和人吵架。〉

（1）形容動詞「好きです／大好きです」用來表示喜好（例句⑦），「嫌いです／大嫌いです」用來表示厭惡（例句⑧），通常採如下句型：

> 句型：[（主體）は（對象）が 好き／大好き／嫌い／大嫌い です]

私は演歌が好きです。〈我喜歡演歌。〉

坂上さんは蛇が大嫌いです。〈坂上小姐非常討厭蛇。〉

以形容動詞為述語的句子，對象也必須用「が」表示，不能用「を」。

（2）如果是在特定範圍內指出最喜歡或最討厭的事物時，可用下面的句型（例句⑨）：

> 句型：[（範圍）の中では（對象）が 一番 好き／嫌いです]

> 句型：[一番 好きな／嫌いな（類名）は（物名）です]

果物の中ではイチゴが一番好きです。〈水果當中最愛吃草莓。〉

花子さんの一番嫌いな動物は蛇です。〈花子最討厭的動物是蛇。〉

上面最後例句中的「の」等於「が」，表連體修飾子句的主語。而用來修飾體言的形容動詞必須將詞尾改成「な」。

（3）如果好惡的對象不是物品而是以句子的形式表達的事項時，必須先利用形式名詞「こと」將句子名詞化（請參閱下面5.的說明）之後才能套用上面的句型（例句⑩）。

絵を描く〈畫畫兒〉	→	絵を描くこと
子供と遊ぶ〈和小孩玩〉	→	子供と遊ぶこと
友達としゃべる〈和朋友聊天〉	→	友達としゃべること

木村さんは絵を描く好きです。（×）

木村さんは絵を描くことが好きです。〈木村喜歡畫畫兒。〉

4.巧拙的表達方式

【例句】

⑪由紀さんはピアノが上手です。〈由紀很會彈鋼琴。〉

⑫熊本さんは英語が下手です。〈熊本英語很差。〉

巧拙以形容動詞「上手です／下手です」表達，所用的句型和好惡的表達方式完全相同：

句型：〔（主體）は（對象）が　上手です／下手です〕

彼はテニスがとても上手です。〈他很會打網球。〉

田所さんは字が下手です。〈田所的字很醜。〉

5.形式名詞「こと」的功能：將用言名詞化

用言和體言在句中扮演的角色各不相同，原則上不能互換。如果要讓用言出現在體

言的位置，必須先利用形式名詞「こと」將用言體言化才行。

切手を集める　　→　　切手を集めること　　〈收集郵票＝體言〉

記者になる　　　→　　記者になること　　　〈當記者＝體言〉

用言加上「こと」之後，就可以接「は」當主題，接「です」當述語，用法和體言相當。

切手を集めることは私の趣味です。〈集郵是我的興趣。〉

私の趣味は切手を集めることです。〈我的興趣是集郵。〉

相形之下，中文的動詞常可直接當名詞用，不必做任何形態上的改變。這一點初學者必須注意，不要把中文的習慣搬入日語，以免造成以下的誤用。

私の趣味は切手を集めるです。（×）

切手を集めるは私の趣味です。（×）

6.～てもいいです／～てもかまいません：表允許、認可

【例句】

⓭私の携帯を使ってもいいです。〈你可以用我的手機。〉

⓮この美術館では写真を撮ってもかまいません。〈這家美術館可以攝影。〉

⓯靴が少し大きくてもいいです。〈鞋子大一點兒也沒關係。〉

⓰お金がなくてもかまいません。〈沒錢也無妨。〉

⓱結婚式は月曜日でもいいです。〈婚禮在星期一舉行也可以。〉

⓲冷たい食べ物でもかまいません。〈冷的食物也沒關係。〉

句型：

動詞
形容詞
形容動詞
斷定詞 ｝ 中止形 ＋ も ＋ いいです／かまいません

書いてもいいです。　〈可以寫。〉

泳いでもかまいません。〈可以游泳。〉

小さくてもいいです。〈小也沒關係。〉

古くてもかまいません。〈舊也無妨。〉

同じでもいいです。〈一樣也行。〉

ボールペンでもかまいません。〈原子筆也可以。〉

如果將「いいです」改爲「よろしいです」或「結構です」，語氣就更爲鄭重，意思不變。

古くてもよろしいです。〈舊也沒關係。〉

クレジットカードでも結構です。〈信用卡也可以。〉

7. ～てはいけません／～ては駄目です：表禁止、不認可

【例句】

⑲私の携帯を使ってはいけません。〈你不可以用我的手機。〉

⑳この美術館では写真を撮っては駄目です。〈這家美術館不可以攝影。〉

㉑靴が少し大きくてはいけません。〈鞋子大一點兒不行。〉

㉒お金がなくては駄目です。〈沒錢不行。〉

㉓結婚式は月曜日ではいけません。〈婚禮不可以在星期一舉行。〉

㉔冷たい食べ物では駄目です。〈冷的食物不行。〉

句型：

動詞
形容詞
形容動詞
斷定詞
} 中止形 ＋ は ＋ いけません／駄目です

書いてはいけません。〈不可以寫。〉

泳いでは駄目です。〈不可以游泳。〉

小さくてはいけません。〈小的話不行。〉

古くては駄目です。〈舊的話不行。〉

同じではいけません。〈不可以相同。〉

ボールペンでは駄目です。〈原子筆不行。〉

注意8

詢問對方某事可行或不可行時，可以用句型6或句型7的問句，但回答方式略異。

問	鉛筆で答案を書いてもいいですか。
肯定回答	はい、鉛筆で書いてもいいです。
否定回答	いいえ、鉛筆で書いてはいけません。
問	鉛筆で書いてはいけませんか。
肯定回答	はい、鉛筆で書いてはいけません。
否定回答	いいえ、鉛筆で書いてもいいです。

8.〜てみる：試行貌

【例句】

㉕洋服を買う前にちょっと着てみました。〈買洋裝之前我試穿了一下。〉

㉖いつかパリへ行ってみたいです。〈將來有一天想去巴黎看看。〉

㉗おいしいかどうか食べてみましょう。〈我來吃看看好吃不好吃。〉

「動詞中止形＋みる」表嘗試性的動作，相當於中文的〈～看看〉。這裡的「みる」來自動詞「見る」，因為已經成為補助動詞，語義虛化，通常不寫漢字。

新しい万年筆を使ってみました。〈用看看新的鋼筆。〉

刺身を食べてみたいです。〈我想吃生魚片看看。〉

この問題は柴田先生に聞いてみましょう。〈這個問題我們來問一下柴田老師吧。〉

第17課

義務、非義務及時間、數量的相關表達方式

《基本句型》

1 国民は法律を守らなければなりません。〈國民必須守法。〉
こくみん　ほうりつ　まも

2 高校生は制服を着なくてもいいです。〈高中生可以不穿制服。〉
こうこうせい　せいふく　き

3 夜寝る時、「お休みなさい」と言います。〈晚上就寢時要說「晚安」。〉
よるね　とき　　　やす　　　　い

4 朝先生に会った時、「お早うございます」と言います。〈早上遇見老師要
あさせんせい　あ　とき　　　はよ　　　　　　　　い

説「早」。〉

5 うるさいから、テレビの音を小さくしてく
おと　ちい

ださい。〈很吵，請把電視弄小聲。〉

6 お金は二千円しか持っていません。〈身上
かね　にせんえん　も

只帶二千元。〉

7 幸恵さんはゆうべビールを五本も飲みました。〈幸恵昨晚喝了多達五瓶的啤
ゆきえ　　　　　　　　ごほん　の

酒。〉

8 会議が始まってから二十分経ちました。〈會議開始之後經過二十分鐘。〉
かいぎ　はじ　　　　　にじゅっぷんた

1. ～なければ：用言的否定條件形

把常體現在否定形的詞尾「～ない」改爲「～なければ」即可。

		否定現在形	→	否定條件形
動詞	五段	書かない	→	書かなければ
		読まない	→	読まなければ
		言わない	→	言わなければ
	一段	起きない	→	起きなければ
		寝ない	→	寝なければ
	不規則	しない	→	しなければ
		来ない	→	来なければ
形容詞		新しくない	→	新しくなければ
		高くない	→	高くなければ
形容動詞		静かでない	→	静かでなければ
		きれいでない	→	きれいでなければ
断定詞		（先生）でない	→	（先生）でなければ

否定條件形的意思相當於中文的〈如果不～的話〉。

2. ～なければなりません：表必要性或義務

【例句】

❶ あした早く会社へ行かなければなりません。〈明天必須早早去公司。〉

❷ 普段から健康に注意しなければなりません。〈平時就非得注意健康不可。〉

❸ 記載事項は正しくなければなりません。〈記載事項必須正確。〉

❹ 言葉遣いは丁寧でなければなりません。〈措辭必須鄭重。〉

❺ 私の結婚相手は日本人でなければなりません。〈我結婚的對象非日本人不可。〉

句型：
動詞
形容詞
形容動詞
斷定詞
} 否定條件形 ＋ なりません

「～なければ」〈不～的話〉是動詞的否定條件形，「なりません」則相當於「いけません」，是〈不成；不行〉的意思。因此「～なければなりません」就等於中文〈不～的話不行；非～不可〉。例句①②是接在動詞，例句③是接在形容詞，例句④是接在形容動詞，例句⑤是接在「名詞＋斷定詞」之後的句子。

3.～なくてもいいです／～なくても構いません：表不必要或非義務

【例句】

❻あした早く会社へ行かなくてもいいです。〈明天不必早早去公司。〉
　はや　　　　かいしゃ　い

❼夜遅くまで勉強しなくてもかまいません。〈不必唸書唸到很晚。〉
　よるおそ　　　べんきょう

❽洋服は新しくなくてもいいです。〈洋裝不是新的也沒關係。〉
　ようふく　あたら

❾部屋は静かでなくてもかまいません。〈房間不安靜也無妨。〉
　へや　しず

❿結婚相手は金持ちでなくてもいいです。〈結婚的對象不必是有錢人。〉
　けっこんあいて　　かねも

句型：
動詞
形容詞
形容動詞
斷定詞
} 否定中止形 ＋ も ＋ いいです／かま構いません

「～なくてもいいです／～なくてもかまいません」表〈即使不～也沒關係〉的意思。例句⑥⑦，是接在動詞，例句⑧是接在形容詞，例句⑨是接在形容動詞，例句⑩是接在「名詞＋斷定詞」之後的句子。

以「～なければなりませんか」〈非～不可嗎？〉發問時，肯定的回答是「はい、～なければなりません」，否定的回答是「いいえ、～なくてもいいです」或「いいえ、～なくてもかまいません」。以「～なくてもいいですか」發問時，肯定的回答是

「はい、～なくてもいいです」或「はい、～なくてもかまいません」，否定的回答則是「いいえ、～なければなりません」。

問	答案は万年筆で書かなければなりませんか。〈答案非得用鋼筆寫不可嗎？〉
肯定回答	はい、万年筆で書かなければなりません。〈對，必須用鋼筆寫。〉
否定回答	いいえ、万年筆で書かなくてもいいです。〈不，不必用鋼筆寫。〉
	いいえ、万年筆で書かなくても構いません。〈不，不用鋼筆寫也無妨。〉

問	答案は万年筆で書かなくてもいいですか。〈答案不用鋼筆寫也行嗎？〉
肯定回答	はい、万年筆で書かなくてもいいです。〈對，不必用鋼筆寫。〉
	はい、万年筆で書かなくても構いません。〈對，不用鋼筆寫也無妨。〉
否定回答	いいえ、万年筆で書かなければなりません。〈不，必須用鋼筆寫。〉

4.～ても～なくても（どちらでも）いいです：表二者均可

【例句】

❶ 高校生は制服を着ても着なくても（どちらでも）いいです。〈高中生穿制服或不穿都行。〉

❷ 洋服は新しくても新しくなくても（どちらでも）いいです。〈洋裝新或不新都沒關係。〉

❸ 部屋は静かでも静かでなくても（どちらでも）いいです。〈房間安靜或不安靜都無妨。〉

❹ 結婚相手は日本人でも日本人でなくても（どちらでも）いいです。〈結婚對象是日本人與否都可以。〉

要表示兩種選擇均無不可時，可採取如下句型：

> 句型：
>   動詞 ⎫
>   形容詞 ⎬ 中止形＋も＋同一詞語否定中止形＋も＋（どちらでも）いいです
>   形容動詞 ⎬
>   斷定詞 ⎭

句中的「どちらでも」可有可無。

5.日語的時式：附屬子句中的時式

> 【例句】
> ⑰改札口を出る時、切符を駅員に渡します。〈出剪票口時要把車票給站務員。〉
> ⑯あなたが元気になった時、お母さんは安心するでしょう。〈你恢復健康時，令堂大概會放心吧。〉

　　關於日語的時式（テンス），我們在第五課曾略加介紹，這裡進一步補充。日語的時式原則上利用兩種形式來表達，其一是「現在‧未來形」（句尾沒有「た」的形式。通稱「ル形」），其二是「過去形」（句尾有「た」的形式。通稱「タ形」）。

　　「現在‧未來形」有下面幾個用法：

(1) 表現在的狀態（限於表存在、狀態、能力之類的非動作動詞）

　　別荘は軽井沢にあります。〈別墅在輕井澤。〉

　　あそこにプードルがいる。〈那裡有一隻貴賓狗。〉

　　「オペラ座の怪人」の音楽が聞こえた。〈聽到「歌劇魅影」的音樂。〉

(2) 表未來的動作或狀態

　　あしたコンサートがあります。〈明天有音樂會。〉

　　私は日本に留学する。〈我要去日本留學。〉

　　今日は三時に退社する。〈今天三點會離開公司。〉

(3) 表習慣、真理、恆常的事實

　　春になると桜が咲く。〈春來櫻花開。〉

父はいつも六時に起きる。〈父親總是在六點起床。〉

地球は太陽の回りを回る。〈地球繞著太陽轉。〉

「過去形」有下面幾個用法：

（1）表過去（或完了）的動作

きのう京子さんと映画を見ました。〈昨天和京子去看電影。〉

あの人はさっきまで喫茶店にいた。〈他一直到剛才為止都在咖啡館內。〉

合格の通知は今朝届きました。〈錄取通知在今天早上寄到。〉

（2）表過去的習慣

いつもあの店でパンを買いました。〈（當時）都在那家麵包店買麵包。〉

ときどき彼女と一緒にコンサートに行った。〈時常和她一起去聽演奏會。〉

（3）表發現或突然想起（限狀態動詞。想起的事情可以是未來的事情。）

あっ、子猫はそこにいた。〈啊，小貓在那兒！〉

そうだ。あした、会議があった。〈對了，明天有會要開。〉

（4）表語氣粗魯的命令（通常採重複的形式）

どいた、どいた。〈走開！走開！〉

早く行った、行った。〈快去快去！〉

注意8

如果句子是複句（由一個附屬子句和一個主要子句構成的句子），出現在附屬子句中的述語採取什麼時式，必須考慮到它和主要子句中的述語之間的時間先後關係。

基本原則如下：

（1）附屬子句表示的動作發生於主要子句所表示的動作之後或同時發生時，附屬子句用「現在・未來形」。（例句⑮）

日本に来る時、電話を下さい。〈要來日本時請打電話給我。——先打電話然後才動身赴日〉

ご飯を食べる時、この箸を使います。〈吃飯時用筷子。——兩個動作同時進

行。〉

（2）附屬子句表示的動作發生於主要子句所表示的動作之前時，附屬子句用「過去形」。（例句⑯）

日本に来た時、電話を下さい。〈來到日本的時候請打電話給我。——人先到日本，然後才打電話。〉

あした会ったとき、お金を手渡しします。〈明天見面時親手把錢交給你。——見了面之後交錢。〉

6.改變狀態

【例句】

⑰はっきり聞こえないから、音を大きくしてください。〈聽不清楚，請你把音量放大。〉

⑱体をもっと丈夫にしなければなりません。〈必須讓身體變得更強壯。〉

⑲この魚は刺身にします。〈這條魚要做成生魚片。〉

⑳カーペットの色をもっと明るいのにしましょう。〈把地毯的顏色換成更明亮的吧。〉

將某一事物從原來的狀態改變為另一種狀態時，可以採取〔（對象）を（結果狀態）する〕的句型。能出現在「結果狀態」這個位置的形式包括下面幾種：

（1）形容詞副詞形（〜く）　　　（例句⑰）

（2）形容動詞副詞形（〜に）　　（例句⑱）

（3）名詞＋に　　　　　　　　　（例句⑲）

（4）用言連體形＋のに　　　　　（例句⑳）

句中的助詞「に」表狀態改變後的結果。「のに」的「の」則用來將用言連體形名詞化。

注意8

這個句型中的動詞「する」可以用詞義相近的其他動詞代替。

体をもっと丈夫に鍛えなければなりません。〈必須把身體鍛鍊得更強壯。〉

この魚は刺身に作ります。〈這條魚要做成生魚片。〉

カーペットの色をもっと明るいのに換えましょう。〈把地毯的顏色換成更明亮的吧。〉

7. 〜しか＋否定述語：表限定的提示

【例句】

㉑コンパには五人しか来ませんでした。〈聚餐只來了五個人。〉

㉒お金は少ししか持っていません。〈錢只帶一點點。〉

㉓事務室には太田さんしかいません。〈辦公室裡只有太田一個人。〉

㉔彼はブランドのネクタイしか買いません。〈他只買名牌領帶。〉

副助詞「しか」用來表示限定的提示，句尾必須以否定形式與之呼應。「しか」的用法有兩點應加注意：

(1)「しか＋否定形式」整體相當於中文的〈只〜〉，因此譯成中文時不可譯成否定。這一點和「だけ」有別。

山田さんしかいません。〈只有山田在。——不可誤解成只有山田不在。〉

山田さんだけいません。〈只有山田不在。〉

刺身しか食べませんでした。〈只吃生魚片。〉

刺身だけ食べませんでした。〈只有生魚片沒吃。〉

(2)「しか」可以取代格助詞「が」「を」「へ」（「に」有時可取代有時不可），但通常不能取代其他助詞。

りんごがある。	→	りんごしかない。
テレビニュースを見る。	→	テレビニュースしか見ない。
新宿へ行った。	→	新宿しか行きませんでした。

彼女に知らせました。	→	彼女しか知らせませんでした。
この大学にある。	→	この大学にしかない。
いいえと答えた。	→	いいえとしか答えなかった。

8.數量詞＋も：強調數量很多

【例句】

㉕ビールを五本も飲みました。〈喝了五瓶（之多）的啤酒。〉

㉖萩本さんのうちには子供が十人もいます。〈萩本家有十個孩子（之多）。〉

接於數量詞之後的「も」用來強調數量之多。與此相反，接於數量詞之後的「しか」則用來強調數量之少。請比較下面三句。

辞書が十冊ある。〈有十本字典。——普通的說法。〉

辞書が十冊もある。〈字典有十本之多。〉

辞書が十冊しかない。〈只有十本字典。〉

9.～てから：～之後

【例句】

㉗先に風呂に入ってから夜食を食べよう。〈先洗澡然後才吃宵夜吧。〉

㉘日本に来てから早くも五年経ちました。〈來到日本之後，很快已經五年了。〉

「動詞て形＋から」除了用來表示動作的先後順序（例句㉗）外，也可以用來表示做了某個動作之後經過的時間（例句㉘）。

第18課 能力、可能性、假定以及下定義的表達方式

《基本句型》

1 私は日本語が話せます。〈我會說日語。〉
わたし　にほんご　はな

2 彼も日本語を話すことができます。〈他也會說日語。〉
かれ　にほんご　はな

3 私は車を運転することができます。〈我會開車。〉
わたし　くるま　うんてん

4 彼女も車が運転できます。〈她也會開車。〉
かのじょ　くるま　うんてん

5 私は日本語が話せるようになりました。〈我變得會說日語了。〉
わたし　にほんご　はな

6 もし明日雪が降ったら散歩に出掛けません。〈如果明天下雨的話就不去散
あした　ゆき　ふ　さんぽ　でか
步。〉

7 昼飯はとんかつ定食にします。〈午飯決定吃炸豬排套餐。〉
ひるめし　ていしょく

8 張さんは日本には行かないことにしました。〈張小姐決定不去日本了。〉
ちょう　にほん　い

9 二人とも貧乏だから、マイホームが買えません。〈兩人都很窮，所以買不起
ふたり　びんぼう　か
自有住宅。〉

10 神社というのは、神様を祭る建物のことです。〈所謂神社就是指祭祀神祇的
じんじゃ　かみさま　まつ　たてもの
建築物而言。〉

1.可能動詞的構詞方式

要表示能力或可能性時，通常利用「可能動詞」的形式。可能動詞的基本構詞方式是：動詞第一變化（未然形）＋可能助動詞「れる／られる」。必須注意的是原則上只有意志動詞（所表示的動作或行為能靠自己的意志來控制的動詞）才可以改成可能動詞，像「ある」「降る」「咲く」之類的非意志動詞都沒有可能動詞的形態。而且可能動詞本身屬於非意志動詞，所以沒有命令形和意志形。

（1）五段動詞：第一變化＋れる→融合成下一段動詞

基本形	（第一變化＋れる）　　→　　可能動詞　　→　　可能動詞融合形			
書く （か） kaku	書か （か） kaka	れる reru	書かれる （か） kakarareru	書ける （か） kakeru
読む （よ） yomu	読ま （よ） yoma	れる reru	読まれる （よ） yomareru	読める （よ） yomeru
言う （い） iu	言わ （い） iwa	れる reru	言われる （い） iwareru	言える （い） ieru

注意8

「書かれる」「読まれる」「言われる」之類的非融合形可能動詞，除了書面語偶而還可見到　外，口頭語已幾乎不用。又融合形可能動詞本身已變成下一段動詞。

（2）一段動詞：第一變化＋られる

基本形	（第一變化＋られる）　　　→		可能動詞
起きる （お） okiru	起き （お） oki	られる rareru	起きられる （お） okirareru
寝る （ね） neru	寝 （ね） ne	られる rareru	寝られる （ね） nerareru

（3）不規則動詞：第一變化＋れる／られる

基本形	（第一變化＋られる）　→		可能動詞
する suru	－－	－－	できる dekiru

来る く	来 こ	られる	来られる こ
kuru	ko	rareru	korareru

注意⑧

「する」的可能動詞是形態完全不同的另一個動詞「できる」。又サ變漢語複合動

詞要改為可能動詞時，只要把「～する」改為「～できる」即可。例如：

勉強する　→　勉強できる
べんきょう　　　べんきょう

研究する　→　研究できる
けんきゅう　　　けんきゅう

2.能力和可能性的表達方式

【例句】

❶趙さんは日本語の手紙が書けます。〈趙先生會寫日文信。〉
　ちょう　　にほんご　てがみ　か

❷趙さんは日本語の手紙を書くことができます。〈趙先生會寫日文信。〉
　ちょう　　にほんご　てがみ　か

❸蔡さんは刺身が食べられません。〈蔡小姐不敢吃生魚片。〉
　さい　　さしみ　た

❹蔡さんは刺身を食べることができません。〈蔡小姐不敢吃生魚片。〉
　さい　　さしみ　た

❺施さんの奥さんはスケートができます。〈施太太會溜冰。〉
　し　　おく

❻周さんの息子さんは飛行機が操縦できます。〈周先生的兒子會開飛機。〉
　しゅう　　むすこ　　ひこうき　そうじゅう

要表示能力或可能性的有無可以採取下面兩種句型：

句型（1）：[Aは　X　が（可能動詞）]〈A　會／敢／能　X〉

句型（2）：[Aは　X（＝動詞連體形）ことができる]〈A　會／敢／能　X〉

（1）原來的動詞為他動詞時

主動句	私は刺身を食べる。〈我吃生魚片。〉 わたし　さしみ　た
可能句	私は刺身が食べられる。〈我敢吃生魚片。〉 わたし　さしみ　た
	私は刺身を食べることができる。〈我敢吃生魚片。〉 わたし　さしみ　た

主動句	冬子は車を運転する。〈冬子開車。〉 ふゆこ　くるま　うんてん

| 可能句 | 冬子は車が運転できる。〈冬子會開車。〉 |
| | 冬子は車を運転することができる。〈冬子會開車。〉 |

注意⑧

上例中的可能動詞來自於他動詞（及物動詞），表能力對象的助詞原則上必須由「を」改成「が」。但在實際的用法中，我們也會看到「刺身を食べられません」或「車を運転できる」之類的句子。

（2）原來的動詞為自動詞時

主動句	私は日本へ行く。〈我要去日本。〉
可能句（1）	私は日本へ行ける。〈我能去日本。〉
可能句（2）	私は日本へ行くことができる。〈我能去日本。〉

主動句	父は六時に起きる。〈父親六點起床。〉
可能句（1）	父は六時に起きられる。〈父親能在六點起床。〉
可能句（1）	父は六時に起きることができる。〈父親能在六點起床。〉

注意⑧

來自於自動詞（不及物動詞）的可能動詞，原來的助詞不必做任何改變。

句型（2）〔～は（動詞連體形）ことができる〕的〔（動詞連體形）こと〕這個部分，實際上是利用「こと」將動詞化為體言，語法功能相當於體言，因此我們也可以直接以意思相同的體言來替換。

冬子は<u>車を運転すること</u>ができる。

→冬子は<u>車の運転</u>ができる。

3.語言能力和運動能力的表達方式

【例句】

❼山本さんはロシヤ語ができます。〈山本小姐會俄語。〉
やまもと　　　　　ご

❽北里さんはスキーができません。〈北里先生不會滑雪。〉
きたざと

要表示某人會不會某種語言或某種運動時，通常採取下面的句型：

句型：〔A　は　X（語言／運動技能）が　できる〕〈A會X（語言／運動技能）〉

渡辺さんの奥さんはスペイン語ができます。〈渡邊太太會西班牙文。〉
わたなべ　　　おく　　　　　　　　ご

坂本さんのお嬢さんはテニスがまったくできません。〈坂本先生的千金完全不會
さかもと　　　じょう

打網球。〉

多田さんはベトナム語ができます。しかし、タイ語はできません。〈多田會越南
ただ　　　　　　　　ご　　　　　　　　　　　　　ご

話。可是不會泰國話。〉

語言能力的有無也可以用「分かる／分からない」〈懂／不懂〉來代替「できる／

できない」〈會／不會〉。不過前者比較偏向理解的層面，後者還涵蓋運用的層面在內。

鄭さんはポルトガル語が分かります。〈鄭先生懂葡萄牙語。〉
てい　　　　　　　　ご　　わ

賀来さんはこの漢字の読み方が分かりません。〈賀來小姐不知道這個漢字的唸法。〉
かく　　　　　かんじ　よ　かた　わ

4.可能動詞＋ようになる：表能力的改變

【例句】

❾刺身が食べられるようになりました。〈變得敢吃生魚片了。〉
さしみ　た

❿日本語が話せるようになりたいです。〈希望變得會說日語。〉
にほんご　はな

要表示本來不具備某項能力，後來變成具備該項能力時，可採取如下的句型。

句型：〔可能動詞＋ようになる〕

前は刺身が食べられませんでしたが、今は食べられるようになりました。〈以前
まえ　さしみ　た　　　　　　　　　　　いま　た

不敢吃生魚片，現在（變得）敢吃了。〉

今は日本語が話せませんが、そのうち話せるようになりたいです。〈現在不會說
日語，希望不久之後變得會說。〉

5.〜たら：用言的條件形

動詞、形容詞、形容動詞和斷定詞都有條件形，其構詞方式是：將過去形的詞尾
「〜た」改為「〜たら」（「〜だ」則改為「〜だら」）。

（1）肯定條件形

		肯定過去形	肯定條件形
動詞	五段	書いた 読んだ 言った	書いたら 読んだら 言ったら
	一段	起きた 寝た	起きたら 寝たら
	不規則	した 来た	したら 来たら
形容詞		新しかった	新しかったら
形容動詞		静かだった	静かだったら
斷定詞		（先生）だった	（先生）だったら

（2）否定條件形

		否定過去形	否定條件形
動詞	五段	書かなかった 読まなかった 言わなかった	書かなかったら 読まなかったら 言わなかった
	一段	起きなかった 寝なかった	起きなかったら 寝なかったら
	不規則	しなかった 来なかった	しなかったら 来なかったら

形容詞	新しくなかった あたら	新しくなかったら あたら
形容動詞	静かでなかった しず	静かでなかったら しず
断定詞	（先生）でなかった せんせい	（先生）でなかったら せんせい

6.條件形「～たら」的用法

【例句】

❶ もし、あした雪が降らなかったら、買い物に行きます。〈如果明天沒下雪的話，要
ゆき ふ か もの い
去買東西。〉

❷ もし、私の部屋にコンピューターがあったら、便利でしょう。〈如果我房間有電腦
わたし へや べんり
的話，會很方便吧。〉

❸ もし、あした天気が良かったら、ハイキングに行きましょう。〈如果明天天氣好的
てんき よ い
話，我們去健行吧。〉

❹ もし、結婚相手が金持ちだったら、親も喜ぶでしょう。〈如果結婚對象是有錢人的
けっこんあいて かねも おや よろこ
話，父母也會很高興吧。〉

❺ もし、問題が複雑でなかったら、すぐ答えられます。〈要是題目不複雜的話，就能
もんだい ふくざつ こた
馬上回答。〉

（1）表假定條件（以事情或狀態的實現為假定的前提）。採取下面的句型：

> 句型：［（もし）Ｘ（＝子句）たら　Ｙ］〈（假如）Ｘ的話就Ｙ〉

もし大雨が降ったら、出掛けません。〈要是下大雨就不出門。〉
おおあめ ふ でか

言いたいことがあったら、言ってください。〈如果有話想說，就請說吧。〉
い い

暑かったら、上着を脱いでもいいです。〈要是熱的話，可以把外衣脫掉。〉
あつ うわぎ ぬ

電車だったら、十分で行けます。〈搭電車的話，十分鐘可到。〉
でんしゃ じゅっぷん い

注意8

這個句型中的「もし」〈假如〉可以省略。「もし」是陳述副詞，述語必須採假定
形與其呼應。

（2）表前面所表示的事項和後面所表示的事項偶然相關。採取下面的句型：

> 句型：〔Ｘ（＝子句）たら　Ｙ〕〈Ｘ的時候Ｙ〉

デパートで買い物していたら、隣の奥さんにばったり出会った。〈在百貨公司買東西的時候，突然遇到隔壁家太太。〉

トンネルを出たら、一面の銀世界だった。〈出了隧道之後，眼前是一片白色世界。〉

注意 8

這個用法的「たら」用來表示確定條件（某一事態已經出現），完全沒有假定的意思，所以句首不能用「もし」。

7.～にする：表決定

> 【例句】
> ⑯私はハーブティーにします。〈我（決定）要點花草茶。〉
> ⑰娘へのプレゼントはネックレスにしました。〈我決定送項錬給女兒當禮物。〉
> ⑱来年ハーバード大学に留学することにした。〈決定明年去哈佛大學留學。〉

基本上有下面兩種句型：

> 句型(1)：〔（名詞）にする〕（例句⑯⑰）

> 句型(2)：〔（動詞）ことにする〕（例句⑱）

泊まるところは、新宿のホテルにしましょう。〈住宿的地方我們就決定住新宿的飯店吧。〉

お土産は博多人形にしました。〈禮物決定買博多人偶。〉

民宿には泊まらないことにします。〈決定不住民宿。〉

8.とも：表總括

【例句】

⑲三人とも甘いものが大好きです。〈三個人都非常愛吃甜食。〉
さんにん　あま　　　　だいす

⑳私たちの大学は、テニスの試合で男女とも優勝した。〈我們大學在網球比賽中男女
わたし　だいがく　　　　　　　　しあい　だんじょ　　ゆうしょう
都奪魁。〉

「〜とも」〈〜都〉是接尾辭，接在複數名詞（例句⑳）或數量詞（例句⑲）後面
表全部包括，沒有例外。

辞書は十冊持っています。十冊とも日本語の辞書です。〈有十本字典。十本都是
じしょ　じゅっさつも　　　　　　　じゅっさつ　　にほんご　じしょ
日文字典。〉

コンピューターは五台あります。五台とも日本製です。〈有五部電腦。五部都是
ごだい　　　　　　　ごだい　　にほんせい
日本製。〉

9.下定義的表達方式

【例句】

㉑留学というのは、外国へ行って勉強することです。〈所謂留學就是指前往外國唸書
りゅうがく　　　　　がいこく　い　　べんきょう
而言。〉

㉒親友とは親しい友達のことです。〈所謂摯友就是要好的朋友之意。〉
しんゆう　した　ともだち

要針對某個字眼下定義時，通常採取下面兩種句型：

句型：〔Aというのは　Bのことです。〕〈所謂A，就是B的意思。〉

句型：〔Aとは　Bのことです。〕〈所謂A，即指B而言。〉

句型中〔Bのこと〕的部分，可以是「名詞＋のこと」（例句㉒），也可以是「動
詞連體形＋こと」（例句㉑）。

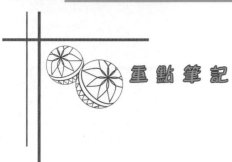

第19課

自動詞和他動詞、感覺、「～てくる／～ていく」的用法

〔基本句型〕

1. 展望台から遠くの山々が見えます。〈從瞭望台看得到遠處群山。〉
   てんぼうだい　とお　やまやま　み

2. 隣の部屋からピアノの音が聞こえます。〈（從）隔壁房間聽得到（傳來）鋼
   となり　へや　　　　　　おと　き
   琴聲。〉

3. ゆりの花はいい匂いがします。〈百合花很香。〉
   はな　　　にお

4. 101ビルの上に月が出ています。〈月亮高掛在101大樓的上方。〉
   うえ　つき　で

5. 北原さんは犬を連れて公園を散歩しています。〈北原帶著狗在公園散步。〉
   きたはら　　いぬ　つ　　こうえん　さんぽ

6. 向こうから徹ちゃんが走って来ました。〈小徹從前方跑了過來。〉
   む　　　　とおる　　　はし　き

7. 京都で清水焼の夫婦茶碗を買って来ました。〈從京都買清水燒的夫妻對杯回
   きょうと　きよみずやき　めおとぢゃわん　か　き
   來。〉

8. 康夫君は一生懸命に勉強しました。それで、東大に受かりました。〈康夫拼
   やすおくん　いっしょうけんめい　べんきょう　　　　　　　　とうだい　う
   命用功，因此考上東大。〉

9. 康夫君は一生懸命に勉強したので、東大に受かりました。〈康夫拼命用功，
   やすおくん　いっしょうけんめい　べんきょう　　　　　とうだい　う
   因此考上東大。〉

10. もう遅いから、早く行きなさい。〈已經很晚了，趕快去！〉
    おそ　　　　はや　い

1.見える／聞こえる：表視覺和聽覺的可能動詞

> 【例句】
>
> ❶屋上から101ビルが見えます。〈從屋頂看得到101大樓。〉
> おくじょう　　　　　　　　み
>
> ❷このホテルから富士山が見えます。〈從這家飯店看得到富士山。〉
> ふ じ さん　 み
>
> ❸屋上から歌声が聞こえます。〈聽得到歌聲從頂樓傳來。〉
> おくじょう　うたごえ　き
>
> ❹隣の家から子供を叱る声が聞こえました。〈聽到鄰居罵小孩的聲音。〉
> となり いえ　　こ ども しか こえ き

要表示〈從什麼地方看得到什麼東西〉或是〈聽到什麼聲音從什麼地方傳來〉時，可以分別用「見える」和「聞こえる」，採取下面的句型：

> **句型：[（處所詞）から（對象）が　見える／聞こえる]**

「見える」和「聞こえる」都是自動詞（不及物動詞），而且也都屬於表示能力的可能動詞，對象必須以「が」表示，這一點和他動詞（及物動詞）「見る」「聞く」不同。

海を見る。〈看海。〉 うみ　み	海が見える。〈看得見海。〉 うみ　み
音楽を聞く。〈聽音樂。〉 おんがく　き	音楽が聞こえる。〈聽得到音樂聲。〉 おんがく　き

要注意（例句①、②）的「から」和（例句③、④）的「から」雖然都表示起點，但前者表示的是視線的起點，所以看的人必須在樓頂或飯店內才看得到大樓或富士山，而後者表示的則是聲音的起點，聲音是從樓頂乃至於隔壁傳來的，所以聽的人必須身在樓頂乃至於隔壁以外的地方。

2.～がする：表氣味、味道、聲音的感覺

> 【例句】
>
> ❺この薬は薄荷の匂いがします。〈這藥有薄荷味道。〉
> くすり　はっか　にお
>
> ❻そのジュースは少し変な味がします。〈那果汁味道有點怪。〉
> すこ へん あじ
>
> ❼あの風鈴はとてもいい音がします。〈那風鈴聲音非常好聽。〉
> ふうりん　　　　　 おと

要表示〈什麼東西聞起來有什麼氣味〉（例句⑤）、〈什麼東西吃起來有什麼味道〉

（例句⑥）、〈什麼東西聽起來有什麼感覺〉（例句⑦）時，通常採取如下的句型：

句型：[（對象）は（連體修飾語）{ 匂い（にお）/ 味（あじ）/ 音（おと） }が　する]

這裡的「する」是自動詞，表示〈出現（某種狀況）〉。

3. 自動詞和他動詞

【例句】

❽女の人が手を上げてバスを止めた。〈一個女的舉手讓巴士停下來。〉
おんな ひと て あ と

❾バスが止まった。〈巴士停了下來。〉
と

❿男子生徒が上からビー玉を落とした。〈男學生從上面把玻璃彈珠丟下去。〉
だんしせいと うえ だま お

⓫ビー玉が落ちた。〈玻璃彈珠掉下去了。〉
だま お

日語的動詞如果從自動詞和他動詞的觀點來分類的話，可分為下面幾類：

（1）只有他動詞者

　買う　食べる　飲む　読む　書く　着る……
　か　　た　　　の　　よ　　か　　き

（2）只有自動詞者

　行く　来る　走る　ある　歩く　坐る　泣く……
　い　　く　　はし　　　　　ある　すわ　な

（3）兼具自動詞和他動詞者

　a.自他同形

他　動　詞	自　動　詞
静子さんを笑う。〈嘲笑静子。〉 しずこ　　わら	静子さんが笑う。〈静子笑。〉 しずこ　　わら
ドアを開いた。〈開門。〉 ひら	ドアが開いた。〈門開了。〉 ひら

　b.自他異形

他　動　詞	自　動　詞
会議を始める。〈開始舉行會議。〉 かいぎ　はじ	会議が始まる。〈會議開始舉行。〉 かいぎ　はじ
水を流す。〈沖水。〉 みず　なが	水が流れる。〈水流。〉 みず　なが
ご飯を残す。〈把飯剩下。〉 はん　のこ	ご飯が残る。〈飯剩下。〉 はん　のこ
子供を起こす。〈叫孩子起床。〉 こども　お	子供が起きる。〈孩子起床。〉 こども　お

　　日語的自動詞和他動詞用法有別，各位背動詞的時候，必須同時記住它是自動或他動。而且由於自他異形配對成雙的自‧他動詞為數甚多，最好一組一組的背下來，實際運用時將方便不少。

注意8

有的自動詞和他動詞，雖然形態上看不出任何類似之處，但詞義上卻有密切的關聯。下面的例子即是。

他　動　詞	自　動　詞
作る〈做〉 つく	出来る〈完成〉 でき
殺す〈殺死〉 ころ	死ぬ〈死〉 し

4.「～ている」和動詞自他的關係

【例句】
⑫運動場に草が生えています。〈操場長著草。〉
　うんどうじょう　くさ　は

⑬庭に赤いバラが咲いている。〈庭院開著紅玫瑰。〉
　にわ　あか　さ

⑭友達とカラオケで歌を歌っています。〈和朋友在卡拉ＯＫ唱歌。〉
　ともだち　うた　うた

⑮弟は宿題を書いています。〈弟弟在寫習題。〉
　おとうと　しゅくだい　か

　　我們在之前已經說過持續貌「～ている」主要有兩個用法：（1）動作的持續進行；（2）變化結果的存續。一般說來，由他動詞構成的持續貌偏向於表示動作的持續（例句⑭、⑮），自動詞的持續貌則偏向於表示變化結果的存續（例句⑫、⑬）。這是因為他

動詞有較多的動態動詞，自動詞則有較多變化動詞的關係。當然這只是大原則，並非絕對的規律。請比較下面的例句：

閉めています。〈正在關門。──動作正持續進行。〉

ドアが閉まりました。〈門關上了。──由開而關，狀態發生變化。〉

ドアが閉まっています。〈門關著。──變化結果存續。〉

テレビを直しています。〈正在修電視。──動作正持續進行。〉

テレビが直りました。〈電視修好了。──由壞而好，狀態發生變化。〉

テレビが直っています。〈電視修好了。──變化結果存續。〉

空が曇りました。〈天陰了。──由晴而陰，狀態發生變化。〉

空が曇っています。〈天色陰暗。──變化結果存續。〉

5.を：表通過・移動的地點

【例句】

⑯淡水河は台北盆地を流れています。〈淡水河流經台北盆地。〉

⑰信号が青になってから横断道路を渡りましょう。〈變綠燈之後我們過斑馬線吧。〉

⑱一人で夜道を歩くのは危険です。〈一個人走夜路很危險。〉

句型：〔（處所詞）を（表移動位置的自動詞）〕

格助詞「を」前面接處所詞，後面接表示移動位置的自動詞時，用來表示經過的場所或移動的路徑，和出現在他動詞之前表動作對象的「を」有別。

常用的移動自動詞有下面這些：

行く　飛ぶ　歩く　走る　通る　渡る　泳ぐ　曲がる　逃げる

経る　横切る　散歩する　旅行する　流れる　通過する

注意❽

「に」「で」「を」的前面都可以接處所詞，三者之間用法的不同可整理如下：

に：後面接靜態存在動詞，表存在的處所。

で：後面接動態動作動詞，表活動的處所。

を：後面接移動動詞，表通過的路徑或處所。

6. ～て来る／て行く：～（過）來／～（過）去

【例句】

⑲子犬がこちらへ走って来ました。〈小狗朝這邊跑過來。〉

⑳泥棒が向こうへ逃げて行った。〈小偷往那邊逃走了。〉

㉑銀座の三越でブランド物のスカーフを買って来た。〈在銀座三越買名牌絲巾回來（過來）。〉

㉒マクドナルドでハンバーグを食べて行きましょう。〈我們在麥當勞吃了漢堡才去吧。〉

這個形式主要出現在下面兩種句型中：

（1）〔（移動動詞て形）＋来る／行く〕

郵便局の方へ歩いて行きました。〈往郵局方向走過去了。〉

部屋の中から出て来た。〈從房間裡出來。〉

這個用法的「～て来る」用來表示向說話者所在位置靠近的動作；「～て行く」用來表示從說話者所在位置離去的動作。移動動詞和「来る／行く」（補助動詞）處於同時進行的關係。

（2）〔（非移動動詞て形）＋来る／行く〕

あの本屋で小説を買って来てください。〈你在那家書店買小說回來吧。〉

映画を見て行きましょう。〈看了電影才去吧。〉

這個用法的「～て来る」用來表示在別處做完某事後向說話者所在位置移動；「～て行く」用來表示在說話者所在位置做完某事後向別處移動。非移動動詞和「来る／行く」（補助動詞）處於前後發生的關係。

注意8

「～て来る」還可以用來表示〈出去做某事後再回原處〉的意思。這時中文通常說成〈去～（來）〉，和日語剛好相反。

> サンドイッチを買って来ます。〈我去買三明治（回來）。〉

> 映画を見て来ましょう。〈我們去看電影（然後回來）吧。〉

> 映画を見に行きましょう。〈我們去看電影吧。〉

7.表因果關係的接續助詞「ので」和接續詞「それで」

【例句】

㉓姉は風邪を引いたので、会社を休みました。〈姐姐感冒了，所以沒去公司上班。〉

㉔姉は風邪を引きました。それで、会社を休みました。〈姐姐感冒了，所以沒去公司上班。〉

㉕この辺は交通が便利なので、家賃も高いです。〈這一帶交通很方便，因此房租也貴。〉

㉖この辺は交通が便利です。それで、家賃も高いです。〈這一帶交通很方便，因此房租也貴。〉

「ので」和「それで」詞義相同，都用來表示兩件事情的因果關係，但所用的句型不同。

「ので」是接續助詞，不能獨立使用，採取如下的句型，出現在前面的用言必須為連體形。

句型：〔（連體子句）ので、（主要子句）〕

今日は日曜日なので、電車がすいています。〈今天是星期天，所以電車很空。〉

雨が降っているので、出かけませんでした。〈下雨所以沒出去。〉

昨日は風が強かったので、ほこりもひどかった。〈昨天風很強，所以灰塵很多。〉

「それで」是接續詞，能獨立使用，採取如下的句型。

句型：〔（句子）それで、（句子）〕

今日は日曜日です。それで、電車がすいています。〈今天是星期天，所以電車很

空。〉

雨が降っています。それで、出かけませんでした。〈下雨所以沒出去。〉

昨日は風が強かった。それで、ほこりもがひどかった。〈昨天風很強,所以灰塵很多。〉

注意 8

「から」也是表因果關係的接續助詞,用法和「ので」類似,但有微妙的不同。

①就形態而言,「から」前面接終止形,「ので」前面接連體形。

$$部屋がきれい \left\{ \begin{array}{l} だから、 \\ なので、 \end{array} \right\} とても気持がいい。$$

〈房間乾淨,所以覺得很舒服。〉

②「から」用來對兩件事情的因果關係做主觀的認定,所認定的因果關係未必具有邏輯上的必然性。「ので」用來對兩件事情的因果關係做客觀的描述,所描述的因果關係具有邏輯上的必然性。

③主要子句是表示命令、請求、希望、禁止、決意、推量、疑問之類說話者主觀情意的句子時,通常用「から」,不用「ので」。

$$この小説は面白い \left\{ \begin{array}{l} から(○) \\ ので(×) \end{array} \right\} あなたも読んでみてください。$$

〈這小說很好看,所以你也讀讀看吧。〉

但因「ので」語氣較為柔和,所以在表示委婉的請求或意志的句子中,也可以用「ますので」來表達。

外の約束がありますので、もう失礼しましょう。〈我另外有約,該告辭了。〉

8.動詞的命令形

【例句】

㉗この日本語の文章を台湾語に翻訳しなさい。〈你把這篇日文翻譯成台語吧!〉

㉘あなたが悪いから、謝りなさい。〈錯在你,你道歉吧!〉

（1）**常體命令形**

動詞本身有常體命令形（第六變化），型態如下：

	基本形	命令形
五段：詞尾u→e	書く（kak-u） 読む（yom-u）	書け（kak-e） 読む（yom-e）
一段：詞尾ru→ro／yo	寝る（ne-ru） 起きる（oki-ru）	寝ろ／寝よ（ne-ro／ne-yo） 起きろ／起きよ（oki-ro／oki-yo）
不規則	する（su-ru） 来る（ku-ru）	しろ／せよ（si-ro／se-yo） 来い（ko-i）

常體命令形語氣相當粗暴，通常只用於上對下的高壓式命令，一般會話不宜使用。

（2）**敬體命令形**

「動詞第二變化（連用形）＋なさい」即成敬體命令形。「なさい」本身是「する」的敬語動詞「なさる」的命令形。

基本形	連用形	敬體命令形
書く	書き	書きなさい
読む	読み	読みなさい
言う	言い	言いなさい
起きる	起き	起きなさい
食べる	食べ	食べなさい
する	し	しなさい
来る	来	来なさい

「なさい」雖然是敬體命令形，但只能用於上對下的命令。平輩之間或下對上通常不能用命令形「〜なさい」，要用「〜てください」之類的請求句。

重點筆記

第20課

雙主句、比較句、「のです」句

《基本句型》

1. 象は鼻が長いです。〈大象鼻子長。〉
   ぞう　はな　なが

2. 私はお腹が痛いです。〈我肚子疼。〉
   わたし　なか　いた

3. 私は吐き気がします。〈我想吐。〉
   わたし　は　け

4. 井上さんは体重が70キロあります。〈井上先生體重有七十公斤。〉
   いのうえ　たいじゅう

5. 東京は大阪より人口が多いです。〈東京人口比大阪多。〉
   とうきょう　おおさか　じんこう　おお

6. 大森さんは小池さんと同じぐらい背が高いです。〈大森小姐和小池小姐一樣
   おおもり　こいけ　おな　せ　たか
   個子高。〉

7. 邦夫君は正明君ほど太っていません。〈邦夫沒有正明那麼胖。〉
   くにおくん　まさあきくん　ふと

8. 日本語と中国語とではどちらがやさしいですか。〈日語和華語哪個比較簡
   にほんご　ちゅうごくご
   單？〉

9. 日本語の方がやさしいです。〈日語比較簡單。〉
   にほんご　ほう

10. 台湾では、台北が一番賑やかです。〈在台灣，台北最熱鬧。〉
    たいわん　たいぺい　いちばんにぎ

11. はやく薬を飲んだ方がいいです。〈最好趕快吃藥。〉
    くすり　の　ほう

12. 頭が痛いのです。〈（是）頭痛。〉
    あたま　いた

1.雙主句：說明事物的部分特徵或屬性

【例句】

❶妹は顔が丸いです。〈妹妹臉圓。〉
　いもうと　かお　まる

❷姉は背が高いです。〈姐姐個子高。〉
　あね　せ　たか

❸小百合さんは目が綺麗です。〈小百合小姐眼睛很漂亮。〉
　さゆり　め　きれい

❹グッチのハンドバッグは値段が高いです。〈古奇的皮包價格很貴。〉
　　　　　　　　　　　　ねだん　たか

　　當我們要針對某一事物說明其某一部分的特徵或某一種屬性時，通常採雙主句「Ａ
はＢがＸ」的句型。雙主句中的Ａ（主題）和Ｂ（主語）之間具有「整體－部分」的關
係，因此這個句型本身原則上可以改成「ＡのＢがＸ」的形式。

　　象は鼻が長いです。〈大象鼻子長。〉
　　ぞう　はな　なが

　　→象の鼻が長いです。〈大象的鼻子很長。〉
　　　ぞう　はな　なが

　　妹は顔が丸いです。〈妹妹臉圓。〉
　　いもうと　かお　まる

　　→妹の顔が丸いです。〈妹妹的臉很圓。〉
　　　いもうと　かお　まる

注意8

　　「ＡはＢがＸ」和「ＡのＢがＸ」所表示的內容雖然大致相同，但前者用來說明Ａ

如何如何，是較普通的句型，後者則將重點放在Ｂ，敘述Ｂ的情況，是比較特別的

情況下才會使用的句型。

2.生理現象的表達方式

【例句】

❺私は手足がだるいです。〈我四肢無力。〉
　わたし　てあし

❻私はめまいがします。〈我頭暈。〉
　わたし

❼私は寒気がします。〈我打寒戰。〉
　わたし　さむけ

　　說話者要表達自己生理上的感覺或現象時，可以採取下面幾個方式：

（1）利用感覺形容詞，以雙主句「ＡはＢがＸ（＝感覺形容詞）」的句型表達當時的感覺。（例句⑤）

　　私は目が痛いです。〈我眼睛痛。〉
　　わたし　め　いた

　　私は背中が痒いです。〈我背部癢。〉
　　わたし　せなか　かゆ

（2）利用「生理名詞＋がする」的句型表達當時的生理現象。（例句⑥⑦）

　　私は吐き気がします。〈我想吐。〉
　　わたし　は　け

　　私は頭痛がします。〈我頭痛。〉
　　わたし　ずつう

（3）以特定的動詞表達。

　　私はお腹が空きました。〈我肚子餓。〉
　　わたし　なか　す

　　私は喉が渇きました。〈我口渴。〉
　　わたし　のど　かわ

3. 表有無的雙主句

【例句】

❽姉はお金があります。〈姐姐有錢。〉
　あね　かね

❾あの人は勇気がありません。〈他沒有勇氣。〉
　　ひと　ゆうき

❿田村さんは身長が180センチあります。〈田村先生身高有180公分。〉
　たむら　　　しんちょう

要表示有無某一對象時，通常採取如下句型（例句⑧、⑨）：

句型：［ＡはＢがある／ない］

谷さんは力があります。〈谷先生力氣很大。〉
たに　ちから

大林さんは勇気がありません。〈大林小姐沒有勇氣。〉
おおばやし　ゆうき

如果要將對象的數量同時表示出來時，就必須採用下面的句型（例句⑩）：

句型：［ＡはＢが（數量詞）ある／ない］

弟は体重が80キロあります。〈弟弟體重有80公斤。〉
おとうと　たいじゅう

私は今日会議が三つもあります。〈我今天有三個會議。〉
わたし　きょうかいぎ　みっ

4.比較的句型

【例句】

⓫牛乳は豆乳より栄養があります。〈牛奶比豆漿有營養。〉
ぎゅうにゅう　とうにゅう　　えいよう

⓬滝口さんは小森さんより上手にピアノが弾けます。〈瀧口小姐比小森小姐會彈鋼
たきぐち　　こもり　　　　じょうず　　　　　　ひ

琴。〉

⓭秋谷さんは金田さんより少し痩せています。〈秋谷先生比金田先生瘦一點。〉
あきや　　かねだ　　　すこ　や

⓮秋谷さんは柴田さんと同じぐらい背が高いです。〈秋谷先生和柴田先生一樣個子
あきや　　しばた　　おな　　　せ　たか

高。〉

⓯秋谷さんは柴谷さんほど背が高くないです。〈秋谷先生個子沒有柴谷先生那麼
あきや　　しばたに　　せ　たか

高。〉

（1）比較的對象如果程度不相等時，因著眼點的不同可以採取下面三種句型：

> 句型：[AはBよりX]／[AはBよりCがX]
> 〈A比B（X）〉／〈A比B（C（X））〉

飛行機は汽車より速い。〈飛機比火車快。〉
ひこうき　きしゃ　　はや

山田さんは私より背が高い。〈山田個子比我高。〉
やまだ　　わたし　せ　たか

周さんは謝さんより日本語が上手です。〈周小姐的日語比謝先生好。〉
しゅう　　しゃ　　　にほんご　じょうず

注意8

「より」是助詞，中文說「A比B～」，日文則說成「AはBより～」。

> 句型：[BはAほどXない]／[BはAほどCがXない]
> 〈B沒有A那麼X〉／〈B的C沒有A那麼X〉

汽車は飛行機ほど速くない。〈火車沒有飛機那麼快。〉
きしゃ　ひこうき　　はや

私は山田さんほど背が高くない。〈我個子沒山田小姐那麼高。〉
わたし　やまだ　　　せ　たか

謝さんは周さんほど日本語が上手ではありません。〈謝先生的日語沒有周小
しゃ　　しゅう　　にほんご　じょうず

姐好。〉

> 句型：[ＢはＡより少しＹ] ／ [ＢはＡより少しＣがＹ]
>
> 〈Ｂ比Ａ稍微Ｙ〉／〈Ｂ的Ｃ比Ａ稍微Ｙ〉

汽車は飛行機より少し遅い。〈火車比飛機慢一些。〉

私は山田さんより少し背が低い。〈我比山田小姐矮一點。〉

謝さんは周さんより日本語が少し下手です。〈謝先生的日語比周小姐差一點。〉

（2）比較的對象如果程度大致相等時，用下面的句型：

> 句型：[ＡはＢと同じぐらいＸ] ／ [ＡはＢと同じぐらいＣがＸ]
>
> 〈Ａ和Ｂ一樣Ｘ〉／〈Ａ的Ｃ和Ｂ一樣Ｘ〉

この山はあの山と同じぐらい高い。〈這座山和那座山一樣高。〉

鈴木さんは佐藤さんと同じぐらい中国語が上手です。〈鈴木先生的中國話和佐藤一樣好。〉

チンパンジーは人間と同じぐらい頭がいいです。〈黑猩猩和人類一樣聰明。〉

5.副助詞「ほど」和「ぐらい」的用法

> 【例句】
>
> ⑯パーティには１０人ぐらいしか来ませんでした。〈酒會只來了10個人左右。〉
>
> ⑰辞書を百冊ほども買いました。〈字典買了大約一百本之多。〉

副助詞可以接在各種詞語的後面，增添不同詞義，並賦予連用修飾語的語法功能。

「ほど」和「ぐらい」都是表程度或大概數量的副助詞，部分用法重疊，有時可以互換。

十分 { ほど／ぐらい } 待ちました。〈等了大約十分鐘。〉

豚肉は牛肉 { ほど／ぐらい } 高いですか。〈豬肉有牛肉那麼貴嗎？〉

不過由於「ほど」基本上有表示事物的「數量或程度很甚」的語義特徵，「ぐら

い」基本上有表示事物的「數量或程度輕微」的語義特徵，因此下面例句中的「ほど」

和「ぐらい」原則上不能互換，否則會造成詞義上的衝突。

辞書は三冊ぐらいしかありません。〈字典只有三本而已。〉
じしょ　さんさつ

辞書は百冊ほどもあります。〈字典有百來本之多。〉
じしょ　ひゃくさつ

表程度上無法匹敵的「AはBほどXない」句型中的「ほど」通常也不能換成「ぐら

い」。

今年は去年 $\left\{ \begin{array}{l} ほど（○） \\ ぐらい（×） \end{array} \right\}$ **寒くありません。**〈今年沒有去年那麼冷。〉
ことし　きょねん　　　　　　　　　　　　　　さむ

6.二者擇一的比較

【例句】

⑱ダイヤモンドとルビー（と）ではどちらが高いですか。〈鑽石和紅寶石，哪一個比
たか
較貴？〉

⑲ダイヤモンドの方が高いです。〈鑽石比較貴。〉
ほう　たか

⑳東京と上海（と）ではどちらが交通が便利ですか。〈東京和上海，哪一邊交通比較
とうきょう　シャンハイ　　　　　　こうつう　べんり
方便？〉

㉑どちらも（交通が）便利です。〈兩邊交通都很方便。〉
こうつう　　べんり

向對方詢問兩項事物中何者程度較甚時，可採取下面的句型：

句型：[AとB(と)ではどちらがXですか]／[AとB(と)ではどちらがCがXですか]

〈A和B哪個比較X？〉／〈A和B哪個的C比較X？〉

自動車と汽車とではどちらが速いですか。〈汽車和火車，哪個比較快？〉
じどうしゃ　きしゃ　　　　　　　　　はや

鄭さんと林さんではどちらがテニスが上手ですか。〈鄭小姐和林小姐哪個比較會打
てい　　りん　　　　　　　　　　　　　　じょうず
網球？〉

注意 8

句型中的第二個「と」（有括弧者）可以省略。

針對上面的問句，可以有下面兩種回答方式：

（1）

汽車の方が速いです。〈火車比較快。〉
きしゃ　ほう　はや

鄭さんの方がテニスが上手です。〈鄭小姐比較會打網球。〉
てい　　ほう　　　　　　　　じょうず

（2）

どちらも速いです。〈兩個都快。〉
はや

どちらも（テニスが）上手です。〈兩個人都很會（打網球）。〉
じょうず

7.特定範圍內的比較

【例句】

㉒日本ではどこが一番温泉が有名ですか。〈日本哪裡的溫泉最有名？〉
にほん　　　　　　　　いちばんおんせん　ゆうめい

㉓日本では草津が一番温泉が有名です。〈日本草津的溫泉最有名。〉
にほん　　くさつ　いちばんおんせん　ゆうめい

㉔このレストランでは何が一番おいしいですか。〈這家餐廳什麼最好吃？〉
なに　いちばん

㉕このレストランではビフテキが一番おいしいです。〈這家餐廳牛排最好吃。〉
いちばん

要在特定範圍內指定何者程度最甚時，採取下面的句型：

台湾では玉山が一番高いです。〈台灣玉山最高。〉
たいわん　　ぎょくざん　いちばんたか

アメリカではニューヨークが一番人口が多いです。〈美國以紐約人口最多。〉
いちばんじんこう　おお

和這個句型對應的問句則採取如下的句型：

台湾ではどの山が一番高いですか。〈台灣哪個山最高？〉
たいわん　　　やま　いちばんたか

日本ではどこが一番人口が多いですか。〈日本什麼地方人口最多？〉

このクラスでは誰が一番ピアノが上手ですか。〈這一班誰最會彈鋼琴？〉

日本語の雑誌ではどれが一番人気がありますか。〈日語雜誌哪一本最受歡迎？〉

注意 8

這個句型中的「では」表示比較的範圍，譯成中文相當於〈在～（當中）〉。

8. 提出建議的說法：「～た方がいいです」

【例句】

㉖肺がんになりますから、たばこは止めたほうがいいですよ。〈會得肺癌，你最好戒煙！〉

㉗危ないですから、行かない方がいいでしょう。〈很危險，最好別去吧。〉

（1）肯定的建議

> 句型：[（動詞過去形）＋方がいいです]〈最好～〉（例句㉖）

（2）否定的建議

> 句型：[（動詞現在否定形）＋方がいいです]〈最好不要～〉（例句㉗）

早く薬を飲んだ方がいいですよ。〈最好趕快吃藥吧。〉

あの人には言わない方がいいです。〈最好不要跟他說。〉

注意 8

肯定的建議用動詞的「過去形」並沒有表示過去的意思，而是預期該動作如果實現對情況較為有利。否定的建議不能用「過去形」，則是因為否定的建議本來就以動作的不實現為前提。

9.「～のです」：針對特定情況加以說明

【例句】

㉘綺麗なドレスを着ていますね。どこかへ行くのですか。〈穿的禮服很漂亮。是要上
哪兒去嗎？〉

㉙結婚披露宴へ行くのです。〈是要去參加結婚喜宴。〉

㉚顔色が悪いですね。風邪をひいたのですか。〈你臉色很差。是感冒了嗎？〉

㉛いいえ、風邪を引いたのではありません。頭が痛いのです。〈不，不是感冒，是頭
痛。〉

出現於句尾，上面接活用語連體形的「～のです」（敬體）和「～のだ」（常體）
是用來說明某一特定情況的形式。

單純敘述		說明特定情況
行きます	→	行くのです
痛いです	→	痛いのです
好きです	→	好きなのです
先生です	→	先生なのです

請比較一下下面的句子。

歯が痛いです。〈我牙齒痛。——單純敘述事實。沒有任何前提亦可使用。〉

歯が痛いのです。〈我是牙齒痛。——別人問你為何愁眉苦臉，你說明理由。〉

どうしてお酒を飲まないのですか。〈你為什麼不喝酒？——看到對方美酒當前卻
不舉杯時，要對方說明。〉

後で車を運転するのです。〈因為待會兒要開車。——說明不喝酒的原因。〉

注意8

「～のです／～のだ」在會話中常簡縮為「～んです／～んだ」。

ちょっと待ってください。話しがあるんです。〈你等一下。我有話要跟你
說。——說明請對方等一下的理由。〉

179

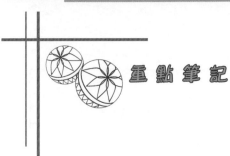

第21課

表習慣、已然或未然、列舉、比例、邀約、句型轉換

《基本句型》

1 私は毎日トイレの掃除を手伝っています。〈我每天幫忙打掃廁所。〉

2 北野さんへの手紙はもう出しました。〈給北野小姐的信已經寄出去了。〉

3 今月の家賃はまだ払っていません。〈這個月的房租還沒付。〉

4 休日にはボーリングとかバドミントンとかいろいろ運動をします。〈打保齡球啦，打羽毛球啦，假日會做各種運動。〉

5 この文章は20分ぐらいで直せるでしょう。〈這篇文章大概花個20分鐘左右就能改好吧。〉

6 もっと早く歩いてください。〈請更快步走！〉

7 外国へ行く時、パスポートが要ります。〈去外國的時候需要護照。〉

8 外国へ行く時、要るのはパスポートです。〈去外國的時候需要的是護照。〉

9 私は寒気がします。それに、吐き気もします。〈我發冷而且想吐。〉

10 私は寒気もするし、吐き気もします。〈我又發冷又想吐。〉

11 月に三回ぐらい映画を見ます。〈一個月看電影三次左右。〉

12 一緒に図書館へ行きませんか。〈要不要一起去圖書館？〉

1. ～ている：表現在的習慣

【例句】

❶私は毎朝近くの公園でジョギングをしています。〈我每天早上都在附近的公園慢跑。〉

❷このクラスの学生は毎週日本語のテストを受けています。〈這個班級的學生每個星期都接受日語測驗。〉

❸小谷さんは毎年富士山に登っています。〈小谷每年都爬富士山。〉

「～ている」除了表動作狀態的持續和動作結果的持續之外，還可以和具有反覆性的時間詞（例如「毎日」「毎年」「いつも」之類）一起出現，用來表示現在的習慣。這個用法的「～ている」可以和單純的現在・未來形互換，意思不變。

毎日日本語の会話を練習しています。〈每天練習日語會話。〉

＝毎日日本語の会話を練習します。

毎週彼女とデートしています。〈每週都跟女友約會。〉

＝毎週彼女とデートします。

如果是過去的習慣，就可以用「～ていた」來表示。

その時は、毎週彼女とデートしていました。〈當時每週都跟女友約會。〉

2. 副詞「もう」和「まだ」：表已然和未然

【例句】

❹東京に来てからもう三か月経ちました。〈來東京之後已經過了三個月。〉

❺新しいポストについてから、まだ二週間しか経っていません。〈就任新職之後還只不過兩個星期。〉

❻坂井さんはもうコーヒーを飲みました。〈坂井先生已經喝咖啡了。〉

❼田所さんはまだ来ていません。〈田所小姐還沒來。〉

❽紅茶はもうありません。〈紅茶已經沒了。〉

❾お茶漬けはまだあります。〈茶泡飯還有。〉

「もう」的基本義是表示新事態已經出現，大致相當於華語的〈已經〉。「まだ」的基本義則是表示舊事態尚未改變，大致相當於華語的〈還（沒）；還（不）〉。

這裡介紹三個用法。

（1）**表經過時間的長短**

　　a.以〔～てから、もう（時間詞）経ちました〕的句型表示〈～之後已經過了多久時間〉。（例句④）

　　卒業してから、もう十年経ちました。〈畢業至今已經十年了。〉

　　b.以〔～てから、まだ 時間詞）しか 経っていません〕的句型表示〈～之後還沒經過多少時間〉。（例句⑤）

　　卒業してから、まだ一か月しか経っていません。〈畢業至今還只不過一個月。〉

（2）**表動作已經發生或尚未發生**

　　「もう＋過去形」表動作已經發生（例句⑥）

　　「まだ＋否定持續態」表動作迄今尚未發生（例句⑦）。

　　黄さんはもう会社に戻りました。〈黄小姐已經回公司了。〉

　　小林さんはまだ会社に戻っていません。〈小林還沒回公司。〉

注意8

上述（1）（2）兩個用法的「もう」，句尾必須以過去形「～た」與之呼應，「まだ」則必須以否定持續貌「～ていない」與之呼應。

（3）**表舊事態不復存在或舊事態依然存在**

　　這個用法的「もう」要和現在否定形呼應（例句⑧），「まだ」則要和現在肯定形呼應（例句⑨）。

　　刺身はもうありません。〈生魚片已經沒了。——以前有，現在已經沒有了。〉

　　刺身はまだあります。〈生魚片還有。——以前有，現在仍然有。〉

3.～とか～とか：以舉例的方式列舉同類事物

【例句】

❿堀辰雄とか横光利一とか日本の小説家について紹介してください。〈像堀辰雄啦，
横光利一啦，請就日本的小說家加以介紹。〉

⓫京都にはホテルとか旅館とか泊まる所がたくさんあります。〈像飯店啦，日式旅館
啦，京都有許多可以住宿的地方。〉

列舉同類事物做為例子的「とか」原則上可以和「や」或「と」替換，但主要用於
口頭語，通常採〔AとかBとか（Cとか）……〕〈A啦B啦（C啦）……〉的形式。

桜とか桃とか種類がたくさんあります。〈櫻花啦，桃花啦，種類很多。〉

鉛筆とか消しゴムとか下敷きとかいろいろ買いました。〈鉛筆啦，橡皮擦啦，墊
板啦，各色各樣買了一堆。〉

4.で：表所需人力、時間、金額

【例句】

⓬この荷物は軽いから一人で運べます。〈這行李很輕，一個人就拿得動。〉

⓭安売りですから、この雑誌は百円で買えます。〈因為是拍賣，這雜誌一百元就買得
到。〉

⓮この建物は三か月で出来ました。〈這棟建築物三個月就蓋好了。〉

以「數量詞＋で」的形式表示所需要或所花費的人力（例句⓬）、金錢（例句
⓭）、時間（例句⓮）。

この小説は一か月で書きました。〈這小說花一個月就寫好了。〉

あの時計は二万円で買えるでしょう。〈那個鐘兩萬塊就買得到吧。〉

三人でトイレを綺麗に掃除しました。〈三個人把廁所打掃乾淨。〉

5.連用修飾語的不同類型

【例句】

⑮もっと早く読んでください。〈請唸更快一點。〉

⑯字をあまり小さく書いてはいけません。〈不可以把字寫得太小。〉

⑰今日の富士山はとても綺麗に見えます。〈今天的富士山看起來非常漂亮。〉

　　形容詞的副詞形「～く」、形容動詞的副詞形「～に」以及副詞在句中都可以當連用修飾語來修飾動詞。從詞義上的關係來看，連用修飾語可細分為下面三種類型：

（1）**表動作在什麼狀態下進行。**（例句⑮）

　　　早く起きなさい。〈快起床！――說明起床的方式。〉

　　　ゆっくり歩きました。〈慢慢地走。――說明走路的方式。〉

（2）**表動作或變化的結果。**（例句⑯）

　　　子供が大きくなりました。〈孩子長大了。――結果變大了。〉

　　　部屋を綺麗に掃除しました。〈把房間掃乾淨了。――結果變乾淨了。〉

（3）**表思考或感覺的內容。**（例句⑰）

　　　薄化粧をした彼女は一段と美しく見えます。〈薄施脂粉的她看起來更加美麗。――視覺內容。〉

　　　話相手がいないので、とても寂しく思いました。〈沒有人可以交談，所以覺得非常寂寞。――感受的內容。〉

　　觀察上面的例句可以發現，各個類型的中文翻譯方式也略有不同，（1）以「狀語＋動詞」的形式翻譯，（2）（3）則以「動詞＋補語」的形式翻譯。

6.句型的轉換：敘述句和判斷句

> 【例句】
>
> ⑱烏がかあかあ鳴いています。〈烏鴉呱呱叫。〉
>
> ⑲かあかあ鳴いているのは烏です。〈呱呱叫的是烏鴉。〉
>
> ⑳日本の大学に留学する時、推薦状が必要です。〈去日本的大學留學時，需要推薦書。〉
>
> ㉑日本の大学に留学する時、必要なのは推薦状です。〈日本的大學留學時，需要的是推薦書。〉

敘述句指單純敘述事實，沒有主題（以「は」表示）的句子（例句⑱、⑳）。判斷句則指句中有主題，並針對該主題加以說明或提示判斷的句子，通常採「～は～です」的句型（例句⑲、㉑）。例如：

　　犬が鳴いています。〈狗在叫。——敘述眼前的景象。敘述句。〉

　　犬は人間の友達です。〈狗是人類的朋友。——說明狗的特質。判斷句。〉

句中有訊息焦點（以特指的「が」表示）的敘述句，可以用下面的方式轉換為判斷句，原則上意思不變。

　　［AがX］

　　→［XのはAです］

　　犬が鳴いている。〈狗在叫。〉

　　→鳴いているのは犬です。〈在叫的是狗。〉

　　先生の許可が必要です。〈需要老師的批准。〉

　　→必要なのは先生の許可です。〈需要的是老師的批准。〉

7. 接續詞「それに」和接續助詞「し」：表添加

【例句】

㉒あの人は手足が不自由です。それに、目も悪いです。〈他手腳殘障，而且視力也差。〉
　　ひと　　てあし　ふじゆう　　　　　　　　　め　わる

㉓あの人は手足も不自由だし、目も悪いです。〈他手腳又殘障，視力又差。〉
　　ひと　　てあし　ふじゆう　　　め　わる

㉔そのアルバイトは楽です。それに、時間給もいい。〈那份兼差很輕鬆，而且時薪也高。〉
　　　　　　　　　らく　　　　　　　じかんきゅう

㉕そのアルバイトは楽だし、時間給もいいです。〈那份兼差又輕鬆，時薪又高。〉
　　　　　　　　　らく　　じかんきゅう

　　「それに」〈而且〉是表示添加的接續詞，通常採［AがX。それに、BもY。］的句型（例句㉒、㉔）。「し」〈而且〉也用來表添加，但詞類上屬於接續助詞，上面接活用語的述語形，通常採［AもXし、BもY。］的句型（例句㉓、㉕）。

　　今日は頭が痛いです。それに、咳も出ます。〈今天頭很痛，而且會咳嗽。〉
　　きょう　あたま　いた　　　　　　　　　せき　で

　　今日は頭も痛いし、咳も出ます。〈今天頭又痛，又會咳嗽。〉
　　きょう　あたま　いた　　せき　で

注意 8

　　「それに」和「し」也可以同時出現在一個句子中。

　　今日は頭も痛いし、それに、咳も出ます。〈今天頭又痛，而且又會咳嗽。〉
　　きょう　あたま　いた　　　　　　　　せき　で

　　不過「それに」還可以用來連接名詞，則是「し」所沒有的用法。

　　必要なものは紙、色鉛筆それに輪ゴムです。〈必備物品是紙、彩色鉛筆以及
　　ひつよう　　　　かみ　いろえんぴつ　　わ
　　橡皮筋。〉

　　牛乳とそれにたまごも買ってきてください。〈請你去買鮮奶還有蛋來。〉
　　ぎゅうにゅう　　　　　　　　か

8. に：表比例分配

【例句】

㉖月に三回か四回、家族に手紙を書きます。〈一個月有三次或四次寫信給家人。〉
　　つき　さんかい　よんかい　かぞく　てがみ　か

㉗三年に一度、国会議員の選挙があります。〈三年選一次國會議員。〉
　　さんねん　いちど　こっかいぎいん　せんきょ

㉘一週間に一度ぐらいトイレを掃除してください。〈請你一個禮拜至少要掃一次廁所。〉
　　いっしゅうかん　いちど　　　　　　　　そうじ

　　助詞「に」可以採「（數詞）に（數詞）」的形式表比例分配。

一日に二回注射します。〈每天打針兩次。〉
いちにち に かいちゅうしゃ

三人に一人ノートパソコンを持っている。〈每三人當中就有一人有筆記型電
さんにん ひとり も

腦。〉

三回に一回は失敗する。〈三次當中會有一次失敗。〉
さんかい いっかい しっぱい

9.一緒に～～ませんか：委婉的邀約

【例句】

❷⁹一緒に映画を見に行きませんか。〈你要不要一起去看電影？〉
いっしょ えいが み い

❸⁰一緒に映画を見に行きましょうか。〈我們一起去看電影好不好？〉
いっしょ えいが み い

❸¹一緒に映画を見に行きましょう。〈我們一起去看電影吧！〉
いっしょ えいが み い

邀約對方一起採取行動時，可以採取下面幾種句型，語氣略有不同。

（1）[一緒に～～しませんか]

一緒に食事しませんか。〈你要不要一起吃飯？－－不表明自己的意願，只徵
いっしょ しょくじ
詢對方的意見。〉

（2）[一緒に～～しましょうか]

一緒に食事しましょうか。〈我們一起吃飯好不好？－－表明自己的意願，並
いっしょ しょくじ
徵詢對方的意見。〉

（3）[一緒に～～しましょう]

一緒に食事しましょう。〈我們一起吃飯吧。－－只表明自己的意願，不徵詢
いっしょ しょくじ
對方的意見。〉

由此可見，（1）是最鄭重的說法，其次是（2），最後是（3）。

第22課

擁有、經驗、因果關係、同時進行、說明理由等表達方式

〈基本句型〉

1 私は妹が三人あります。〈我有三個妹妹。〉
わたし いもうと さんにん

2 あなたはふぐ料理を食べたことがありますか。〈你吃過河豚料理嗎？〉
りょうり た

3 弟はときどき朝寝坊をすることがあります。〈弟弟有時早上睡到很晚。〉
おとうと あさねぼう

4 早く出かけないと間に合いませんよ。〈不趕快出門的話會來不及的。〉
はや で ま あ

5 この道をまっすぐ行くと、信号があります。〈這條路一直往前走就有個紅綠
みち い しんごう

燈。〉

6 兄はいつもラジオを聞きながら日本語の
あに き にほんご

勉強をします。〈哥哥總是一面聽廣播一
べんきょう

面學日語。〉

7 私が本を買ったのは三省堂書店です。
わたし ほん か さんせいどうしょてん

〈我是在三省堂書店買的書。〉

8 会社を休んだのは風邪を引いたからです。〈請假沒上班是因為感冒。〉
かいしゃ やす かぜ ひ

1.「ある」的三個用法：表存在、發生、擁有

【例句】

❶あなたの鞄は引き出しの中にあります。〈你的皮包在抽屜裡面。〉

❷きのうあのスーパーで火事がありました。〈昨天那家超市發生火災。〉

❸田中さんには子供が三人あります。〈田中先生有三個小孩。〉

「ある」是使用頻率相當高的基本動詞，主要有下面三個用法：

（1）表靜態事物（人和動物除外）的存在

机の上に辞書が二冊あります。〈桌上有兩本字典。〉

急須は食器棚にあります。〈茶壺在餐具櫃。〉

（2）表動態事件的發生

あした学校で試験があります。〈明天學校要考試。〉

先週あの交差点で交通事故がありました。〈上週那個十字路口發生車禍。〉

注意❽

事件發生的地點必須用助詞「で」表示。

（3）表擁有（人或事物）

私（に）は姉が一人、兄が二人あります。〈我有一個姊姊，兩個哥哥。〉

鶴野さん（に）は双子のお子さんがあります。〈鶴野有一對雙胞胎小孩。〉

彼（に）は絵を書く才能があります。〈他有畫圖的才能。〉

注意❽

這個用法的助詞「に」可以省略。所擁有的人以家人、親戚、朋友為限。

2.～たことがある：表經驗

【例句】

❹京都へ行ったことがありますか。〈你去過京都嗎？〉

❺そんな話は聞いたことがありません。〈沒聽說過這種事。〉

❻高橋さんには二度会ったことがあります。〈曾經見過高橋小姐兩次。〉

❼子供のころ、その小説を読んだことがある。〈小時候看過那本小說。〉

❽母はまだ一度も弟を叱ったことがありません。〈母親一次也沒罵過弟弟。〉

❾日本人の家に一度しか泊まったことがありません。〈只在日本人家裡住過一次。〉

要表示以前有沒有某種經驗時通常採取下面的句型：

句型：［常體過去形＋ことが　ある／ない］

私は日本へ行ったことがあります。〈我去過日本。〉

黄さんは刺身を食べたことがありません。〈黃先生沒吃過生魚片。〉

這個句型還可以加上不同的連用修飾語，對經驗的次數做更進一步的限定。

一度～～たことがある。〈～～過一次。〉

一度だけ～～たことがある。〈只～～過一次。〉

一度しか～～たことがない。〈只～～過一次。〉

何度も～～たことがある。〈～～過好幾次。〉

一度も～～たことがない。〈一次也沒～～過。〉

まだ～～たことがない。〈還沒～～過。〉

注意⑧

這個句型通常不可採取「～たことがありました」的形式。

　　納豆を食べたことがありました。（×）

3.～ことがある：有時會～

【例句】

❿私は時々彼女に会うことがある。〈我有時會和她見面。〉
わたし　ときどきかのじょ　あ

⓫子供たちはたまに喧嘩することがある。〈孩子們偶而會吵架。〉
こども　　　　　けんか

⓬冬は二か月以上も雨が降らないことがある。〈冬天有時會超過兩個月不下雨。〉
ふゆ　に　げついじょう　あめ　ふ

⓭このごろとても忙しいので、昼飯を食べないこともあります。〈這陣子非常忙，有
いそが　　　　　ひるめし　た

時甚至沒吃午飯。〉

「現在形＋ことがある」用來表示〈有時會有～～的情形〉，常常和「時々」〈有
時〉或「たまに」〈偶而〉之類的副詞一起出現。
ときどき

時々お風呂に入らないことがあります。〈有時不洗澡。〉
ときどき　ふろ　はい

この店の刺身はたまに古いことがある。〈這家店的生魚片偶而會不新鮮。〉
みせ　さしみ　　　ふる

ときどきタクシーで会社に出ることがある。〈有時會搭計程車上班。〉
かいしゃ　で

注意8

下面三句意思完全不同，千萬不可混淆。

刺身を食べたことがある。〈吃過生魚片。〉
さしみ　た

刺身を食べることがある。〈有時會吃生魚片。〉
さしみ　た

刺身を食べることができる。〈敢吃生魚片。〉
さしみ　た

4.接續助詞「と」的用法

【例句】

❶春が来ると花が咲きます。〈春來花就開。〉

❷この道をまっすぐ行くと、右側に郵便局があります。〈這條路直走，右邊就有郵局。〉

❸気温が低いと、桜はなかなか咲きません。〈氣溫低的話，櫻花就遲遲不綻放。〉

❹体が弱いと仕事ができません。〈體力弱的話就無法工作。〉

❺独身だと自由にお金が使えます。〈單身就能隨便花錢。〉

❻生活が不安定だと、落ち着いて研究ができない。〈生活如果不安定，就無法安心研究。〉

「と」上面接活用語的現在敘述形（基本形），採〔（附屬子句）と、（主要子句）〕的句型，主要有下面三種用法：

(1) **表恆常或必然的因果關係。**（在前項的條件下，必然出現後項的結果。）

酒を飲むと顔が赤くなる。〈一喝酒就臉紅。〉

二に二を足すと四になる。〈二加二等於四。〉

夏になると暑くなります。〈一到夏天就變得很熱。〉

(2) **表順態假定。**（假如出現前項的條件，就會引起後項的結果。）

早く行かないと間に合いません。〈不趕快去會來不及。〉

学生だと割引があります。〈學生的話有折扣。〉

万一失敗すると大変です。〈萬一失敗就糟了。〉

(3) **表兩個情況幾乎同時發生。**（在前項的條件下，後項的情況同時或隨即發生。）

木村さんは部屋に入ると、電気を消しました。〈木村一進房間就把電燈關掉。〉

コインを入れると、切符がでてきた。〈一投入硬幣，票就跑出來了。〉

長いトンネルを抜けると、雪国だった。〈一穿過長長的隧道就是雪鄉。〉

注意⁸

①用「と」連接時，主要子句的句尾不可出現意志、請求、命令、禁止、邀約、希望、建議等形式。

夕方になると
- 散歩します。 （○）
- 散歩しよう。 （×） ［意志］
- 散歩してください。 （×） ［請求］
- 散歩しなさい。 （×） ［命令］
- 散歩してはいけません。 （×） ［禁止］
- 散歩しましょう。 （×） ［邀約］
- 散歩したいです。 （×） ［希望］
- 散歩した方がいいです。 （×） ［建議］

②「と」前面的活用語絕對不可用「過去形」。

部屋に入ったと、電気を消しました。 （×）

5.〜ながら：表兩個動作同時進行

【例句】

⑳妹はいつもクラシックを聞きながら、勉強します。〈妹妹總是一面聽古典音樂一面唸書。〉

㉑山本さんはメモを取りながら、講演を聞いています。〈山本先生邊做筆記邊聽演講。〉

㉒車に注意しながら道を渡ってください。〈過馬路要一面注意車輛。〉

㉓テレビを見ながら食事をしてはいけません。〈不可以一面看電視一面吃飯。〉

「動詞連用形（第二變化）＋ながら」構成「同時形」。

基本形	連用形	同時形
読む	読み	読みながら
歌う	歌い	歌いながら
見る	見	見ながら
食べる	食べ	食べながら
する	し	しながら

同時形用來表示同一動作主體同時進行兩個動作，採取〔ＡはＸながらＹ〕〈Ａ一面Ｘ一面Ｙ〉的句型。

二人はテレビを見ながらお酒を飲んでいる。〈兩人一面看電視一面喝酒。〉

ギターを弾きながら歌を歌う。〈邊彈吉他邊唱歌。〉

お茶を飲みながら話しましょう。〈我們邊喝茶邊聊吧。〉

注意 8

兩個動作的動作主體不是同一個人時，就不能用「ながら」表示。

私は本を読みながら、あの人は手紙を書きます。（×）

〈我一面讀書，他寫信。（×）〉

私は本を読み、あの人は手紙を書きます。（○）

〈我讀書，他寫信。（○）〉

6.特指用法的「が」：表訊息焦點

【例句】

㉔辞書が二冊あります。どちらがあなたの辞書ですか。〈有兩本字典。哪一本是你的字典？〉

　　——こちらが私の辞書です。〈這一本是我的字典。〉

㉕どれがあなたの鞄ですか。〈哪個是你的包包？〉

　　——あれが私の鞄です。〈那個是我的包包。〉

㉖どこが出口ですか。〈哪兒是出口？〉

　　——ここが出口です。あそこが入口です。〈這兒是出口。那兒是入口。〉

㉗どんな家がいいですか。〈什麼樣的房子比較好？〉

　　——広くて明るい家がいいです。〈寬敞又明亮的房子比較好。〉

　　疑問句中的疑問詞是說話者要傳達給對方的訊息焦點，必須以特指的「が」表示，不能用「は」（例句㉔、㉕、㉖、㉗的問句部分）。說話對方在回答時也必須針對疑問詞給予答覆，這時所答覆的部分也是訊息焦點，同樣要用「が」表示（例句㉔、㉕、㉖、㉗的答句部分）。

問 どれが面白いですか。〈哪個比較好玩？──訊息焦點是「どれ」。〉

答 これが面白いです。〈這個比較好玩。──訊息焦點是「これ」。因此也可以簡答為「これです」。〉

7.～から、～のです：說明理由

【例句】

㉘どうして会社を休んだのですか。〈為什麼向公司請假？〉

㉙風邪を引いたから、会社を休んだのです。〈因為感冒所以向公司請假。〉

　　當對方以「どうして～のですか」的疑問句型要求說明理由時，可以用〔～から、～のです〕〈因為～所以才～〉或〔～からです〕〈因為～〉的句型加以說明。

問 どうしてハイキングに行かないのですか。〈為什麼不去郊遊？〉

答 用事があるからハイキングに行かないのです。〈因為有事所以不去郊遊。〉

用事があるからです。〈因為有事。〉

8.明示訊息焦點的句型：～～のは～～です

【例句】

㉚姉はきのう銀座で本を買いました。〈姐姐昨天在銀座買書。〉

㉛姉がきのう本を買ったのは銀座です。新宿ではありません。〈姐姐昨天買書是在銀座。不是在新宿。〉

㉜姉がきのう銀座で買ったのは本です。化粧品ではありません。〈姐姐昨天在銀座買的是書。不是化妝品。〉

㉝姉が銀座で本を買ったのは昨日です。一昨日ではありません。〈姐姐在銀座買書是昨天。不是前天。〉

訊息焦點除了可以利用特指的「が」表示外，還可以利用特定的句型〔Ｘのは Ａ です。Ｂではありません。〕〈Ｘ的是Ａ，不是Ｂ。〉來表示。這個句型中的Ａ和Ｂ就是訊息焦點。Ｘ則必須是連體子句或活用語的連體形。

下面的a句是普通的敘述句，我們可以把句中不同的名詞分別當作訊息焦點套入上述句型，構成b、c、d、e句。

(a) 私は先週秋葉原で携帯を買いました。〈我上週在秋葉原買了手機。〉

(b) 私が先週秋葉原で買ったのは携帯です。〈我上週在秋葉原買的是手機。〉

(c) 私が秋葉原で携帯を買ったのは先週です。〈我在秋葉原買手機是上週。〉

(d) 私が先週携帯を買ったのは秋葉原です。〈我上週買手機是在秋葉原。〉

(e) 先週秋葉原で携帯を買ったのは私です。〈上週在秋葉原買手機的是我。〉

在談話的過程中，如果說話者認為對方收到的訊息不正確必須加以更正時，就可以利用〔Ｘのは Ａ です〕這個句型把正確的訊息說出來，然後再用〔Ｂではありません〕

把錯誤的訊息加以否定。

私が買ったのは携帯です。テレビではありません。〈我買的是手機。不是電視。〉

注意8

×的部分是連體子句時，主語要用「が」表示，不可用「は」。所以上面的句子用「私が買った」而非「私は買った」。

9.～のは～からです：說明理由

【例句】

㉞会社を休んだのは風邪を引いたからです。〈向公司請假是因為感冒。〉

㉟日本に留学したくないのは、生活費が高いからです。〈不想去日本留學是因為生活費很貴。〉

㊱日本語が好きなのは、面白い言葉だからです。〈喜歡日語是因為日語很有趣。〉

在7介紹的〔～から、～のです〕是用來說明理由的句型，訊息焦點在於「～から」的部分，因此也可以改為〔～のは、～からです〕的句型，將訊息焦點明確地提示出來。

どうして行かないのですか。〈為什麼不去？〉

→行かないのはどうしてですか。〈不去是為什麼？〉

用事があるから行かないのです。〈因為有事所以不去。〉

→行かないのは用事があるからです。〈不去是因為有事。〉

第23課 打算、意願、目的、手段、動作樣態、比喻等表達方式

《基本句型》

1 私は大学院で日本文学を専門に勉強するつもりです。〈我打算在研究所攻讀日本文學。〉

2 私は大学に進むつもりはありません。〈我不打算上大學。〉

3 僕は九州方言について論文を書こうと思います。〈我想要寫九州方言的論文。〉

4 藤田さんは彼女と結婚しようとは思っていません。〈藤田並不想要和她結婚。〉

5 インターネットで資料を集めるためにパソコンを買いました。〈為了在網路上收集資料而買了個人電腦。〉

6 貯金は家のローンを返済するために使います。〈存款要用來償還房屋貸款。〉

7 娘のために素敵なウェディングドレスを買いました。〈為女兒買了漂亮的結婚禮服。〉

8 ナイフとフォークを使ってビーフステーキを切って下さい。〈請用刀叉切牛排。〉

9 妹は立って新聞を読んでいます。〈妹妹站著看報紙。〉

10 明美さんは傘をささずに歩いています。〈明美沒撐傘在路上走。〉

11 ゆうべはお風呂に入らないで寝ました。〈昨晚沒洗澡就睡了。〉

12 この部屋は窓がないので、蒸し風呂のように暑いです。〈這房間沒窗戶所以熱得像蒸籠。〉

1.形式名詞「つもり」的用法：表打算

【例句】

❶卒業後、テレビ局か新聞社で働くつもりです。〈我打算畢業後在電視台或報社工作。〉

❷あなたは日本に留学するつもりですか。〈你有打算去日本留學嗎？〉

❸はい、そのつもりです。〈對。有這個打算。〉

❹このことは親に話さないつもりです。〈這件事我打算不跟父母說。〉

❺陽子さんと別れるつもりはありません。〈不打算和陽子分手。〉

句型：［（連體修飾語）＋つもりです］

名詞當中有一小類稱爲「形式名詞」。它的特徵是本身缺乏實質詞義，無法單獨使用，必須在連體修飾語的修飾限定下才能產生具體的意思，發揮其語法功能。「つもり」就是常用的形式名詞之一，通常出現在句尾和斷定詞結合在一起，功能類似助動詞。有下面幾種用法：

（1）**接於意志動詞現在形（包括肯定形和否定形）之後，表說話者的意志、預定，相當於中文〈打算～〉。**

来年日本へ行くつもりです。〈打算明年去日本。〉

一生結婚しないつもりです。〈打算一輩子不結婚。〉

夏休みには何をするつもりですか。〈暑假你打算作什麼？〉

注意8

①形式名詞不能單獨使用，所以下面的c句不能成立。

　　問 パソコンを買うつもりですか。〈你打算買個人電腦嗎？〉

　　答 a. はい、買うつもりです。（○）〈是的，打算買。〉

　　　　b. はい、そのつもりです。（○）〈是的，有這個打算。〉

　　　　c. はい、つもりです。（×）

②要表示〈不打算～〉時，必須採取「～つもりはありません」的形式，不說成

「〜つもりではありません」。請比較下面兩句。

結婚するつもりはありません。〈我不打算結婚。〉
けっこん

結婚するつもりではありません。〈我並非打算結婚。〉
けっこん

（2）接於動詞現在形以外的連體修飾語之後，表〈當做〜；自認為〜〉的意思。

父はまだ若いつもりです。〈父親認為自己還年輕。〉
ちち　　わか

その論文は詳しく読んだつもりです。〈那篇論文我自認看得很仔細。〉
ろんぶん　くわ　　よ

この仕事は遊びのつもりです。〈這工作我把它當做遊戲。〉
しごと　あそ

2.〜（よ）うと思う：表意志

【例句】

❻今日はゆっくり休もうと思います。〈我今天想要好好休息。〉
きょう　　　　やす　おも

❼この仕事をやめようと思っています。〈想要辭去這個工作。〉
しごと　　　　　おも

❽弁護士になろうとは思っていません。〈並不想要當律師。〉
べんごし　　　　　おも

　　動詞的意志形除了敬體的「〜ましょう」之外，還有常體的「〜（よ）う」。常體

意志形的構詞方式是：第一變化未然形＋意志助動詞「〜（よ）う」。

（1）五段動詞：第一變化未然形＋う

（基本形）	→	（未然形）＋う	→	（意志形）
読む よ		読も＋う よ		読もう よ
書く か		書こ＋う か		書こう か
歌う うた		歌お＋う うた		歌おう うた

（2）一段動詞：第一變化未然形＋よう

（基本形）	→	（未然形）＋よう	→	（意志形）
起きる お		起き＋よう お		起きよう お
寝る ね		寝＋よう ね		寝よう ね

（3）不規則動詞：第一變化未然形＋よう

（基本形）	→	（未然形）＋よう	→	（意志形）
する		し＋よう		しよう
来る		来＋よう		来よう

常體意志形直接當述語用時，用法和敬體意志形（〜ましょう）一樣，可以表說話者的決意（動作主體爲說話者個人時），或表邀約（動作主體包括說話者和對方時）。

私が彼に話そう。〈我來跟他說吧。〉

私たちは一緒に日本へ行こう。〈我們一起去日本吧。〉

除此之外，常體意志形還可以採〔〜（よ）うと思う〕或〔〜（よ）うと思っている〕的句型表〈想要〜〉；採〔〜（よ）うとは思わない〕或〔〜（よ）うとは思っていない〕的句型表〈並不想要〜〉。

私はドイツに留学しようと思います。〈我想要去德國留學。〉

私はドイツに留学しようとは思いません。〈我並不想要去德國留學。〉

私はパリに行こうと思っています。〈我想要去巴黎。〉

私はパリに行こうとは思っていません。〈我並不想去巴黎。〉

注意⑧

①「〜（よ）うと思う」的句型，主語以第一人稱為限。主語如為第二人稱，必須採問句的形式。主語如為第三人稱，必須採「〜（よ）うと思っている」的句型。

　　私は日本に行こうと思います。（○）

　　彼は日本に行こうと思います。（×）

　　彼は日本に行こうと思っています。（○）

　　あなたは日本に行こうと思います。（×）

　　あなたは日本に行こうと思いますか。（○）

②主語是第一人稱時，既可用「〜（よ）うと思う」的句型，也可以用「〜（よ）うと思っている」的句型，但二者意思略有不同。前者表示說話者在說話當時（時間點）有這個想法，後者表示說話者一直（持續一段時間）有這個想法。

3.ために：表目的或利益

【例句】

❾日本語を習うためにお金をたくさん使いました。〈為了學日語花了很多錢。〉
　にほんご　なら　　　　　　かね　　　　　　つか

❿家を買うために朝から晩まで働きました。〈為了買房子從早工作到晚。〉
　いえ　か　　　　　あさ　　　ばん　　　はたら

⓫家族のために一生懸命働いています。〈為了家人而拼命工作。〉
　かぞく　　　　　いっしょうけんめいはたら

⓬息子のために玩具を買いました。〈為兒子買玩具。〉
　むすこ　　　　　おもちゃ　か

　　　　句型：〔（Ｘ）ために　Ｙ。〕〈為了Ｘ而Ｙ。〉

Ｘ＝連體修飾語。可以是動詞的連體形（例句❾❿），也可以是「表示人的名詞＋の」（例句⓫⓬）。

　「ため」可歸類為形式名詞，所以前面一定要有連體修飾語。「ために」之前的連體修飾語如為動詞，通常表示〈Ｙ的目的是Ｘ〉；「ために」之前的連體修飾語如為表示人的名詞，就表示〈Ｙ是為了Ｘ（某人）的利益所做的動作〉。

　日本文学を研究するために日本語を習っている。〈為了研究日本文學而學日語。〉
　にほんぶんがく　けんきゅう　　　　　にほんご　なら

　新しい家を買うために貯金している。〈為了買房子而存錢。〉
　あたら　いえ　か　　　　　ちょきん

　娘のために新しいランドセルを買った。〈為女兒買新書包。〉
　むすめ　　　　あたら　　　　　　　　　か

4.〜て（肯定中止形）：表手段、狀態

【例句】

⓭電子炊飯器を使ってご飯を焚きましょう。〈我們用電子鍋來煮飯吧。〉
　でんしすいはんき　つか　　　はん　た

⓮自転車に乗って新宿まで行った。〈騎自行車到新宿。〉
　じてんしゃ　の　　しんじゅく　い

⓯りんごはいつも皮を剥いて食べます。〈蘋果總是削皮吃。〉
　　　　　　　　かわ　む　た

⓰飛行機が煙を吐いて墜落した。〈飛機冒著煙墜落。〉
　ひこうき　けむり　は　　ついらく

　要表示動作是用什麼手段（例句⓭⓮）或在什麼狀態下（例句⓯⓰）進行時，可以利用肯定中止形（〜て），採取〔ＸてＹ〕的句型。

タクシーに乗って帰りましょう。〈搭計程車回家吧。〉

分からない単語は辞書を引いて調べなさい。〈不懂的單字翻字典查。〉

包丁を使って肉を細かく切った。〈用菜刀把肉切細。〉

笑って挨拶しました。〈笑著打招呼。〉

坐って飲んでください。〈請坐著喝。〉

横になって本を読んでいます。〈躺著看書。〉

手段也可以用助詞「で」表示。因此上面的前三個例句，可以改爲「～で」的形式。

タクシーで帰りましょう。

分からない単語は辞書で調べなさい。

包丁で肉を細かく切った。

5.～ないで／～ずに：表動作的樣態

【例句】

⑰祖父は眼鏡を掛けないで本を読んでいます。〈爺爺沒戴眼鏡在看書。〉

⑱祖母も眼鏡を掛けずに本を読んでいます。〈奶奶也是沒戴眼鏡在看書。〉

⑲息子は今朝もご飯を食べないで出掛けた。〈兒子今天早上也是沒吃飯就出門了。〉

⑳歯を磨かずに寝てはいけません。〈不可以沒刷牙就睡覺。〉

動詞否定中止形「～ないで」和肯定中止形「～て」一樣，可用來表示動作在什麼狀況下進行，採「ＸないでＹ」的句型（例句⑰⑲）。而且「～ないで」可以替換爲「～ずに」（例句⑱⑳），意思不變，但書面語色彩較濃。

書かないで	→	書かずに
読まないで	→	読まずに
歌わないで	→	歌わずに
起きないで	→	起きずに

寝ないで	→	寝ずに
しないで	→	せずに
来ないで	→	来ずに

本を見ないでもう一度言って下さい。〈請別看書再說一次。〉

朝ご飯を食べずに学校へ行きました。〈沒吃早餐就去學校。〉

大阪に行かないで神戸に行った。〈沒去大阪而是去神戸。〉

靴を脱がずに部屋に入ってはいけません。〈不可以沒脫鞋就進入房間。〉

6. 助動詞「ようだ」的用法：表類似、舉例、推測

【例句】

㉑彼女の心は氷のように冷たい。〈她的心冷酷似冰。〉

㉒みかんのような果物はビタミンＣを多く含んでいます。〈像橘子這樣的水果含有豐富的維他命Ｃ。〉

㉓あの人は日本人のように日本語がぺらぺらです。〈他的日語跟日本人一樣流利。〉

㉔この雪はまるで綿のようです。〈這雪簡直像棉花一樣。〉

㉕先生はお酒がお好きなようだ。〈老師好像很愛喝酒。〉

㉖こちらの方がおいしいようだ。〈這邊的好像比較好吃。〉

「ようだ」是形容動詞型活用的助動詞，詞尾的變化方式和形容動詞一樣。「ように」是連用形，「ような」是連體形。

「ようだ」接在「活用語連體形」或「名詞＋の」的後面，有下面幾個用法：

（1）表類似（例句㉑㉓）

このお酒は水のようだ。〈這酒像水一般。〉

日本人のように上手に日本語を話す。〈日語說得很流利像日本人。〉

（2）表舉例（例句㉒㉔）

京都のような静かな町が好きです。〈我喜歡像京都那樣幽靜的城市。〉

鉛筆や消しゴムのようなものを売っている。〈賣鉛筆和橡皮擦之類的物品。〉

（3）表推測（例句㉕㉖）

小池さんはテニスが好きなようです。〈小池似乎愛打網球。〉

この問題はちょっと難しいようだ。〈這題目好像有點難。〉

7.～中：表正在進行

【例句】

㉗主人は今、日本旅行中です。〈我先生目前正在日本旅行。〉

㉘仲本さんは、会議中なので、会えません。〈仲本小姐正在開會無法會客。〉

㉙作動中の機械に触らないでください。〈請勿碰觸正在運轉的機器。〉

㉚仕事中にタバコを吸ってはいけません。〈工作時不可抽煙。〉

㉛血液中の白血球の数が極端に少ない。〈血液中的白血球數目極少。〉

㉜午前中は図書館にいる予定です。〈我上午預定會在圖書館。〉

「～中」是接尾辭，接在名詞後面，構成的也是名詞。有下面幾個用法：

（1）接於具有動作性的名詞後面，表示該動作正在進行。

仕事中〈正在工作〉　　　　勉強中〈正在用功〉　　　　食事中〈正在用餐〉

話し中〈忙線中〉　　　　　出張中〈正出差〉　　　　　準備中〈正在準備〉

（2）接於物體名稱後面，表物體內部，相當於中文〈～中；～裡面〉。

空気中〈空氣中〉　　　　　血液中〈血液中〉

（3）接於時間詞後面，表在該時間範圍內。

今月中〈這個月內〉　　　　今週中〈本週內〉　　　　　午前中〈上午〉

注意 8

並沒有「午後中」這樣的說法。

第24課

條件句及推測的表達方式

《基本句型》

1. 雨が降れば出かけません。〈如果下雨就不出門。〉
　あめ　ふ　　で

2. 安ければ買います。〈如果便宜就買。〉
　やす　　か

3. 五時になったら、私のところへ来てください。〈到了五點請來我這兒。〉
　ご じ　　　　　わたし　　　　　き

4. 福岡へ行くなら、新幹線が便利ですよ。〈要去福岡的話，搭新幹線比較方便
　ふくおか　い　　　　しんかんせん　べんり

　啦。〉

5. 試験が難しくても、受けるつもりです。〈即使考試很難，我還是打算報
　し けん　むずか　　　　　　う

　考。〉

6. 来年は物価が上がるかもしれません。〈明年物價也許會上漲。〉
　らいねん　ぶっか　あ

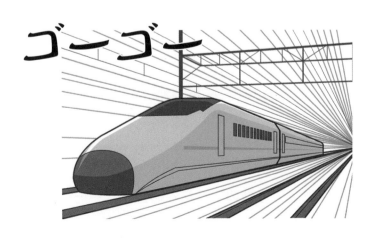

1. 條件句的表達方式

用來敘述在某一條件下，某一事態是否成立的句子稱爲條件句。條件句在形式上通常分成兩個部分——前項和後項。前項表示條件，後項表示和該條件有關的事項。

根據前項和後項之間的關係，條件句可分爲順態條件句和逆態條件句兩大類。順態條件句表示的內容是：在前項的條件下，出現順理成章的結果。逆態條件句表示的內容是：在前項的條件下，出現違反常理的結果。

日語的順態條件句通常以條件形「～ば」、「～と」、「～たら」、「～なら（ば）」表示。逆態條件句通常以「～ても」（中止形＋も）表示。

2. ～ば／なら（ば）：條件形的構詞方式

活用語的條件形可分爲肯定條件形和否定條件形兩種。否定條件形的構詞方式在第17課P.142已經說明過，請自行複習一下。肯定假定形的構詞方式如下：

（1）動詞：將基本形詞尾由-(r)u改為-(r)e，然後加「ば」。

	基本形				ば條件形
五 段	読む（yom-u）	→	読め（yom-e＋ば）	→	読めば
	書く（kak-u）	→	書け（kak-e＋ば）	→	書けば
	歌う（uta-u）	→	歌え（uta-e＋ば）	→	歌えば
一 段	起きる（oki-ru）	→	起きれ（oki-re＋ば）	→	起きれば
	寝る（ne-ru）	→	寝れ（ne-re＋ば）	→	寝れば
不規則	する（su-ru）	→	すれ（sure-ba＋ば）	→	すれば
	来る（ku-ru）	→	来れ（kure-ba＋ば）	→	来れば

（2）形容詞：將基本形詞尾「ーい」改為「ーけれ」，然後加「ば」。

新しい	→	新しけれ＋ば	→	新しければ
高い	→	高けれ＋ば	→	高ければ

（3）形容動詞：將基本形詞尾「ーだ」改為「ーなら」，然後加「ば」。（但

「ば」通常省略。)

きれいだ	→	きれいなら＋（ば）	→	きれいなら（ば）
静かだ しず	→	静かなら＋（ば） しず	→	静かなら（ば） しず

（4）斷定詞：和形容動詞相同。

（先生）だ せんせい	→	（先生）なら＋（ば） せんせい	→	先生なら（ば） せんせい

3.「～ば」的用法：表順態條件

【例句】

❶雪が降れば外出しません。〈如果下雪就不外出。〉
　ゆき　ふ　　　がいしゅつ

❷雪が降らなければ外出します。〈如果不下雪就要外出。〉
　ゆき　ふ　　　　　　がいしゅつ

❸高ければ買いません。〈如果貴就不買。〉
　たか　　　か

❹高くなければ買います。〈如果不貴就買。〉
　たか　　　　　　か

「～ば」和「～なら（ば）」都是條件形，但因形態和用法略有不同，分開說明為宜。這裡先說明「～ば」的用法。

句型：［（條件子句）ば（主要子句）］

（1）**表順態假定條件**。

雪が降れば出掛けません。〈如果下雪就不出門。〉
ゆき　ふ　　で　か

この薬を飲まなければ治りません。〈如果不吃這藥就好不了。〉
　　くすり　の　　　　　　なお

暑ければ窓を開けてください。〈如果會熱就請打開窗子。〉
あつ　　　まど　あ

（2）**表必然的因果關係**。

春が来れば桜が咲く。〈春來櫻花就開。〉
はる　く　　さくら　さ

あの店に行けば買えます。〈去那家店就買得到。〉
　　みせ　い　　か

屋上に上がれば富士山が見えます。〈到頂樓就看得到富士山。〉
おくじょう　あ　　　ふじさん　み

注意⑧

以假定形「～ば」為述語的句子稱為條件子句。條件子句中的主語必須用「が」表

示，不能用「は」。因此下面兩句都不合語法。

雪は降れば出掛けません。（×）

春は来れば花が咲く。（×）

4.「～なら」的用法：表順態條件

【例句】

❺交通が便利ならその部屋を借ります。〈交通方便的話，就租這個房間。〉

❻交通が便利でなければその部屋を借りません。〈交通不便的話，就不租這個房間。〉

❼面白い映画なら、見に行きましょう。〈如果是好看的電影，就去看吧。〉

❽面白い映画でなければ見に行きません。〈如果不是好看的電影，就不去看。〉

　　形容動詞的條件形和斷定詞的條件形都是「～なら」，但用法略有不同。形容動詞的條件形純屬詞尾，只具有假定的意思，不包含斷定的意思，譯成華語是〈如果～的話〉；斷定詞的條件形「～なら」則含有斷定的意思，譯成華語是〈如果是～的話〉。「～なら」條件形的用法如下：

句型：〔（條件子句）なら（ば）（主要子句）〕

（1）表順態假定條件。

あした暇なら、私のうちへ来ませんか。〈明天有空的話，要不要來我家？〉

好きなら、買ってもいいですよ。〈喜歡的話可以買啊。〉

千円ぐらいなら、私が出しましょう。〈一千塊左右的話，我出吧。〉

注意❽

這個用法的「～なら」也可以直接接在動詞和形容詞的述語形後面使用。**請看下面**的例句。

あなたが行くなら、私も行きます。〈你要去的話我也去。〉

この小説を読むなら、貸しましょう。〈你要看這本小說的話，我借你吧。〉

頭が痛いなら、早く帰った方がいいですよ。〈頭痛的話最好早點回去。〉

（2）提示談話主題（接於名詞之後）

　　　その問題なら、もう解決しました。〈那個問題的話，已經解決了。〉

　　　「お兄さんいますか。」「兄なら本屋に行っています。」

　　　〈你哥哥在嗎？〉

　　　〈我哥哥去書店了。〉

注意 ⁸

①「～なら」在用法上的的特徵是以對方所說的話為前提，含有〈如果照你所說，

　是～的話〉的語氣。所以「～なら」前面的部分原則上都是對方已提過的事項。

　這一點（1）（2）兩個用法都不例外。

　　　夏休みには国へ帰らないつもりです。〈暑假我不打算回國。〉

　　　国へ帰らないなら、私のうちへ遊びに来てください。〈不回國的話請來我家

　　　玩。〉

②以「～なら」重述對方的發言內容時，可以利用指示詞「それ」代替。

　　　午後は授業がありません。〈下午沒課。〉

　　　授業がないなら、一緒に映画を見に行きましょう。〈沒課的話我們一起去看

　　　電影吧。〉

　　　それなら、一緒に映画を見に行きましょう。〈那樣的話我們一起去看電影

　　　吧。〉

5.～ても／～でも：表逆態條件

【例句】

❾勉強しても受からないでしょう。〈即使用功也考不上吧。〉

❿勉強しなくても受かるでしょう。〈即使不用功也考得上吧。〉

⓫忙しくても新聞を読みます。〈即使忙也要看報。〉

⓬忙しくなくても新聞を読みません。〈即使不忙也不看報。〉

⓭この仕事は楽でも、やりたくありません。〈這工作即使輕鬆我也不想做。〉

⓮この仕事は楽でなくても、やりたいです。〈這工作即使不輕鬆我也想做。〉

⓯雪の日でも散歩に行きます。〈即使是下雪的日子也會去散步。〉

⓰雪の日でなくても散歩に行きません。〈即使不是下雪的日子也不去散步。〉

　　「～ても／～でも」的構詞方式是：活用語中止形「～て／～で」加上助詞「も」。也有人把「ても／でも」視爲接續助詞。

	基本形	肯定中止形＋も	否定中止形＋も
動　詞	書く	書いても	書かなくても
	読む	読んでも	読まなくても
	言う	言っても	言わなくても
	起きる	起きても	起きなくても
	寝る	寝ても	寝なくても
	する	しても	しなくても
	来る	来ても	来なくても
形容詞	新しい	新しくても	新しくなくても
	高い	高くても	高くなくても
形容動詞	静かだ	静かでも	静かでなくても
	きれいだ	きれいでも	きれいでなくても
斷定詞	（先生）だ	（先生）でも	（先生）でなくても

句型：〔（條件子句）ても／でも（主要子句）〕

「～ても／～でも」用來表逆態條件，有下面兩個用法：

（1）表假定逆態（前項事態尚未發生）。後項不可以是過去式。相當於華語的〈即使～也～〉。可和「たとえ」〈即使〉之類的副詞一起出現。

雨が降っても、行くつもりです。〈就是下雨我也打算去。〉

たとえ安くなくても、買いましょう。〈即使不便宜，我們還是買吧。〉

悪い天気でも、散歩に行ってください。〈即使天氣不好，你也要去散步。〉

（2）表確定逆態（前項事態已經發生）。

いくら読んでも、分かりませんでした。〈不管讀了幾遍都沒搞懂。〉

風邪を引いても、学校を休まなかった。〈雖然感冒並未請假還是上學。〉

物価が上がっても、給料が上がらなかった。〈雖然物價上漲，薪水卻沒漲。〉

6.～たら：表順態條件

【例句】

⑰もし雨が降ったら、試合は中止です。〈假如下雨的話，比賽就取消。〉

⑱もしこの薬を飲んだら、すぐに咳は止まります。〈如果你吃了這個藥，馬上會止咳。〉

⑲十二時になったら、帰ります。〈到十二點的話我就回去。〉

⑳料理が出来たら、すぐ食べましょう。〈菜好了我們就馬上吃吧。〉

我們在第18課P.157已經說過：「～たら」可以和副詞「もし」〈如果〉一起出現，用來表示順態假定條件，相當於華語〈假如～的話〉（例句⑰、⑱）。這個用法的「～たら」，前項所表示的命題有可能實現也有可能不會實現。如果前項所表示的命題必然會實現，只是在說話的時候尚未實現，這時「～たら」並非表示假定，因此不能和「もし」並用（例句⑲、⑳）。就例句⑲而言，隨著時間的經過，十二點一定會到來；就例

句⑳而言，隨著時間的經過，茱必定能做好；二者顯然不是假定。

7.「～たら」「～と」「～ば」「～なら」的區別

「～たら」「～と」「～ば」「～なら」都是條件形，有些用法重疊可以互換，有些用法不能互換。下面提示若干重點：

(1) 表必然的因果關係時，通常用「～ば」、「～と」，不用「～たら」、「～なら」。

春になると花が咲く。〈春來花就開。〉

春になれば花が咲く。〈春來花就開。〉

春になるなら花が咲く。（×）

春になったら花が咲く。〈到了春天就會開花。――單純指出開花的時間。〉

(2) 表過去某一情況的偶然性條件時，通常用「～たら」、「～と」，不用「～ば」、「～なら」。

うちに帰ると、手紙が来ていた。〈回到家一看，來了一封信。〉

うちに帰ったら、手紙が来ていた。〈回到家，（意外）發現發來了封信。〉

うちに帰れば、手紙が来ていた。（×）

うちに帰るなら、手紙が来ていた。（×）

(3) 就句尾形式有無限制而言，「～と」不能用於句尾是命令、請求、禁止、希望、意志、勸誘之類形式的句子。「～たら」、「～なら」則無特別限制。至於「～ば」，如果前面是動作性述語，就和「～と」一樣，有句尾形式上的限制，如果前面是狀態性述語，在句尾形式上就沒有特別的限制。

a.狀態性述語

安いと買いなさい。（×）

安いなら買いなさい。〈（如你所說）便宜的話你就買吧〉

安かったら買いなさい。〈便宜的話你就買吧。〉

安ければ買いなさい。〈便宜的話你就買吧。－－「安い」是狀態性述語。〉

b. **動作性述語**

東京へ行くと本田さんに電話してください。（×）

東京へ行けば本田さんに電話してください。（×）

東京へ行くなら本田さんに電話してください。〈要去東京的話，請打電話給本田小姐。－－去之前打電話。〉

東京へ行ったら本田さんに電話してください。〈到了東京，請打電話給本田小姐。－－去之後打電話。〉

8. ～かもしれない：表推測

【例句】

㉑あしたは台風が来るかもしれません。〈明天說不定颱風會來。〉

㉒来年は物価が下がるかもしれません。〈明年說不定物價會下跌。〉

㉓会議の予定が変わるかもしれません。〈會議預定的時間也許會更動。〉

㉔彼の判断は正しいかもしれません。〈他的判斷或許正確。〉

㉕あなたの説明が不十分かもしれません。〈你的說明也許不夠。〉

句型 ：[活用語叙述形＋かもしれません]

行くかもしれません。〈也許會去。〉

食べないかもしれません。〈也許不吃。〉

読んだかもしれません。〈也許讀了。〉

書かなかったかもしれません。〈也許沒寫。〉

間違っているかもしれません。〈也許錯了。〉

面白いかもしれません。〈也許很有趣。〉

きれいだったかもしれません。〈也許（以前）很漂亮。〉

先生でなかったかもしれません。〈也許（以前）不是老師。〉

静かもしれません。〈也許很靜。〉
しず

サラリーマンかもしれません。〈也許是上班族。〉

注意 8

①接在形容動詞基本形「～だ」以及斷定詞「だ」的後面時，必須將「だ」刪除。

②「～かもしれない」和「～だろう」都用來表推測，但語感略有不同。就說話者
推測時的確信度而言，「～かもしれない」比「～だろう」來得低。換言之，在
說話者的主觀認定上，用「～だろう」推測的事項成為事實的可能性較高。

明日雨が**降る**でしょう。〈明天大概會下雪吧。――很有可能下雪。〉
あした あめ ふ

明日雨が**降る**かもしれません。〈明天也許會下雪。――也有可能不會下
あした あめ ふ
雪。〉

第25課

敬語、授受補助動詞、備置貌、結果貌、
「ように」

❴基本句型❵

1 私は先生に日本のお土産を差し上げました。〈我送老師日本特產。〉
わたし せんせい にほん みやげ さ あ

2 先生は私に辞書を下さいました。〈老師給我字典。〉
せんせい わたし じしょ くだ

3 私は先生から辞書をいただきました。〈我從老師那兒得到字典。〉
わたし せんせい じしょ

4 岡野さんは友達にＣＤを送ってあげました。〈岡野寄CD給朋友。〉
おか の ともだち おく

5 先生は私たちに写真を見せてくださいました。〈老師給我們看照片。〉
せんせい わたし しゃしん み

6 私たちは先生に写真を見せていただきました。〈我們承蒙老師給我們看照
わたし せんせい しゃしん み
片。〉

7 部屋に花を飾っておきましょう。〈我們在房間裡先擺飾一些花吧。〉
へや はな かざ

8 部屋に花が飾ってあります。〈房間裡擺飾著
へや はな かざ
花。〉

9 授業に間に合うように早く家を出ました。
じゅぎょう ま あ はや いえ で

〈為了來得及上課而早早出門。〉

1. 日語的敬語

日語的詞語有敬語和普通語之分。敬語是說話者針對談話對方或話題中的人物，配合其身分、社會地位以及彼此間的上下、親疏關係所採取的敬讓表達方式。敬語並非日語特有的語言現象，華語中也有敬語。例如「請您過目」的「您」和「過目」就是敬語。不過華語的敬語比較單純，只涉及個別詞語的用法，相形之下日語的敬語則牽涉到整個句子的語法結構，用法頗爲複雜。由於正確運用敬語是學好日語不可或缺的條件之一，各位在學習過程中必須特別用心掌握敬語的用法。

日語的敬語通常分爲三類：「尊敬語」（敬稱）、「謙讓語」（謙稱）、「丁寧語」（鄭重稱）。其中，「尊敬語」和「謙讓語」是說話者爲了對話題中的人物表示敬意而使用的敬語。「丁寧語」則是說話者爲了對談話對方表示敬意和語氣的鄭重而使用的敬語。這三類敬語的使用原則如下：

(1) 當話題中的人物地位高於說話者時，說話者對話題中人物的動作或物品可使用敬稱，表示敬意。

先生は東京へいらっしゃる。〈老師要去東京。──「いらっしゃる」是「行く」的敬稱。〉

(2) 當話題內容涉及的人物在兩人或兩人以上，其中一個地位較高，一個地位較低時，他們之間的高低關係有兩種表達方式：

a. 地位較高者的動作或物品使用敬稱，直接抬高其地位。

先生は私に電子辞書を下さる。〈老師要給我電子字典。──「老師」地位比「我」高，其動作以敬稱「下さる」表示。〉

b. 地位較低者的動作或物品使用謙稱，壓低其地位來間接抬高另一方的地位。

私は先生から電子辞書をいただいた。〈我從老師那兒得到電子字典。──「我」地位比「老師」低，我的動作用謙稱「いただく」表示。〉

(3) 談話對方較說話者地位高或雙方關係不是很親近時，可以用鄭重稱表示對談話對方的敬意和語氣的鄭重。

あの人はマジシャンです。〈他是魔術師。——「です」是鄭重稱。〉

私も日本へ行きます。〈我也要去日本。——「ます」是鄭重稱。〉

　　我們知道日語的說話體裁有「敬體」和「常體」之分。這個區分純粹根據說話者是否對談話對方表示敬意和語氣的鄭重這個標準來決定，和話題中的人物無關。如果說話者要對談話對方表示敬意和語氣的鄭重，就使用「敬體」（以「です」「ます」爲主要標誌），反之則使用常體。從上面（3）的說明可知，「敬體」其實就是利用鄭重稱構成的。而敬稱和謙稱則和敬體沒有直接關係。

　　以動詞「行く」爲例，下表應該可以讓各位更清楚掌握鄭重稱（＝敬體）和敬稱、謙稱在層次上有所不同。

	普　通　語	敬　　語
常　體	行く	いらっしゃる
敬　體	行きます	いらっしゃいます

2.敬語動詞

【例句】

❶山中さんは先生に清水焼の茶碗を差し上げました。〈山中送老師清水燒茶杯。〉

❷三波君は友達にこけしを上げます。〈三波送朋友木頭娃娃。〉

❸先生は私の妹に博多人形を下さいました。〈老師給我妹妹博多人偶。〉

❹私の妹は先生から博多人形をいただきました。〈我妹妹得到老師送的博多人偶。〉

　　日語幾乎每個詞類都有敬語的現象，不過其中最重要而且使用最頻繁的還是動詞的敬語。敬語動詞可分爲「敬稱動詞」「謙稱動詞」「鄭重稱動詞」三大類。「敬稱動詞」原則上不能用於說話者本身的行爲或動作。「謙稱動詞」剛好相反，只能用於說話者本人（或和說話者關係親近的人，包括說話者的家人和親朋好友）的行爲或動作。「鄭重稱動詞」則和話題中人物的行爲或動作無關。

　　授受動詞的敬語動詞如下：

普 通 稱	敬 稱	謙 稱
やる〈給〉		上げる／差し上げる <small>あ　さ　あ</small>
くれる〈給（我）〉	下さる <small>くだ</small>	
もらう〈得到〉		いただく

有關授受動詞的用法，請參閱第10課P.78的說明複習一下。

注意 8

①謙稱動詞中，「差し上げる」的敬意比「上げる」高。「上げる」幾乎只用於平
<small>さ　あ</small>　　　　　　　　　　　　　　　<small>あ</small>　　　　<small>あ</small>
輩間的授與。

②「いただく」這個動詞的授與者，除了可以用「から」表示之外，也可以用
「に」表示。

弟は先生から漫画の本をたくさんいただきました。〈我弟弟得到老師送的許
<small>おとうと　せんせい　　まんが　ほん</small>
多漫畫書。〉

弟は先生に漫画の本をたくさんいただきました。〈同上〉
<small>おとうと　せんせい　まんが　ほん</small>

3.當補助動詞用的授受動詞

【例句】

❺私は息子に写真を送ってやりました。〈我寄照片給兒子。〉
<small>わたし　むすこ　しゃしん　おく</small>

❻私は友達に靴を送ってあげました。〈我寄鞋子給朋友。〉
<small>わたし　ともだち　くつ　おく</small>

❼太宰さんは私にお金を貸してくれました。〈太宰小姐借給我錢。〉
<small>だざい　　わたし　かね　か</small>

❽先生は姉にお金を貸してくださいました。〈老師借錢給我姐姐。〉
<small>せんせい　あね　かね　か</small>

❾兄は友達に写真を見せてもらいました。〈哥哥請朋友讓他看相片。〉
<small>あに　ともだち　しゃしん　み</small>

❿私は先生にお金を貸していただきました。〈我承蒙老師借錢給我。〉
<small>わたし　せんせい　かね　か</small>

授受動詞除了當主要動詞用，表示物品的授受外，還可以接在動詞中止形（て形）

後面當補助動詞用（通常以平假名書寫），表示行為的授受，採取如下的句型：

句型：〔（授與者）は（接受者）に（動詞）て　やる／あげる〕

句型：〔（授與者）は（接受者）に（動詞）て　くれる／くださる〕

句型：〔（接受者）は（授與者）に（動詞）て　もらう／いただく〕

授受動詞當補助動詞使用的用法和當主要動詞使用的用法基本上是相同的，請看下表：

形　　式	視　　點	授與方向
～てやる （謙稱：～てあげる）	主語=動作授與者	由內向外
～てくれる （敬稱：～てくださる）	主語=動作授與者	由外向內
～てもらう （謙稱：～ていただく）	主語=動作接受者	由外向內

4.お～する：動詞的謙稱化

【例句】

⓫その手紙を見せていただけませんか。〈能不能讓我看那封信？〉

⓬はい、お見せしましょう。〈好，讓您看。〉

⓭お金を十万円ほど貸していただきたいのですが。〈我想請您借我十萬元……〉

⓮はい、お貸しします。〈好，借您。〉

日語只有下面少數幾個動詞有特定形式的專用敬語動詞，例如：

行く〈去〉	いらっしゃる	参る
いる〈在〉	いらっしゃる	おる
言う〈說〉	おっしゃる	申し上げる
来る〈來〉	いらっしゃる	参る
食べる〈吃〉	召し上がる	頂く

する〈做〉	なさる	致す

大部分的動詞必須利用其他的構詞手段才能成為敬語。動詞的敬語化有下面三種情形：（1）敬稱化；（2）謙稱化；（3）鄭重稱化。這裡要介紹的是謙稱化。謙稱化主要採取下面的方法：

句型：[{ お＋動詞連用形 / ご＋漢語動作名詞 } ＋ する／いたす]

	謙稱		最謙稱
見せる〈讓～看〉 →	お見せする	→	お見せいたす
連絡（する）〈聯絡〉 →	ご連絡する	→	ご連絡いたす

注意⁸

①「いたす」本身就是「する」的謙稱，所以「お～いたす」的敬意（謙讓的程度）比「お～する」高

②下面順便介紹敬稱化和鄭重稱化的方法。（詳細說明請看第32課）

〔敬稱化〕：主要有下面三個方法。

句型：[{ お＋動詞連用形 / ご＋漢語動作名詞 } ＋ になる]

見せる	→	お見せになる
連絡（する）	→	ご連絡になる

句型：[{ お＋動詞連用形 / ご＋漢語動作名詞 } ＋ くださる]

見せる	→	お見せくださる
連絡（する）	→	ご連絡くださる

句型：[{ お＋動詞連用形
　　　　　ご＋漢語動作名詞 } ＋　なさる]

| 見せる（み）| → | お見せなさる（み）|
| 連絡（する）（れんらく）| → | ご連絡なさる（れんらく）|

句型：[鄭重稱化] 動詞連用形＋ます

| 見せる（み）| → | 見せます（み）|
| 連絡（する）（れんらく）| → | 連絡します（れんらく）|

利用「ます」的鄭重稱化，實際上就是讓將句子由常體轉為敬體。

5.～ておく：備置貌

【例句】

⑮友人が来るから、ビールを買っておきましょう。〈朋友要來，先買些啤酒擺著
吧。〉

⑯大事なものですから、いつも秘密な場所にしまっておきます。〈因為是重要物品，
我都收藏在秘密的地方擺著。〉

⑰親が心配するから、病気のことは言わないでおきます。。〈父母會擔心，所以不告
訴他們生病的事。〉

動詞「置く」〈擺；放〉接在其他動詞的中止形後面當補助動詞用時，就構成備置
貌，有「～ておく／～でおく」（肯定）和「～ないでおく」（否定）兩種形態，用法
如下：

句型：[（動作對象）を（他動詞）ておく]

（1）預先準備

　　友達が来るので、部屋を掃除しておいた。〈朋友會來，所以先把房間打掃

好。〉

後でお茶を入れるから、お湯を沸かしておいてください。〈待會兒要泡茶，你先燒開水吧。〉

(2) 保持原狀不加改變

貴重品をたんすに入れておきましょう。〈把貴重物品放到衣櫥裡擺著吧。〉

空気を入れかえるために窓を開けておいた。〈爲了讓空氣流通而開著窗子。──把窗子打開並保持開著窗子的狀態。〉

このことは外の人に言わないでおいてください。〈這件事請不要跟其他人說。──保持不說出去的狀態。〉

注意❽

在會話中，「～ておく」（～でおく）常簡縮成「～とく」（～どく）。不過「～ないでおく」則沒有簡縮形。

買っておく（katteoku）　→（母音e脫落）→　買っとく（kattoku）

読んでおく（yondeoku）　→（母音e脫落）→　読んどく（yondoku）

6.～てある：結果貌

【例句】

⑱壁にはゴッホの絵が掛けてあります。〈牆上掛著梵谷的畫。〉

⑲恋人のために、バラの花が飾ってあります。〈爲了情人而擺飾著玫瑰花。〉

⑳起きて見ると、もう朝食が作ってあった。〈起床一看，早飯已經做好了。〉

動詞「ある」接在他動詞（及物動詞）的中止形（て形）之後當補助動詞用時，就構成結果貌，表動作結果的存在。

句型：〔（動作對象）が（他動詞）てある〕

壁に写真が掛けてあります。〈牆上掛著相片。〉

←（誰かが）壁に写真を掛けました。〈（有人）把相片掛在牆上。〉

暑いので、窓があけてあります。〈很熱所以開著窗子。〉

←暑いので、窓を開けました。〈很熱所以把窗子打開。〉

注意 8

「～てある」用來表人為動作的結果狀態，前面的動詞原則上以他動詞為限。

7.「～ている」和「～てある」的不同

　　結果貌「～てある」所表達的意思和相對的自動詞（不及物動詞）的持續貌「～ている」（表動作結果的持續。請參閱第15課）非常類似，但重點不同。「～てある」通常表示人為動作的結果，「（自動詞）～ている」則表示自然形成的結果。請比較一下下面的例句：

　　風が吹いて、火が消えました。今、火が消えています。〈風吹過來，火熄了。現在是熄火的狀態。〉

　　私は火を消しました。今、火が消してあります。〈我把火弄熄了。現在是熄火的狀態。〉

　　雖然「火が消えています」和「火が消してあります」都表示熄火的狀態，在譯文中無法呈現二者的差異，但從上下文應該還是能夠掌握二者表達的意涵有所不同。

注意 8

「一般說來，自動詞和他動詞形成一對的動詞（例如：「掛ける」和「掛かる」、「消す」和「消える」等等），要描述眼前所見的結果狀態時，較常用的句型是「～ている」，「～てある」只有在特別意識到或要強調那是人為動作的結果時才會使用。

8.～ように：表目的

【例句】

㉑子供が分かるように、例を挙げて説明しました。〈爲了讓小孩也能了解而舉例說明。〉

㉒すぐ外出できるように、着替えておきました。〈先換好衣服以便能馬上出門。〉

㉓病気が悪くならないように、手術を受けました。〈爲了讓病情不至於惡化而動手術。〉

㉔会議に遅れないように、会社まで走っていきました。〈用跑的跑到公司，以免開會遲到。〉

句型：[XようにY]　X＝非意志動詞／可能動詞／動詞否定形

「ように」是助動詞「ようだ」（請參閱第23課）的連用形，接在不具有意志性的動詞後面，以「XようにY」的句型表示〈Y以便X／爲了X而Y〉的意思，或以「XないようにY」的句型表示〈Y以免X〉的意思。

読めるように字を大きく書いてください。〈請把字寫大以便能辨認。〉

風邪を引かないように気をつけています。〈多加注意以免感冒。〉

第26課

外觀、樣態、比喻、目的等表達方式

《基本句型》

1 康夫君は赤い顔をしています。〈康夫臉紅紅的。〉
やすおくん あか かお

2 このテーブルは丸い形をしています。〈這張桌子是圓形。〉
まる かたち

3 子供たちはとても楽しそうです。〈孩子們好像非常快樂。〉
こども たの

4 良子さんは悲しそうな顔をしています。〈良子一臉悲傷的表情。〉
よしこ かな かお

5 洋服のボタンが取れそうになりました。〈西裝的釦子好像要脫落了。〉
ようふく と

6 夕日が沈むのを眺めています。〈眺望著夕陽西下。〉
ゆうひ しず なが

7 日本旅行に行けないのは残念です。〈不能去日本旅行很遺憾。〉
にほんりょこう い ざんねん

8 このお金は新しい家を購入するのに使います。〈這些錢要用來買新房子。〉
かね あたら いえ こうにゅう つか

9 このお金は新しい家の購入に使います。〈這些錢要用來買新房子。〉
かね あたら いえ こうにゅう つか

10 和紙で人形を作ります。〈用和紙做人偶。〉
わし にんぎょう つく

11 牛乳からバターを作ります。〈用牛奶做奶油。〉
ぎゅうにゅう つく

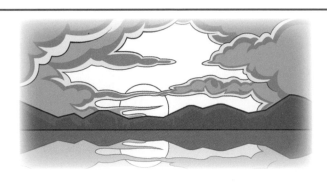

1. 外觀的表達方式

【例句】

❶もみじの葉は赤い色をしています。〈楓葉是紅色。〉
　　　は　　あか　いろ

❷その建物は変な形をしています。〈那棟建築物形狀很奇怪。〉
　　　たてもの　へん　かたち

❸あのサルは面白い顔をしている。〈那隻猴子的臉很有趣。〉
　　　　　　おもしろ　かお

要表示身體部位或物品的外觀（包括形狀、顏色等等）時，可採取下面的句型：

句型：[（主題）は（連體修飾語＋身體部位名詞／屬性名詞）をしている]

聖子はきれいな足をしています。〈聖子腿很漂亮。〉
せいこ　　　　　あし

この椅子は三角の形をしている。〈這椅子的形狀是三角形。〉
　　いす　さんかく　かたち

注意❽

①「～をしている」當連體修飾語用時，可以改為「～をした」的形式。

丸い形を　｛ している ｝ 椅子。〈圓形的椅子。〉
まる　かたち　｛ した 　｝ いす

②「Aは（Xの）Bをしている」的句型也可以改為「AはBがXだ」的句型，意思大

體上不變。

聖子は足がきれいだ。〈聖子腿很漂亮。〉
せいこ　あし

この椅子は形が三角だ。〈這椅子的形狀是三角形。〉
　　いす　かたち　さんかく

③這個句型所表示的外觀，可能是恆久的屬性也可能是一時的狀態。請比較下面兩

句。

インディアンはみんな赤い顔をしています。〈印地安人都是紅臉。〉
　　　　　　　　　　あか　かお

あの人はお酒をたくさん飲んだので、赤い顔をしています。〈他喝了許多酒
　　ひと　さけ　　　　　の　　　　あか　かお

所以紅著臉。〉

2.～そうだ：表樣態

【例句】

❹あのスーツケースは重そうです。〈那旅行箱好像很重。〉

❺美智子さんは恥ずかしそうな顔をしています。〈美智子表情顯得好像很害羞。〉

❻学生たちは眠そうに講義を聞いています。〈學生們一副愛睡的樣子聽老師講課。〉

❼辻さんのお子さんは頭がよさそうです。〈辻先生的小孩好像很聰明。〉

❽子供たちはとても元気そうに見えます。〈孩子們看起來好像很活潑。〉

樣態助動詞「そうだ」（敬體「そうです」）的詞尾活用形式和形容動詞一樣，「そうに」是副詞形，「そうな」是連體形。構辭詞方式如下：

句型：[{ 動詞連用形 / 形容詞／形容動詞詞幹 } ＋ そうだ]

（1）動詞

（基本形） →	（連用形＋そうだ）
降る	降りそうだ
倒れる	倒れそうだ
残る	残りそうだ

（2）形容詞／形容動詞

（基本形） →	（詞幹＋そうだ）
高い	高そうだ
面白い	面白そうだ
静かだ	静かそうだ

注意 8

①形容詞「ない」「よい」接「そうだ」後的形態是「なさそうだ」「よさそうだ」，屬於例外。形容詞和形容動詞的否定形接「そうだ」時比照「ない」的形

229

態。

高くない	→	高くなさそうだ
静かではない	→	静かではなさそうだ

②名詞本身不能接「そうだ」，但「名詞＋ではない」則可接「そうだ」成為「～ではなさそうだ」〈看起來好像不是～〉。

社長	→	社長そうだ。（×）
社長ではない	→	社長ではなさそうだ。〈好像不是董事長。〉

「そうだ」主要有下面兩種用法：

（1）說話者根據外觀對事物的屬性所做的判斷。相當於華語〈看起來好像～〉的意思。（上面接形容詞、形容動詞、狀態動詞時）

このお菓子はおいしそうですね。〈這點心好像很好吃對不對？〉

そのナイフはよく切れそうです。〈那小刀好像很銳利。〉

面白そうな小説を二冊買った。〈買了兩本好像很好看的小說。〉

（2）說話者根據外觀對事態發生的可能性所做的判斷。可譯成〈好像會～的樣子〉。（上面接動詞時）

今にも雨が降りそうです。〈好像就要下雨的樣子。〉

あの家は倒れそうに見える。〈那房子看起來快倒了。〉

割れそうなコップは使わないでください。〈請別使用有可能破裂的杯子。〉

注意 8

「～そうだ」的否定有下面兩種形態。

①上面接形容詞、形容動詞時：～そうではない

この料理はおいしそうではない。〈這道菜看起來不像是很好吃。〉

面白そうではありません。〈看起來不是很有趣。〉

②上面接動詞：～そうもない／～そうにない

家を売りそうもありません。〈不像會把房子賣掉。〉

雪が降りそうにない。〈不像會下雪。〉
<small>ゆき ふ</small>

3. 「の」的用法：句子的名詞化

> 【例句】
>
> ❾ 毎日鎌倉から東京まで通勤するのは大変です。〈每天從鎌倉通車到東京上班很辛
> <small>まいにちかまくら とうきょう つうきん たいへん</small>
> 苦。〉
>
> ❿ 怪我でお風呂に入れないのはつらいです。〈受傷不能洗澡很痛苦。〉
> <small>けが ふろ はい</small>
>
> ⓫ 星が光っているのが見えます。〈看得到星星閃閃發光。〉
> <small>ほし ひか み</small>

　　要讓句子在句中扮演名詞的角色時，可以利用形式名詞「の」使句子成為名詞。由於「の」是形式名詞，句子的述語部分必須先改成連體形才能和「の」連接。而且因為「の」前面的句子變成連體修飾句，其主語必須以「が」標示，不能用「は」。

　　小林さんはテレビを見ている。〈小林在看電視。〉
<small>こばやし み</small>

　→小林さんがテレビを見ているの
<small>こばやし み</small>

　私は悲しいです。〈我很悲傷。〉
<small>わたし かな</small>

　→私が悲しいの
<small>わたし かな</small>

　桜はとてもきれいだ。〈櫻花非常漂亮。〉
<small>さくら</small>

　→桜がとてもきれいなの
<small>さくら</small>

　あの人はむかし医者でした。〈他以前是個醫生。〉
<small>ひと いしゃ</small>

　→あの人がむかし医者だったの
<small>ひと いしゃ</small>

注意 8

除了「の」以外，形式名詞「こと」也有名詞化的功能。因此上面例句中的形式名詞「の」原則上都可以改成「こと」，意思不變。不過，大體上來說，形式名詞「こと」只能表示抽象、無形的事態，形式名詞「の」則沒有這個限制。下面的例句所表示的是具體、可以感覺到的現象，因此只能用「の」，不能用「こと」。

$$体が震えている \left\{ \begin{array}{ll} の & (○) \\ こと & (×) \end{array} \right\} を感じた。〈感覺到身體在發抖。〉$$

$$幸子さんがビールを飲む \left\{ \begin{array}{ll} の & (○) \\ こと & (×) \end{array} \right\} を見た。〈看到幸子喝啤酒。〉$$

4. ようだ：表比喻的用法

【例句】

⓬このお握りはまるで石のように固いです。〈這飯糰硬得簡直像石頭一樣。〉

⓭このお握りはまるで石のようです。〈這飯糰簡直像石頭一樣。〉

⓮このお握りはパンダのような形をしています。〈這飯糰形狀像貓熊。〉

第23課P.205已經介紹過「ようだ」的基本用法，這裡針對比喻的用法稍加補充。

句型：[AはBのようだ。]〈A像B一樣。〉

句型：[AはBのようにXだ]〈A像B一樣X。〉

句型：[AはBのような形をしている]〈A的形狀像B一樣。〉

彼女は花のようだ。〈她像一朵花。〉

彼女は花のように美しい。〈她像花一樣美。〉

この時計は花のような形をしている。〈這個鐘形狀像花。〉

注意8

①表比喻的「Bのようだ」前面可以加上副詞「まるで」〈簡直：宛如〉。這個副詞用在句中原則上必須和「ようだ」相互呼應。

②在口頭語中，「ようだ」可用「みたいだ」代替。但要注意「みたいだ」接在名詞後面時中間不必加助詞「の」。

氷のように冷たい。〈冷得像冰一樣。〉

氷みたいに冷たい。〈冷得像冰一樣。〉

5.に：表目的

【例句】

⑮この写真はお見合いをするのに使います。〈這張相片要用來相親。〉
　　しゃしん　　みあ　　　　　　　　　つか

⑯この写真はお見合いに使います。〈這張相片要用來相親。〉
　　しゃしん　　みあ　　つか

⑰結婚式を挙げるのに百万円かかりました。〈舉行婚禮花了一百萬日圓。〉
　けっこんしき　あ　　　　ひゃくまんえん

⑱結婚式に百万円かかりました。〈婚禮花了一百萬日圓。〉
　けっこんしき　ひゃくまんえん

⑲婚約をするのに結納金が必要です。〈訂婚需要聘金。〉
　こんやく　　　　　ゆいのうきん　ひつよう

> 句型：〔連體子句＋のに＋活用語〕

> 句型：〔名詞＋に＋活用語〕

這裡的「に」表目的，後面所接的活用語通常限於是「使う」〈用〉、「かかる」
　　　　　　　　　　　　　　　　　　　　　　　　　　　　　　　　つか
〈花費〉、「要る」〈需要〉之類的動詞或「必要だ」〈需要〉之類的形容動詞。
　　　　　い　　　　　　　　　　　　　ひつよう

日本の新聞を読むのに日本語の辞書を使う。〈用日語辭典看日文報紙。〉
にほん　しんぶん　よ　　　にほんご　じしょ　つか

論文を書くのに一年かかりました。〈寫論文花了一年的時間。〉
ろんぶん　か　　いちねん

この機械は紙を切るのに必要です。〈這機器是裁紙所需。〉
　きかい　かみ　き　　ひつよう

注意8

「～のに」的後面可以接「は」變成句子的主題「～のには」。而在口頭語中，

「～のには」常簡縮為「～には」。

お寿司を作るのには、何が要りますか。〈做壽司需要什麼？〉
すし　つく　　　なに　い

お寿司を作るには、何が要りますか。〈做壽司需要什麼？〉
すし　つく　　なに　い

6.「から」和「で」的區別：原料和材料

【例句】

⑲ひのきで風呂桶を作ります。〈用檜木做浴桶。〉

⑳ガラスで湯飲みを作ります。〈用玻璃做茶杯。〉

㉑大豆から味噌や醤油を作ります。〈用大豆做味噌或醬油。〉

㉒石油からプラスチックを作ります。〈用石油製造塑膠。〉

用來表材料或原料時，「から」和「で」有時可以互換，但二者表達的重點有如下的區別：

「で」：偏向表材料，含有手段的意識。在加工過程中材料通常只發生物理變化，成品通常看得出材料的原形。相當於華語的〈用〉。

「から」：偏向於表原料，含有起點的意識。在製造過程中原料會發生化學變化，成品通常不會保留原料的原形。相當於華語的〈由〉。

請觀察比較下面的例句：

日本の酒は米で作る。〈日本的酒用米釀造。——以米爲釀造的材料。〉

日本の酒は米から作る。〈日本的酒用米釀造。——在釀酒過程中，米是出發點，經過化學變化後成爲酒。〉

下面例句中的「で」和「から」則不能互換。因爲〈鐵〉和〈毛線〉在這裡都只能當材料解釋。

鉄で刀を作る。〈用鐵打造武士刀。〉

鉄から刀を作る。（×）

毛糸で手袋を編む。〈用毛線編織手套。〉

毛糸から手袋を編む。（×）

第27課

被動句和完成貌

《基本句型》

1. 加奈子さんは先生に叱られました。〈加奈子被老師罵。〉
   かなこ　　　せんせい　しか

2. 吉田先生は学生たちに尊敬されています。〈吉田老師受到學生尊敬。〉
   よしだせんせい　がくせい　　　　そんけい

3. 父は泥棒に財布を盗まれた。〈父親被小偷偷走錢包。〉
   ちち　どろぼう　さいふ　ぬす

4. ピクニックに行く途中、雨に降られました。〈去野餐途中被雨淋了。〉
   　　　　　　い　とちゅう　あめ　ふ

5. この歌は若い人たちに愛されています。〈這首歌受到年輕人喜愛。〉
   　　うた　わか　ひと　　　あい

6. 五百年ぐらい前にその神社が建てられま
   ごひゃくねん　　　まえ　　　じんじゃ　た
   した。〈這神社大約建造於五百年前。〉

7. ゆうべ論文を全部読んでしまいました。
   　　　ろんぶん　ぜんぶ　よ
   〈昨晚把論文通通讀完了。〉

8. 先月新しく買った液晶テレビが壊れてし
   せんげつあたら　か　えきしょう　　　こわ
   まいました。〈上個月新買的液晶電視壞
   掉了。〉

235

1.被動形的構詞方式

句子有「主動態」（active voice）和「被動態」（passive voice）之分。主動態是說話者將視點投射於動作主體之上，以動作主體爲主語來敍述他採取某一動作的表達方式。被動態則是說話者將視點投射於動作對象之上，以動作對象爲主語來敍述他蒙受某一動作的表達方式。

（主動態）

親が 　　　　　　　　　子供を 　　　　叱る。 　〈父母罵孩子。〉
おや 　　　　　　　　　こども 　　　　しか
（主語＝動作主體） 　　　（動作對象）

（被動態）

子供が 　　　　　　　　親に 　　　　　叱られる。 〈孩子被父母罵。〉
こども 　　　　　　　　おや 　　　　　しか
（主語＝動作對象） 　　　（動作主體）

被動句的句尾動詞必須採「被動形」。被動形的形態和可能形大同小異，它的構詞方式是：動詞第一變化（未然形）＋被動助動詞「れる／られる」。

（1）五段動詞：第一變化＋**れる**

（基本形）	→	（第一變化＋**れる**）		→	（被動形）
書く か kaku		書か か kaka	れる reru		書かれる か kakareru
読む よ yomu		読ま よ yoma	れる reru		読まれる よ yomareru
言う い iu		言わ い iwa	れる reru		言われる い iwareru

（2）一段動詞：第一變化＋**られる**

（基本形）	→	（第一變化＋**られる**）		→	（被動形）
食べる た taberu		食べ た tabe	られる rareru		食べられる た taberareru
見る み miru		見 み mi	られる rareru		見られる み mirareru

（3）不規則動詞：

（基本形）	→	（第一變化＋れる／られる）		→	（被動形）
する		さ	れる		される
suru		sa	reru		sareru
来る く		来 こ	られる		来られる こ
kuru		ko	rareru		korareru

2.直接被動句

【例句】

❶おばあさんが犬に噛まれた。〈老太太被狗咬了。〉
　　　　　　　いぬ　か

❷私は先生に褒められました。〈我受到老師誇獎。〉
　わたし　せんせい　ほ

❸小林さんも百合子さんにパーティーに招待されました。〈小林也獲百合子邀請參加
　こばやし　　ゆりこ　　　　　　　　　　しょうたい
　聚會。〉

❹泥棒はお巡りさんに追い掛けられました。〈小偷被警察追趕。〉
　どろぼう　まわ　　お　か

❺森さんは知らない人から話し掛けられました。〈森小姐被陌生人搭訕。〉
　もり　し　　ひと　はな　か

　　日語的被動句可分為直接被動句、間接被動句、受害被動句三大類。所謂直接被動
句就是：被動句的主語在對應的主動句中是「を」格名詞的被動句。

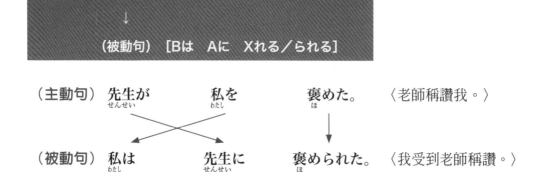

（主動句）先生が　　　　私を　　　　　褒めた。〈老師稱讚我。〉
　　　　　せんせい　　　わたし　　　　ほ

（被動句）私は　　　　先生に　　　　褒められた。〈我受到老師稱讚。〉
　　　　　わたし　　　せんせい　　　ほ

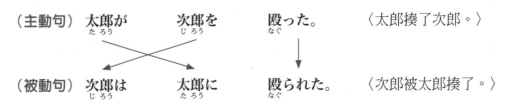

（主動句）　太郎が　　　　次郎を　　　　殴った。　　　〈太郎揍了次郎。〉

（被動句）　次郎は　　　　太郎に　　　　殴られた。　　〈次郎被太郎揍了。〉

注意8

①直接被動句的動詞以他動詞為限。

②被動句的動作主體通常用「に」表示，但如果動作主體可以當動作的起點解釋時，也可以用「から」表示。（例句⑤）

吉川さんはみんな　｛に／から｝　尊敬されています。

〈吉川先生受到大家尊敬。——「みんな」是敬意投射的起點。〉

3.間接被動句

【例句】

❻岸本さんは警察官に住所と名前を聞かれました。〈岸本先生被警察詢問住址和姓名。〉

❼私は彼女と結婚したいと思いますが、両親に反対されました。〈我想和她結婚，可是遭到父母反對。〉

❽弟は上級生に顔を殴られた。〈弟弟被高年級生毆打臉部。〉

❾私は妹にデジカメを壊された。〈我的數位相機被妹妹弄壞了。〉

所謂間接被動句就是：被動句的主語在對應的主動句中是「を」格以外的名詞的被動句。可分為下面兩個小類。

（1）被動句的主語在對應的主動句中是「の」格名詞。主動句原有的「を」格名詞在被動句中保留不變。

```
句型：　　（主動句）　[Aが　Bの　Cを　X]
                  ↓
          （被動句）　[Bは　Aに　Cを　Xれる／られる]
```

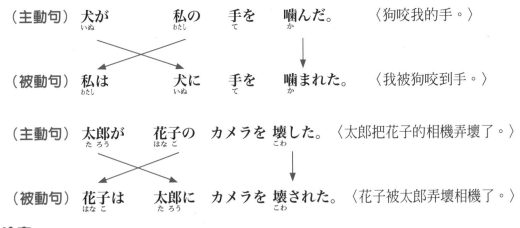

（主動句）犬が　　　　私の　　手を　　噛んだ。　　　〈狗咬我的手。〉

（被動句）私は　　　　犬に　　手を　　噛まれた。　　〈我被狗咬到手。〉

（主動句）太郎が　　　花子の　　カメラを　壊した。　〈太郎把花子的相機弄壞了。〉

（被動句）花子は　　　太郎に　　カメラを　壊された。〈花子被太郎弄壞相機了。〉

注意 8

句中的「を」格名詞通常表身體部位或持有物。

（2）被動句的主語在對應的主動句中是「に」格名詞。主動句中如有「を」格名詞，在被動句中保留不變。

> 句型：　（主動句）[Aが　Bに　　　　（Cを）　X]
> 　　　　　↓
> 　　　　（被動句）[Bは　Aに／から　（Cを）　Xれる／られる]

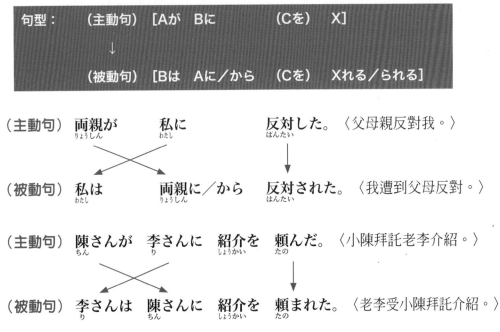

（主動句）両親が　　　私に　　　　　反対した。　〈父母親反對我。〉

（被動句）私は　　　　両親に／から　反対された。〈我遭到父母反對。〉

（主動句）陳さんが　李さんに　紹介を　頼んだ。　〈小陳拜託老李介紹。〉

（被動句）李さんは　陳さんに　紹介を　頼まれた。〈老李受小陳拜託介紹。〉

注意 8

這一類被動句的動作主體通常可以解釋為動作的起點，因此「に」可以和「から」交替。

4.受害被動句

【例句】

⑩私は母に入院されました。〈我母親住院了（傷腦筋）。〉

⑪彼は、小さいとき、両親に死なれました。〈他小時候父母去世。〉

⑫忙しいときに客に来られて、仕事が出来なかった。〈忙碌的時候有客人來，無法工作。〉

⑬狭い部屋でタバコを吸われると気分が悪くなる。〈狹窄的室內有人抽煙就覺得不舒服。〉

所謂受害被動句就是：被動句的主語在相關的主動句中並不存在的被動句。

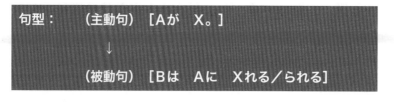

句型：　　（主動句）　〔Aが　X。〕

↓

（被動句）　〔Bは　Aに　Xれる／られる〕

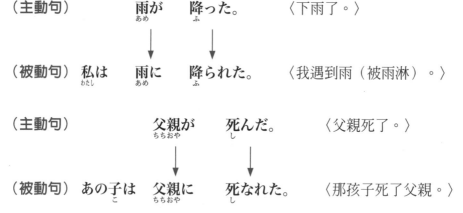

（主動句）　　　　　雨が　　降った。　　　〈下雨了。〉

↓　　　　↓

（被動句）　私は　　雨に　　降られた。　　〈我遇到雨（被雨淋）。〉

（主動句）　　　　　父親が　　死んだ。　　〈父親死了。〉

↓　　　　　↓

（被動句）　あの子は　父親に　　死なれた。　〈那孩子死了父親。〉

注意 8

①這種被動句比較特別，用來表示被動句的主語間接受到週遭情況的影響。所用的動詞可以是自動詞（例句⑩、⑪、⑫）也可以是他動詞（例句⑬）。這種被動句通常不能譯成華語的被字句。

②可能動詞或狀態動詞之類的自動詞（例如：ある、できる、要る、見える）不能改為被動句。

5.以無情名詞為主語的被動句

【例句】

⑭漫画週刊誌は若いサラリーマンによく読まれている。〈漫畫週刊雜誌年輕上班族常看。〉

⑮このあたりの土地はダイオキシンに汚染されている。〈這一帶土地受到戴奧辛污染。〉

⑯そのお寺は中国から渡来した僧侶によって再建された。〈那座寺院由來自中國的僧侶重建。〉

被動句的主語通常是有情名詞（人），不過無情名詞（物）也可以當直接被動句的主語（例句⑭、⑮、⑯）。這種被動句多用於描述事實或報導性的文章。

その時計は泥棒に盗まれた。〈那個鐘被小偷偷走。〉

橋が洪水に流された。〈橋被洪水沖走了。〉

注意 8

①被動句的主語是製造或生產的對象時，動作主體必須用「によって」表示。

法隆寺は聖徳太子 $\begin{cases} によって（○）\\ に　　　（×）\end{cases}$ 建てられた。〈法隆寺由聖德太子建造。〉

電話はベル $\begin{cases} によって（○）\\ に　　　（×）\end{cases}$ 発明された。〈電話由貝爾所發明。〉

②有時動作主體以「から」或「によって」表示，是為了避免「に」重複出現。

私は太郎を良子さんに紹介した。〈我介紹太郎給良子小姐。〉

→太郎は私に良子さんに紹介された。（×）

→太郎は私 $\begin{cases} から\\ によって\end{cases}$ 良子さんに紹介された。（○）

〈太郎由我介紹給良子。〉

241

6.省略動作主體的被動句

> 【例句】
>
> ⑰先週、会議で新しい予定が発表されました。〈上星期開會時發表了新的預定計
> 　せんしゅう　かいぎ　あたら　よてい　はっぴょう
> 劃。〉
>
> ⑱地方では毎年色々な古い行事が行われています。〈地方上每年都舉辦各種古老的民
> 　ちほう　まいとしいろいろ　ふる　ぎょうじ　おこな
> 俗活動。〉
>
> ⑲昨日記念切手が発売されました。〈昨天發行紀念郵票。〉
> 　きのう　きねんきって　はつばい
>
> ⑳1964年に東京でオリンピックが開催されました。〈1964年東京舉行國際奧運。〉
> 　ねん　とうきょう　かいさい

以無情名詞（物）爲主語的被動句，當動作主體不明或不言而喻或不重要時，通常略去不說。出現在報章雜誌的被動句，以這一種居多。

　　駅前のデパートで一億円相当のネックレスや指輪が盗まれた。〈站前的百貨公司
　　えきまえ　　　　　いちおくえんそうとう　　　　　　　　ゆびわ　ぬす
有價值約一億日元的項鍊和戒指遭竊。——動作主體不明。〉

　　この辞書は昔から使われているいい辞書です。〈這本字典是很久以前就一直被使
　　じしょ　むかし　つか　　　　　　　じしょ
用的好字典。——動作主體是誰並不重要。〉

7.〜てしまう：完成貌的用法

> 【例句】
>
> ㉑お客さんが来るから、早く部屋を片付けてしまいましょう。〈有客人要來，趕快把
> 　きゃく　く　　　　　はや　へや　かたづ
> 房間收拾乾淨。〉
>
> ㉒このごみを全部捨ててしまってください。〈請把這些垃圾通通丟掉。〉
> 　　　　ぜんぶ　す
>
> ㉓彼女の誕生日のことを忘れてしまいました。〈把女朋友生日的事給忘了。〉
> 　かのじょ　たんじょうび　わす
>
> ㉔友達から借りた本を失くしてしまいました。〈把跟朋友借的書給丟了。〉
> 　ともだち　か　ほん　な

「動詞中止形＋しまう（補助動詞）」構成「完成貌」，有下面兩個用法：

（1）表動作全部完成。動詞通常爲持續動詞。常和「全部」〈通通〉、「すっか
　　　　　　　　　　　　　　　　　　　　　　　　　　　　　　　ぜんぶ
　り」〈完全〉、「完全に」〈完全〉等副詞連用（例句㉑、㉒）。
　　　　　　　かんぜん

早くご飯を食べてしまいなさい。〈趕快把飯吃完！〉

この小説を全部読んでしまいました。〈把這本小說全部看完了。〉

(2) 強調動作的實現。通常為無意識、不注意的行為或非人為動作。含有「無法恢復原狀」、「不該做卻做了」、「懊悔」等語氣（例句㉓、㉔）。

うっかり茶碗を割ってしまった。〈不小心把杯子打破了。〉

違うバスに乗ってしまった。〈竟然搭錯巴士了。〉

ファイルを消してしまった。〈（不小心）把檔案給刪掉了。〉

注意8

①完成貌在口頭語中常發生簡縮的現象。

（較常用）

食べてしまう	食べちゃう ／ 食べちまう
読んでしまう	読んじゃう ／ 読んじまう
言ってしまう	言っちゃう ／ 言っちまう

②過去形「〜た」也能表動作的完了，但本質上和「〜てしまう」不同。「〜た」表示的完了通常用於過去時式，「〜てしまう」則可用於任何時式。例如下面的句子是現在・未來時式，只能用「〜てしまう」，不能用「〜た」。

ここに置いておくと、太郎が食べてしまうよ。〈放這裡的話，太郎會吃掉的。〉

ここに置いておくと、太郎が食べたよ。（×）〈放這裡的話，太郎吃掉了。〉

第28課

原因、理由、推測、限定等用法及形式名詞、接尾辭

《基本句型》

1 台風で電線が切れました。〈由於颱風的關係，電線斷了。〉
たいふう　　でんせん　　き

2 眠くて勉強が出来ません。〈睏得唸不下書。〉
ねむ　　べんきょう　でき

3 平野さんはどうも留守のようです。〈平野小姐好像不在家。〉
ひらの　　　　　　　るす

4 家の回りは田や畑ばかりです。〈房子四周盡是田地。〉
いえ　まわ　　た　はたけ

5 今テレビ中継を見ているところです。〈現在正在看電視。〉
いま　　　　ちゅうけい　み

6 ドアを開けたまま、出掛けました。〈就那樣開著門出去了。〉
あ　　　　　　で か

7 肉を食べ過ぎてはいけません。〈不可以吃太多肉。〉
にく　た　す

1. で：表原因、理由

【例句】

❶交通事故で怪我をしました。〈因為車禍受傷。〉

❷地震でガスも水道も止まってしまいました。〈由於地震的關係，瓦斯和自來水都停了。〉

❸火事でたくさんの旅館が焼けました。〈由於火災，許多旅館付之一炬。〉

格助詞「で」可用來表原因或理由。

ひどい風邪で学校を休みました。〈因為重感冒請假沒上學。〉

受験準備で毎日とても忙しい。〈由於準備應考，每天都非常忙。〉

大雨で野球の試合が流れました。〈棒球比賽因大雨取消了。〉

注意 8

句尾述語部分為意志、命令、勸誘、請求、禁止之類表示主觀意願的形式時，不能用「で」來表示原因或理由，必須用「だから」類的形式。

$$病気 \begin{cases} で & (\times) \\ だから & (\bigcirc) \end{cases} 学校を休みなさい。$$

2.「て」形表原因、理由

【例句】

❹あなたに会えて、嬉しいです。〈能跟你見面，（所以）我很高興。〉

❺タバコを吸って、親父に叱られました。〈（因為）抽煙挨老爸罵。〉

❻この紐は短くて、使えません。〈這繩子太短（所以）不能用。〉

❼この問題はちょっと複雑で、答えられません。〈這個題目有點複雜，（所以）無法回答。〉

動詞、形容詞、形容動詞的中止形（て形），也可以用來表示原因或理由。

雨に濡れて、風邪を引いた。〈被雨淋濕而感冒了。〉

このスープは辛くて、飲めません。〈這湯辣得無法喝。〉

心配で、寝られませんでした。〈因爲擔心而睡不著。〉

注意 8

①和表原因、理由的格助詞「で」一樣，句尾述語部分為意志、命令、勸誘、請求、禁止之類表示主觀意願的形式時，通常不能用「て」形來表原因、理由。

$$風邪を引いて、学校を \begin{cases} 休んだ。 & (○) \\ 休みなさい。 & (×) \\ 休もう。 & (×) \end{cases}$$

②「て」在句中的語法功能，主要是使兩個敘述內容結合在一個句子內。換言之，「て」本身並沒有表示原因、理由的功能。我們說「て」可以表原因、理由，只是因為以「て」連接的前後兩個部分，在意思上剛好可以用因果關係來解釋，如此而已。因此，「て」和純粹用來表原因、理由的接續助詞「から」、「ので」在本質上有極大的不同。請比較下面兩句。

暗くて見えない。〈暗得看不見。〉

暗いので見えない。〈因爲很暗所以看不見。〉

③表原因、理由的語言形式，到目前為止我們介紹過的共有下面四種：

a. 格助詞「で」

b. 接續助詞「から」

c. 接續助詞「ので」

d. 中止形「～て」

風邪で、出席できません。〈因感冒無法出席。〉

風邪を引いたから、出席できません。〈因爲感冒，所以無法出席。〉

風邪を引いたので、出席できません。〈因爲感冒，所以無法出席。〉

風邪を引いて、出席できません。〈感冒了，無法出席。〉

這四種語言形式當中，「で」和「～て」可以出現在子句的內部，因此帶有「の

で」或「から」的子句内，有可能出現「で」或「〜て」，形成多重的因果關係。

　　風邪で出席できないので、ご諒承ください。〈因爲感冒無法出席，（所以）請見諒。〉

　　たばこを吸って医者に叱られたから、止めなければなりません。〈抽煙挨醫生罵，所以必須戒掉。〉

3.助動詞「ようだ」：表推測

【例句】

❽すこし寒気がします。どうも風邪を引いたようです。〈有點發冷。總覺得好像感冒了。〉

❾ニュースで聞きましたが、最近交通事故が減ったようです。〈聽新聞報導說，最近車禍似乎減少了。〉

❿この機械はどうも古いようです。あまり動きません。〈我覺得這機器好像有點舊。不大能動。〉

⓫田中さんは留守のようです。部屋の電気が消えています。〈田中小姐好像不在家。房間的燈沒亮。〉

⓬この問題は簡単ではないようです。誰も答えられません。〈這題目好像不簡單。誰也不會做答。〉

助動詞「ようだ」除了表類似、舉例和比喩（請參閲第23課及第26課）的用法外，還可以用來表推測、不確定的判斷。相當於華語的〈似乎〜；好像〜〉。

　　あしたは雨のようですよ。〈明天好像會下雨呢。〉

　　原口さんは来月アメリカへ行くようです。〈原口小姐好像下個月要去美國。〉

　　平野さんは水泳が好きなようです。〈平野先生似乎很愛游泳。〉

注意❽

「ようだ」「そうだ（樣態）」「だろう」都有表示推測的意思，但用法有別。

「ようだ」：根據說話者本身的直接經驗（視覺、聽覺、內部的感覺、自己所做的調查或觀察等等）所做的推論。

「そうだ」：根據對象的外觀所做的推測。

「だろう」：純主觀未必有根據的推測。

請比較下面三個例句：

このデジカメは高いだろう。〈這數位相機大概很貴吧。——單純的猜測。〉

このデジカメは高いようだ。〈這數位相機好像很貴。——例如跟其他數位相機的價格比較之後。〉

このデジカメは高そうだ。〈這數位相機看起來好像很貴。——根據外觀所做的推測。〉

4. 副助詞「ばかり」：表限定

【例句】

⑬あの人の言っていることは嘘ばかりです。〈他說的盡是謊言。〉

⑭毎日雨ばかり降っています。〈每天老是下雨。〉

⑮先生は私にばかり質問します。〈老師專找我問問題。〉

⑯うちの子はテレビを見てばかりいます。〈我家孩子老是看電視。〉

⑰私は、いつも先生に叱られてばかりいます。〈我老是挨老師罵。〉

副助詞「ばかり」可接於體言或活用語之後表限定。限定的對象可以是事物也可以是行為，有下面兩種用法：

（1）對事物加以限定。（＝だけ）

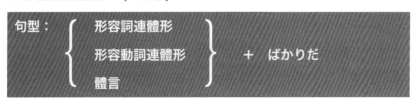

この寮に住んでいるのは男子学生ばかりです。〈這宿舍住的清一色是男生。〉

金ばかりの問題ではありません。〈並非只是錢的問題。〉

体が大きいばかりで、力がない。〈只是塊頭大，沒什麼力氣。〉

真面目なばかりで、少しも面白みがありません。〈只是一本正經，一點也不風趣。〉

（2）對行為或動作加以限定

句型a：〔動詞中止形（〜て）＋ばかり＋いる〕

句型b：〔動詞連體形＋ばかりだ〕

句型c：〔體言（＋格助詞）＋ばかり＋動詞〕

友子は遊んでばかりいて、ちっとも勉強しません。〈友子老在玩，根本不唸書。〉

泣いてばかりいないで、ケーキを食べなさい。〈別光是哭，吃蛋糕吧。〉

彼は笑うばかりで何も話してくれない。〈他光是笑，不肯做任何說明。〉

ウイスキーばかり飲んでいる。〈淨喝威士忌。〉

先生は春子とばかり話している。〈老師淨跟春子說話。〉

注意8

①這個用法的「ばかり」，敘述重點在於強調〈反覆進行同一行為〉。採〔〜てばかりいる〕的句型時，不能和「だけ」互換。

友子は遊んでだけいる。（×）

②如果是採取〔體言＋ばかり＋動詞〕的句型，原則上可以和「だけ」互換，但有時表達的重點稍有不同。

ビールばかり飲んでいる。〈光喝啤酒。──不做其他事。〉

ビールだけ飲んでいる。〈只喝啤酒。──不喝其他東西。〉

5. 形式名詞「ところ」的用法

【例句】
⑱小泉さんは、これから食事をするところです。〈小泉現在正要吃晚飯。〉
⑲安倍さんは、今、食事をしているところです。〈安倍現在正在吃飯。〉
⑳小沢さんは、今、食事をしたところです。〈小澤剛吃完飯。〉

「ところ」〈地方〉當形式名詞（詞義已經虛化必須帶有連體修飾語的名詞）用時，轉換為〈狀態；時間〉的意思。配合連體修飾語的時貌，可分為下面三種用法：

(1) 以 [動詞現在形＋ところだ] 的句型，表目前處於〈動作即將發生〉的狀態。

これから晩ご飯を食べるところです。〈現在正要吃晚飯。〉

朱君は今、出掛けるところだ。〈朱同學現在正要出門。〉

(2) 以 [持續貌（〜ている）＋ところだ] 的句型，表目前處於〈動作正在進行〉的狀態。

今、日本語を勉強しているところだ。〈現在正在唸日語。〉

「オペラ座の怪人」を見ているところです。〈正在看《歌劇魅影》。〉

(3) 以 [動詞過去形＋ところだ] 的句型，表目前處於〈動作才剛完成或實現〉的狀態。

会議は今始まったところです。〈會議才剛開始。〉

ちょうどお菓子が出来たところです。一つ食べてみませんか。〈點心正好出爐了。要不要吃一個看看？〉

6.形式名詞「まま」的用法

【例句】

㉑弟は部屋に入ったまま、外へ出てきません。〈弟弟進了房間後，就那樣沒出來。〉

㉒立ったまま、ジュースを飲んでいます。〈站著喝果汁。〉

㉓靴のまま、部屋に入ってはいけません。〈不可以穿著鞋子進屋裡。〉

㉔パジャマのまま、外へ出ました。〈穿著睡衣（就那樣）出去外面。〉

「まま」也是常用的形式名詞之一，表〈維持原樣〉的意思。

句型a：〔（連體修飾語）まま＋動詞述語〕

句型b：〔（連體修飾語）ままだ〕

句型c：〔（連體修飾語）ままにする／ままになる〕

這裡的連體修飾語主要包括下列形式：

> 動詞過去肯定形
>
> 動詞現在否定形
>
> 名詞＋の
>
> 連體詞（この／その／あの）

請看下面的例句：

電気をつけたまま、寝てしまいました。〈開著燈睡著了。〉

ドアに鍵を掛けないまま、出掛けた。〈沒鎖門就出去了。〉

この部屋は昨日のままです。〈這房間維持昨天的原樣。〉

本はこのままにしておいてください。〈書請維持這個樣子。〉

テレビがついたままになっている。〈電視一直開著。〉

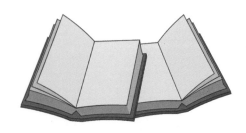

7.「～すぎる」的用法

【例句】
㉑お酒を飲みすぎたので、頭が痛くなりました。〈喝太多酒，所以開始頭痛。〉
㉓その紐は短すぎて、使えません。〈那帶子太短，不能用。〉
㉔静か過ぎて、ちょっと気味が悪い。〈過於寂靜，有點心裡發毛。〉

上一段動詞「すぎる」當本動詞用時，寫成「過ぎる」，有〈經過；超過〉等意思。它也可以接在用言的後面當接尾辭用，表示〈過於～；過度～〉，採如下構詞形式：

$$\left.\begin{array}{l} \text{動詞連用形} \\ \text{形容詞詞幹} \\ \text{形容動詞詞幹} \end{array}\right\} + \text{すぎる}$$

食べる　　→　　食べ＋過ぎる　→　　食べ過ぎる　〈吃太多〉
高い　　　→　　高＋過ぎる　　→　　高すぎる　　〈太貴〉
静かだ　　→　　静か＋過ぎる　→　　静か過ぎる　〈太過安靜〉

けさ寝すぎて学校に遅れた。〈今天早上睡過頭，上學遲到了。〉

この指輪は、私には高すぎます。〈這戒指對我來說太貴了。〉

その問題は複雑すぎるから、誰も答えられません。〈那題目太複雜，誰都答不出來。〉

9999000000.0

重點筆記

第29課 接近貌、遠離貌、傳聞、要求、推測、第三者的希望以及時間相關表達方式

《基本句型》

1 人類は昔から自然と戦ってきた。〈人類自古以來就一直和大自然搏鬥。〉
じんるい　むかし　　しぜん　　たたか

2 私は将来もずっと日本語の研究を続けていくつもりです。〈我將來也打算持
わたし　しょうらい　　　　にほんご　けんきゅう　つづ
續研究日語。〉

3 新聞によると、海外旅行をした人は約五百万人だそうです。〈根據報載，到
しんぶん　　　　　かいがいりょこう　　　ひと　やく　ご　ひゃくまんにん
海外旅行的人數據說大約有五百萬人。〉

4 社長は社員に規則を守るように（と）命令しました。〈董事長下令要員工遵
しゃちょう　しゃいん　きそく　まも　　　　　　めいれい
守規則。〉

5 雪国の生活は厳しいだろうと思います。〈我想雪國的生活大概很嚴苛吧。〉
ゆきぐに　せいかつ　きび　　　　　　　おも

6 弟はお菓子を見ると、いつも欲しがります。〈弟弟看到點心就想要吃。〉
おとうと　かし　み　　　　　　　ほ

7 水曜日までに電話代を払わなければなりません。〈在星期三以前必須付電話
すいようび　　　でんわだい　はら
費。〉

8 母が買い物をしている間、父は車の中で待っていました。〈母親在買東西的
はは　か　もの　　　　　　あいだ　ちち　くるま　なか　ま
時候，父親坐在車內等候。〉

9 赤ちゃんが寝ている間に、部屋を片付けましょう。〈嬰兒在睡覺的時候，我
あか　　　ね　　　あいだ　へや　かたづ
們來整理房間吧。〉

1.～てくる：接近貌

【例句】

❶カメラの技術はずいぶん進んできました。〈相機的技術到現在進步很多。〉

❷春になって木々が芽吹いてきた。〈春天來臨樹木開始發芽。〉

❸急に雨が降ってきた。〈突然下起雨來了。〉

「来る」可接於動詞中止形（て形）之後，當補助動詞用，構成接近貌「～てくる」，用法如下：

(1) 表某一動作或狀態從過去持續進行到現在。（以現在＝說話時間為基準，在此之前持續進行。）

私たちの生活はだんだん向上してきました。〈我們的生活逐漸改善了。〉

この会社に二十年間勤めてきました。〈在這家公司工作了二十年。〉

その伝統は五百年も続いてきた。〈這項傳統已經持續了五百年。〉

(2) 表事物的出現。

赤ちゃんの歯が生えてきた。〈嬰兒長牙齒了。〉

少しずつ霧が晴れて、星が見えてきた。〈霧逐漸散開，看得到星星了。〉

雲の間から月が出てきた。〈月亮從雲縫中出現了。〉

(3) 表動作或作用的開始。

だんだん喉が渇いてきました。〈漸漸開始覺得口渴了。〉

頭が急に痛くなってきた。〈頭突然痛起來了。〉

この間買ったばかりの靴が、もうきつくなってきた。〈前些時候買的鞋子已經開始有點緊了。〉

注意8

「～てくる」的基本特徵是表示向說話時間（現在）接近的演變過程，所以稱為接近貌，可圖示如下：

（過去）　　　　　　　　（現在）

○　　————————→　　○

2.〜ていく：遠離貌

【例句】

❹科学はこれからもどんどん進歩していくでしょう。〈今後科學還是會不斷進步吧。〉

❺当分この土地で生活していこうと思っている。〈我打算暫時在這塊土地上生活下去。〉

❻見てごらん、虹がどんどん消えていくよ。〈你看！彩虹快速消失了。〉

「行く」也可以接在動詞中止形（て形）之後，當補助動詞用，構成遠離貌「〜ていく」，用法如下：

（1）表某一動作或狀態從現在持續進行到未來。（以現在＝說話時間為基準，在此之後持續進行。）

これから毎日小説を一冊ずつ読んでいくつもりです。〈從現在起打算每天看一本小說一直持續下去。〉

これからは一人で生活していかなければなりません。〈今後必須一個人生活下去。〉

みんなの努力で町はだんだんきれいになっていくでしょう。〈在大家的努力下，城市將會越來越漂亮吧。〉

（2）表事物的消失。

この学校では、毎年五百名の学生が卒業していく。〈這所學校每年有五百名學生畢業離開。〉

小さいボートは木の葉のように渦の中に沈んでいった。〈小船像一片葉子沉沒於漩渦中。〉

船はだんだん小さくなっていった。〈船變得越來越小了。〉

注意8

①「～ていく」的基本特徵是表示以說話時間（現在）為起點的演變過程，所以稱

為遠離貌，可圖示如下：

　　　　　（現在）　　　　　　　　　　　（未來）

　　　　　　○　　　　　　　　　　　　　　○

②請比較一下下面兩個例句的區別。

　　　人口が減ってきた。〈人口逐漸減少了。——以前多現在少。〉
　　　じんこう　へ

　　　人口が減っていく。〈人口將逐漸減少。——現在多以後少。〉
　　　じんこう　へ

3.～そうだ：表傳聞

> 【例句】
>
> ❼今年の冬は暖かいそうだ。〈聽說今年冬天很暖和。〉
> 　ことし　ふゆ　あたた
>
> ❽米が値上がりしているそうだ。〈據說米漲價了。〉
> 　こめ　ね　あ
>
> ❾噂によると、大統領は辞任するそうだ。〈傳說總統將會辭職。〉
> 　うわさ　　　　だいとうりょう　じにん
>
> ❿昔はこのあたりは海だったそうです。〈據說古時候這一帶是海。〉
> 　むかし　　　　　　　　うみ

　　要把從第三者那兒或從新聞媒體獲知的訊息轉述給對方聽時，通常利用傳聞助動詞

「そうだ」（敬體「そうです」），以下面的句型表達：

> 句型：[（消息來源）{によると／では}（句子）そうだ]

　　「そうだ」本身為形容動詞型活用，接於活用語終止形之後。請看下面的例句：

天気予報によると、あしたは雨が降るそうです。〈氣象報告說明天會下雨。〉
てんきよほう　　　　　　　　あめ　ふ

清水さんはお酒を飲まないそうです。〈聽說清水小姐不喝酒。〉
しみず　　　さけ　の

テレビによると、昨日地震があったそうだ。〈電視上說昨天有地震。〉
　　　　　　きのうじしん

松田さんの話では、日本の牛肉はとても高いそうです。〈據松田先生說，日本的
まつだ　　　はなし　　にほん　ぎゅうにく　　　　たか

牛肉非常貴。〉

敏子さんはドイツ語がとても上手だそうです。〈聽說敏子小姐德語非常高竿。〉

小堀さんは病気だそうだ。〈聽說小堀生病了。〉

注意 8

①「そうだ」前面的活用語可以是肯定形，也可以是否定形。可以是過去形，也可以是非過去形。但「そうだ」本身沒有過去形。

　　地震があったそうでした。（×）

②「そうだ」可改為「とのことだ」或「ということだ」，意思不變。

　　あしたは雨が降るとのことです。〈據說明天會下雨。〉

　　地震があったということです。〈說是有地震。〉

③表傳聞的「そうだ」接於活用語的終止形之後，表樣態的「そうだ」則接於動詞連用形及形容詞、形容動詞的詞幹之後，二者不可相混。

　　雪が降るそうだ。〈聽說會下雪。〉

　　雪が降りそうだ。〈看起來好像會下雪。〉

　　静かだそうだ。〈聽說很安靜。〉

　　静かそうだ。〈好像很安靜。〉

4.～ように：表希望、請求、建議的内容

> 【例句】
>
> ⓫私は友達に荷物を運ぶように（と）頼みました。〈我拜託朋友搬行李。〉
>
> ⓬先生は生徒に授業を欠席しないように（と）注意しました。〈老師警告學生不可翹課。〉
>
> ⓭姉は妹にお金を落とさないように（と）言いました。〈姐姐叫妹妹別把錢弄丟了。〉

句型：[（句子）ように（と）（語言行為動詞）]

「～ように」後面的動詞如為「言う」〈說〉、「話す」〈說〉、「頼む」〈拜

託〉、「命令する」〈命令〉、「勧める」〈建議〉、「祈る」〈祈求〉之類和談話行
為有關的動詞，這時候的「～ように」就表示希望、請求、建議的內容。

吉田さんにあした会社に来るように（と）言ってください。〈請你叫吉田明天來
公司。〉

田中さんに本を返してくれるように（と）頼んだ。〈拜託田中把書還我。〉

先生は学生に予習して来るように（と）命令した。〈老師叫學生要先預習。〉

注意8

「～ように」後面可加表引用的助詞「と」，但通常不加。

5.～だろうと思う：表推測

【例句】

⓮来年は多分物価が上がるだろうと思います。〈我想明年物價大概會上漲。〉

⓯日本語で論文を書くのは大変だろうと思います。〈我覺得用日語寫論文大概很
難。〉

⓰この辺はたぶん夜もうるさいだろうと思います。〈我想這一帶入夜後大概也很
吵。〉

「～だろうと思う」用來表示說話者主觀的推測。這個句型表達的內容原則上和
「～だろう」相同。

あのマンションは高いだろう。〈那大廈公寓很貴吧。〉

あのマンションは高いだろうと思う。〈我想那大廈公寓很貴吧。〉

不過二者在表達方式上還是略有不同。「～だろう」是直接把推測的語氣表達出
來，「～だろうと思う」則是以間接的方式把推測的內容當作自己的想法表達出來。因
此「～だろうと思う」可以把說話者（わたし）加入句中，「～だろう」則否。

わたしは、あのマンションは高いだろうと思う。（○）

わたしは、あのマンションは高いだろう。（×）

6.接尾辭「～がる」：表第三人稱的感情、感覺、希望

【例句】

⓱池田さんは、家族から手紙が来ないので、寂しがっています。〈由於家人沒來信，
池田覺得很寂寞。〉

⓲林さんは、奨学金がもらえなかったので、残念がっています。〈林同學沒拿到獎學
金，覺得很遺憾。〉

⓳妹は、デパートへ行くと、いつも玩具を買いたがります。〈妹妹到百貨公司總是想
買玩具。〉

　　日語當中有一類形容詞（包括形容動詞），其述語現在形只能用於第一人稱（疑問
句則爲第二人稱）。那就是表示心理現象（感情、希望）和感覺的形容詞。下面是比較
常用的這一類詞語。

心理形容詞	感覺形容詞
ほしい 〈想要〉	痛い 〈疼痛〉
嬉しい 〈高興〉	熱い 〈熱〉
怖い 〈害怕〉	寒い 〈冷〉
～たい 〈希望～〉	苦しい 〈痛苦〉
残念だ 〈遺憾〉	痒い 〈癢〉

　　這一類形容詞如果要以第三人稱爲主語時，必須接上接尾辭「～がる」，而且通常
採取「（對象を）～がっている」的句型。

　　「～がる」是動詞型接尾辭，接於形容詞或形容動詞詞幹之後，構成動詞。

欲しい 　→　 欲し＋がる 　→　 欲しがる 　〈想要〉

行きたい 　→　 行きた＋がる 　→　 行きたがる 　〈想去〉

残念だ 　→　 残念＋がる 　→　 残念がる 　〈覺得遺憾〉

請比較下面的例句：

私はデジカメが欲しいです。〈我想要數位相機。〉

川村さんはデジカメを欲しがっています。〈川村想要數位相機。〉

注意 8

「～がる」構成的動詞，其對象必須以「を」表示。

7.～までに：在～以前

【例句】

⑳今月の末までに結論を出してください。〈請在這個月底以前作出結論。〉

㉑十二時までに京都駅に着きますか。〈會在十二點之前抵達京都車站嗎？〉

㉒来年までに橋の工事が完成する予定です。〈預定在明年以前完成橋樑工程。〉

「時間詞＋までに」用來表示〈在～之前的某一時刻完成某一動作〉，後面接瞬間動詞。

宿題は水曜日までに出してください。〈習題在週三之前交。〉

私は十時までに帰ります。〈我在十點以前回家。〉

除了時間詞以外，動詞現在形也可以出現在「までに」的前面，這時還是包含時間概念在內。

奈良に着くまでに原稿を十枚書いた。〈在抵達奈良之前寫了十張稿紙。〉

注意 8

「までに」和「まで」用法不同，切勿混淆。「時間詞＋まで」表示〈某一動作一直持續至該時刻為止〉，後面接持續動詞。請比較下面兩句：

十二時までこの本を読んでください。〈請你看這本書一直到十二點。〉

十二時までにこの本を読んでください。〈請你在十二點以前看完這本書。〉

如果是瞬間動詞就不能和「まで」連用。

映画は五時まで終わります。（×）

映画は五時までに終わります。（○）〈電影在五點以前演完。〉

映画は五時に終わります。（○）〈電影在五點演完。〉

反之，如果是持續動詞就不能和「までに」連用。

来月まで待ちます。（○）〈等到下個月。〉
らいげつ　　ま

来月までに待ちます。（×）
らいげつ　　　ま

8.～間（に）：～的期間（内）

【例句】

㉓夏休みの間、ずっと図書館で勉強するつもりです。〈暑假期間我打算一直在圖書館
　なつやす　あいだ　　　　　　　としょかん　　べんきょう
　用功。〉

㉔昼休みの間に、郵便局へ行ってきました。〈午休的時候我去了一趟郵局。〉
　ひるやす　あいだ　　ゆうびんきょく　い

　　形式名詞「間」用來表示期間，前面必須帶有連體修飾語（動詞限持續貌或狀態動
　　　　　　あいだ
詞），採取下面兩種句型，用法有別。

　（1）

[X {ているの} 間、Y]
　　　　　　　　あいだ

　　這個句型用來表示〈在 X 的整個期間內，同時進行 Y 的動作〉，句尾必須用持
續動詞。（X 和 Y 的時間一樣長。）

　　私がご飯を食べている間、山田さんはテレビを見ていた。〈我吃飯的時候，
　　わたし　はん　た　　　　あいだ　やまだ　　　　　　　み
　　山田在看電視。〉

　　冬休みの間、コンビニでアルバイトをしました。〈寒假期間我在便利商店打
　　ふゆやす　あいだ
　　工。〉

　（2）

[X {ているの} 間に、Y]
　　　　　　　　あいだ

　　這個句型用來表示〈在 X 期間內的某一時刻，進行 Y 的動作〉，句尾用瞬間動
詞。（X 的時間比 Y 長。）

私がご飯を食べている間に、山田さんが来た。〈我吃飯的時候，山田來了。〉

冬休みの間に、ガールフレンドができた。〈寒假時交到女朋友。〉

注意8

這兩個句型在意思上的差異主要來自於助詞「に」的有無。因為「に」只能表時刻，不能表時段。「までに」和「まで」的差別亦然。

第30課

使役句、推論、對比提示及若干形式名詞
的用法

《基本句型》

1 父は妹を郵便局へ行かせました。〈父親叫妹妹去郵局。〉

2 先生は生徒に日記をつけさせました。〈老師讓學生寫日記。〉

3 両親は子供たちに自由に意見をしゃべらせました。〈父母讓孩子們自由表示
意見。〉

4 井上さんは冗談を言ってみんなを笑わせました。〈井上開玩笑讓大家笑了出
來。〉

5 今日は早退させて下さいませんか。〈今天可不可以讓我早退？〉

6 北野さんは私にコンピュータを使わせてくれました。〈北野讓我用電腦。〉

7 冷房のスイッチを入れたから、涼しくなるはずです。〈我開冷氣了，應該會
變涼爽的。〉

8 今日は駄目ですが、明日なら都合がいいです。〈今天不行，明天的話就可以。〉

9 説明書に書いてあるとおりに、手入れをしました。〈照說明書上的說明進行
檢修。〉

10 薬を飲んでも治らない場合は、医者に見てもらった方がいいでしょう。〈如
果吃了藥還無法痊癒，最好去看醫生吧。〉

11 千枝さんはクラスの中で背が高い方です。〈千枝在班上算是高個兒。〉

1. 使役形的構詞方式

某人（使役者）驅使或允許他人（被使役者＝動作主體）做某事的表達方式叫做使役態（causative voice）。以使役態表達的句子——使役句——所用的動詞必須採取使役形。

使役形的構詞方式是：動詞第一變化（未然形）＋使役助動詞「せる／させる」。至於動詞使役形本身的語尾變化則比照一段動詞。

（1）五段動詞：第一變化＋せる

（基本形） →	（第一變化＋せる）	→ 使役形
書く (kaku	書か　せる kaka　seru	書かせる kakaseru)
読む (yomu	読ま　せる yoma　seru	読ませる yomaseru)
言う (iu	言わ　せる iwa　seru	言わせる iwaseru)

（2）一段動詞：第一變化＋させる

（基本形） →	（第一變化＋させる）	→ 使役形
食べる (taberu	食べ　させる tabe　saseru	食べさせる tabesaseru)
見る (miru	見　させる mi　saseru	見させる misaseru)

（3）不規則動詞：第一變化＋せる／させる

（基本形） →	（第一變化＋せる／させる）	→ 使役形
する (suru	さ　せる sa　seru	させる saseru)
来る (kuru	来　させる ko　saseru	来させる kosaseru)

由上述可知，使役形的構詞方式和被動形極為類似，不同的只是前者接「せる／させる」，後者則接「れる／られる」。

2.使役句的句型

【例句】

❶おばあちゃんは謙ちゃんを学校に行かせた。〈奶奶叫小謙去學校。〉

❷部長は部下に電話を掛けさせた。〈經理叫下屬打電話。〉

❸母は弟に雑誌を持って来させた。〈母親叫弟弟拿雜誌來。〉

❹彼女は妹に好きな洋服を買わせた。〈她讓她妹妹買喜歡的洋裝。〉

日語的使役句，因自動詞／他動詞之不同，採取不同的句型。

（1）自動詞使役句

> 句型a：〔Aは　Bに　Vせる／させる〕

> 句型b：〔Aは　Bを　Vせる／させる〕

A＝使役者　　　B＝被使役者（動作主體）　　　V＝自動詞

母は弟に公園へ行かせる。〈母親讓弟弟去公園。──允許〉

（→弟が公園へ行く。〈弟弟去公園。〉）

母は弟を公園へ行かせる。〈母親叫弟弟去公園。──強制〉

（→弟が公園へ行く。〈弟弟去公園。〉）

注意⑧

①由上面可知，自動詞使役句的被使役者可以用「に」或「を」表示，但用法有別。句型（a）用「に」，偏向表〈允許〉，也就是被使役者（B）「有意願」而使役者（A）予以允許。句型（b）用「を」，偏向表〈強制〉，也就是被使役者（B）「沒有意願」但使役者（A）迫使他去做。

②如果被使役者是無情物（無生名詞），由於無情物不可能有所謂的意願，這時就不能用句型（a），只能用句型（b）了。

私は冷蔵庫で牛乳を凍らせた。〈我利用冰箱讓鮮奶結冰。──鮮奶是無生名詞。〉

（2）他動詞使役句

> 句型：〔Aは　Bに　Cを　Vせる／させる〕

A＝使役者　　B＝被使役者（動作主體）C＝動作對象　　V＝他動詞

父は妹にバイオリンを習わせた。〈父親叫／讓妹妹學小提琴。〉

奈津子は赤ちゃんに母乳を飲ませる。〈奈津子讓嬰兒喝母乳。〉

注意❽

①他動詞使役句的被使役者只能用「に」表示。這是因為他動詞本身已經含有用「を」表示的動作對象，而日語的句法原則上不允許一個句子內出現兩個「を」，所以被使役者不能再用「を」表示。因此下面的句子不合文法。

父は妹をバイオリンを習わせた。（×）

②既然他動詞使役句的被使役者只能用「に」表示，那麼〈允許〉和〈強制〉這兩種用法又如何區分？答案是：必須靠上下文來判斷。

部長は無理やり僕にチップを払わせた。〈經理硬是叫我付小費。──強制。〉

払いたいと言ったので、部長は僕にチップを払わせた。〈我說想付，所以經理讓我付小費。──允許。〉

3. 非意志動詞的使役句

> 【例句】
>
> ❺私は大きい声を出して、友達をびっくりさせた。〈我大叫一聲，讓朋友嚇了一跳。〉
>
> ❻妹はうそをを言って、姉を怒らせました。〈妹妹撒謊讓姐姐很生氣。〉

使役句中的動詞為非意志動詞時，所表示的動作不可能出自被使役者的意願，因此只能採取〔Aは　Bを　Vせる／させる〕的句型，不可以採取〔Aは　Bに　Vせる／させる〕的句型。

明子はいたずらをして私を困らせた。〈明子惡作劇讓我很傷腦筋。〉

金田一さんはきついことを言って彼女を泣かせた。〈金田一措辭嚴厲使她哭了出

來。〉

4.使役形用於鄭重的請求句中

【例句】

❼風邪を引いたから、あした休ませてくださいませんか。〈我感冒了，明天能否讓我請假？〉

❽課長は私を休ませてくださいました。〈科長讓我請假了。〉

❾このカメラを使わせてください。〈請讓我用這個相機。〉

❿森本さんは私にカメラを使わせてくれました。〈森本小姐讓我用相機了。〉

使役句的特徵之一是：使役者的地位原則上必須比被使役者高或至少和被使役者相等。因此下面的（a）句通常不能成立，必須採（b）句的說法。

（a）学生は先生をパーティーに来させた。〈學生讓老師參加派對。〉（×）

（b）学生は先生にパーティーに来てもらった。〈學生請老師參加派對。〉（○）

基於使役句的這個特徵，說話者的可以利用［～Ｖせて／させて　ください］或［～Ｖせて／させて　いただく］的句型，把自己當做被使役者，表示客氣的請求。

午後は休ませていただきます。〈請你下午讓我請假。──「我下午要請假」的鄭重說法。〉

私にも言わせてください。〈請你讓我也說幾句。〉

5.～はずだ：理應～

【例句】

⑪もう知らせたから、すぐ来るはずです。〈已經通知了，應該馬上會來。〉

⑫暖房のスイッチを入れたから、暖かくなるはずだ。〈我開暖氣了，應該會變暖和。〉

⑬定期券を買うときは、学生証が必要なはずです。〈買月票時應該是要學生証。〉

⑭週休二日だから、土曜日は休みのはずだ。〈週休二日，所以週六應該是放假。〉

「はず」是形式名詞，通常採「（連體修飾語）＋はずだ」的句型，表示說話者根據常理推論後所做的判斷，相當於中文〈照道理應該～〉的意思。而連體修飾語主要包括（1）活用語連體形、（2）名詞＋の、（3）連體詞。

工藤さんは今日の会議に出るはずだ。〈工藤應該會出席今天的會議。〉

ブランド品ですから、高かったはずです。〈是名牌貨，應該很貴。〉

あの公園は町外れにあるから、静かなはずだ。〈那公園在郊外，應該很幽靜。〉

制服を着ているから、職員のはずです。〈穿著制服，應該是職員。〉

注意⑧

「～はずだ」的否定有「～ないはずだ」和「～はずが／はない」兩種形式，後者的否定語氣較強。請比較一下下面兩個例句的中譯。

工藤さんは会議に出席しないはずだ。〈工藤應該不會出席會議。〉

工藤さんは会議に出席するはずがない。〈（根據常理判斷）工藤不可能出席會議。〉

6. 名詞＋なら：表提示

【例句】

⑮ビールはありませんが、ジュースならあります。〈啤酒沒有，果汁的話就有。〉

⑯金曜日は駄目ですが、火曜日なら大丈夫です。〈禮拜五不行，禮拜二的話就沒問
題。〉

⑰中で写真を撮ってはいけませんが、外でならかまいません。〈裡面不可以拍照，在
外面的話就沒關係。〉

句型：〔Aは（否定述語）が　Bなら（肯定述語）〕

「なら」除了用來表示假定語氣之外，還可以出現在對比的句型中，接在體言（或
體言＋助詞）的後面表提示。這個用法和表對比的「は」頗為類似，相當於中文〈～的
話〉。

日本酒は飲みませんが、ウイスキーなら飲みます。〈日本酒不喝，威士忌的話就
喝。〉

鉛筆で書いてはいけませんが、ボールペンならいいです。〈不可以用鉛筆寫，原
子筆的話就行。〉

7. ～とおりに：照～那樣

【例句】

⑱私のやるとおりにやってください。〈請按照我的做法去做。〉

⑲先生の言うとおりに書いてみました。〈試著照老師所說的方式寫。〉

⑳先生の奥さんは、私の想像していたとおりにやさしい方です。〈師母正如我原先所想
像，很和藹可親。〉

㉑地図に書いてあるコースのとおりに、歩きましょう。〈我們照地圖上畫的路線來走
吧。〉

「とおり」是形式名詞，來自動詞「通る」〈經過〉的名詞形「通り」。通常採〔（連體修飾語）＋とおりに〕〈照～那樣〉的形式，構成連用修飾成分，用來修飾動詞。

彼の発音するとおりに発音してみてください。〈請照他的發音方式發音看看。〉

そのとおりにすれば間違いはない。〈照那樣做就沒錯。〉

教えられたとおりに書いてみました。〈照所學的寫了一下。〉

料理の本のとおりに、砂糖を入れました。〈照烹飪書上的指示將糖放入。〉

8.～場合は：～的時候／～的情況

【例句】

㉒学校を休む場合は、理由を言わなければなりません。〈請假不上學時必須說明理由。〉

㉓風が強い場合は、工事をやめるかもしれません。〈風勢太強時，也許會停止施工。〉

㉔助けが必要な場合は、すぐ知らせます。〈需要支援時會立即通知。〉

㉕欠席の場合は、早く返事をしてください。〈如不克出席，請儘速回報。〉

「場合」用於〔（連體修飾語）＋場合は〕的句型時，表示假設的情況。

雨が降った場合は、試合を中止します。〈遇雨時停止比賽。〉

漢字の読み方を知らない場合は、漢和辞典で調べなさい。〈不知道漢字的唸法時，去查漢和字典。〉

不合格の場合は、通知しません。〈不及格時不予通知。〉

注意❽

表假設情況的「場合」，原則上可以和「時」〈時候〉互換。但如果是敘述具體的事實或實際發生的情況，就不能用「場合」，只能用「時」。

学校へ行った時、彼女に出会った。（○）〈去學校的時候遇見她。〉

学校へ行った場合、彼女に出会った。（×）

9.～方だ：算是～

【例句】
㉖私は兄弟の中で太っている方です。〈我在兄弟中算比較胖。〉

㉗江さんは日本語が上手な方だと思います。〈我認為江同學算是日語比較流利的。〉

㉘子供のころ、僕は成績のよい方だった。〈小時候我算是成績不錯的。〉

　　先將事物分成兩類，然後以此為比較的基準，將談論中的事物加以歸類，如偏向某一方，就可以用［Aは（連體修飾語）方だ］的句型來表達。

　　中村さんは真面目な方です。〈中村算是比較認真的。〉

　　このレストランの料理はおいしい方ですよ。〈這家餐廳的菜還算好吃。〉

　　如要將比較的範圍加以限定，就可以在連體修飾語的前面加上「～の中で」〈在～當中〉，採取［Aは～の中で～方だ］的句型。

　　職員の中でやせている方です。〈在職員當中算瘦的。〉

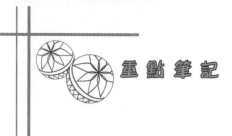

第31課　らしい、ばかり、度に、でも、の、途中で、のに

《基本句型》

1. 天気予報によると、あしたは雨らしいです。〈根據氣象報告，明天好像會下雨。〉

2. わたしはさっき東京についたばかりです。〈我剛抵達東京。〉

3. この写真を見る度に昔のことを思い出します。〈每次看到這照片就想起從前。〉

4. 秋葉原のメイドカフェでコーヒーでも飲みましょう。〈我們去秋葉原的女僕咖啡館喝個咖啡什麼的吧。〉

5. そんなことは誰でも知っています。〈那種事誰都知道。〉

6. 頭が痛いので、友人の医者に見てもらいました。〈頭痛，所以給醫生朋友看了一下。〉

7. 買い物に行く途中で、ばったり友人に会った。〈去買東西的半路上和朋友不期而遇。〉

8. コーヒーを飲むのは、そんなに好きではありません。〈我不怎麼愛喝咖啡。〉

9. 毎日練習しているのに、ちっとも上手になりません。〈每天練習，卻一點也沒進步。〉

10. 毎日練習しています。それなのに、ちっとも上手になりません。〈每天練習。卻一點也沒進步。〉

1.らしい：表有根據的推測

【例句】

❶岸田さんは試合に勝ったらしい。とても喜んでいます。〈岸田似乎比賽贏了，非常高興。〉

❷久美子はどうも部屋にいないらしい。電気が消えています。〈久美子好像不在房間裡，燈沒亮。〉

❸あの料理はどうもまずいらしいです。たくさん残っています。〈那道菜好像不好吃。剩很多。〉

❹どうも大変らしいです。みんなやりたがりません。〈似乎挺辛苦的，大家都不願意做。〉

「らしい」是形容詞型活用的助動詞，用來表示說話者根據所看到或所聽到的訊息所做的推測。例句中「らしい」後面的句子就是表示根據的部分。因爲是有某種根據的推測，所以語氣上比較客觀。常和表示不確定的副詞「どうも」相互呼應（例句②、③、④）。

「らしい」的構詞方式如下：

$$\left.\begin{array}{l}\text{動詞・形容詞述語形}\\\text{形容動詞詞幹}\\\text{名詞}\end{array}\right\} + \text{らしい}$$

林さんは日本へ行ったらしい。〈林太太好像去日本了。〉

今度の試験は難しいらしいです。〈這次考試似乎很難。〉

この辺りはとても静からしいです。〈這一帶似乎非常幽靜。〉

中村さんは留守らしいです。〈中村先生好像不在家。〉

推定的根據也可以放在句首，以「～によると／～では」的形式表達出來。

テレビのニュースによると、台湾の新幹線はもう開通したらしい。〈根據電視新聞報導，台灣高鐵好像通車了。〉

みんなの噂では、彼女は芸能人と結婚するらしい。〈根據傳聞，她似乎要跟藝人

結婚。〉

注意8

①否定的推量用「～ないらしい」表示，不能採取「～らしくない」的形式。

  倉石さんは会議に出席しないらしい。〈倉石小姐好像不會出席會議。〉（○）
  くらいし　　　　　かいぎ　　しゅっせき

  倉石さんは会議に出席するらしくない。（×）
  くらいし　　　　　かいぎ　　しゅっせき

②「らしい」和「ようだ」中文都可以譯成〈好像；似乎〉，二者有時可以互換，但語氣上有微妙的區別。「ようだ」是根據說話者本身的感覺或體驗所做的推測，而「らしい」則是根據別人提供的資訊所做的推測。

  今日は雪が降るらしい。〈今天好像會下雪。——可能是聽到氣象報告如此
  きょう　　ゆき　ふる
  說。〉

  今日は雪が降るようだ。〈今天好像會下雪。——自己的感覺。〉
  きょう　　ゆき　ふる

③「らしい」還可以當接尾詞用，表示〈像個～的樣子；有～風度〉的意思。這個用法的「らしい」有否定形「らしくない」。

  日高さんは男らしい人です。〈日高是個有男子氣概的人。〉
  ひだか　　　　おとこ

  大橋さんは男らしくない。〈大橋先生不像個男子漢。〉
  おおはし　　　　おとこ

2.〜たばかり：表動作剛結束

> 【例句】
>
> ❺ご飯を食べたばかりですから、お風呂に入ってはいけません。〈剛吃完飯，不可以
>   はん　た　　　　　　　　　　ふろ　はい
>   泡澡。〉
>
> ❻この間買ったばかりのテレビが壊れてしまった。〈前幾天才買的電視壞了。〉
>   あいだか　　　　　　　　　　こわ

「動詞過去形＋ばかり」用來表動作才剛結束，用法和「動詞過去形＋ところ」類似，但有時未必能互換。這是因為「動詞過去形＋ところ」的基本意思是用來描述說話當時所處的情況，只能當述語用，「動詞過去形＋ばかり」則無此一限制，可以接「の」當連體修飾語用。

今、京都駅に着いたばかりです。〈現在剛抵達京都車站。〉（○）

今、京都駅に着いたところです。〈現在剛抵達京都車站。〉（○）

作ったばかりのスーツを着ています。〈穿著剛做好的西裝。〉（○）

作ったところのスーツを着ています。（×）

3.～度に：每次～就～

【例句】

❼あの子は喧嘩をする度に、親に叱られます。〈那孩子每次打架就挨父母責罵。〉

❽私は東京へ行く度に、友人の家に泊まります。〈我每次去東京都住朋友家裡。〉

❾健康診断の度に、太りすぎだと言われる。〈每次健康檢查都被說太胖。〉

「動詞現在形＋度に」構成連用修飾語，用來修飾動詞，表示〈每當～就～〉的意思。也可以採「名詞＋の度に」的形式。

山に行く度に、雨に降られる。〈每次去爬山就下雨。〉

父は出張の度に、かならずその土地の土産を買ってきます。〈父親每次出差一定買當地土產回來。〉

彼女は会う度に、違う着物を着ている。〈每次遇到她都穿不一樣的衣服。〉

4.でも：表例示

【例句】

❼お茶でも飲みませんか。〈要不要喝個茶或什麼的？〉

⓫明日でも小森さんに電話を掛けてみましょう。〈我就明天打電話給小森吧。〉

⓬仕事が終わったら、銀座へでも行きましょうか。〈工作結束後，我們要不要去銀座或什麼地方？〉

句型：［名詞 ＋ でも］

副助詞「でも」可接於名詞後面，用來表示舉例並暗示可以有其他的選擇。

コーヒーでも飲みながら、紅白歌合戦を見ましょう。〈我們邊喝咖啡什麼的邊看紅白歌唱大賽吧。〉

先生にでも相談したらどうでしょう。〈跟老師或什麼人商量一下如何？〉

注意8

①「でも」的基本義是以概括的方式提示大致的範圍，不做明確的限定，讓談話對方有選擇餘地，因此能使說話語氣顯得比較委婉。下面的例句，用「でも」與否，所傳達的基本訊息並無不同，但用「でも」令人覺得語氣較為委婉。

　　日曜日に来てください。〈你就星期天來吧。〉

　　日曜日にでも来てください。〈你就星期天（或什麼時候）來吧。〉

②「でも」可以取代助詞「が」、「を」，但通常不能取代其他助詞。

　　お客さんが来たらどうする？〈有客人來的話怎麼辦？〉

　　→お客さんでも来たらどうする？〈有客人或什麼的來的話怎麼辦？〉

　　お茶を飲みましょう。〈我們來喝個茶吧。〉

　　→お茶でも飲みましょう。〈我們來喝個茶什麼的吧。〉

　　喫茶店で待っていてください。〈請在咖啡館等一下。〉

　　→喫茶店ででも待っていてください。〈請在咖啡館或什麼地方等一下。〉

　　避暑に行ったら元気になるかもしれない。〈去避暑也許能恢復健康。〉

　　→避暑にでも行ったら元気になるかもしれない。〈去避暑或什麼的也許能恢復健康。〉

5.疑問詞＋でも：表全面肯定

【例句】

❸ 誰でも法律を守らなければなりません。〈任何人都必須守法。〉

❹ あの子は、好き嫌いがありませんから、何でも食べえられます。〈那孩子不挑食，
什麼都能吃。〉

❺ いつでも家に遊びに来てください。〈隨時到我家來玩。〉

❻ どの宗教でも政治や文化と深い関係があります。〈任何宗教都和政治、文化有很深
的關係。〉

❼ スーパーマーケットは、どこにでもあります。〈任何地方都有超市。〉

　　疑問詞（包括「誰／何／どこ／いつ／どの／どんな」等等）後面接副助詞「で
も」，而且句尾是肯定形式時，表完全包含在內沒有例外。

　　そんなことは誰でも知っている。〈那種事誰都知道。〉

　　あの人は何でも知っているので、どんな難しい問題でも答えられます。〈他無所
不知，不管是多難的題目都答得出來。〉

　　いつでも都合のいい時で結構です。〈只要您方便，任何時間都行。〉

　　どこへでもお供をしましょう。〈到任何地方我都奉陪。〉

注意8

①在「疑問詞＋でも」的前面還可以加上「ＡでもＢでも」〈Ａ也好Ｂ也好〉的形
　式，把具有代表性的例子先提示出來。

　　子供でも大人でも誰でも交通規則を守らなければならない。〈小孩也好大人
也好，任何人都須遵守交通規則。〉

　　肉でも野菜でも何でも食べられる。〈肉也好蔬菜也好，什麼都能吃。〉

　　悲しい時でも楽しい時でも、いつでも家族と一緒でした。〈悲傷的時候也
好，快樂的時候也好，任何時候都跟家人在一起。〉

　　大阪にでも東京にでも、どこにでも量販店があります。〈大阪也好東京也

好，任何地方都有量販店。〉

②如果要表示全面否定，必須採〔疑問詞＋も＋否定形式〕的句型。

そんなことは誰も知りません。〈那種事誰都不知道。〉

食べるものは何もありません。〈沒有任何吃的東西。〉

誰からも手紙が来なかった。〈沒有任何人來信。〉

6.の：表同格的用法

【例句】

⑱こちらは友達の角川さんです。〈這位是我朋友角川。〉

⑲あの人は歯医者の河野さんです。〈他是牙科醫生河野。〉

⑳江さんは母校の東海大学で日本文化を教えています。〈江小姐在她的母校東海大學教日本文化。〉

在「Ａ＋の＋Ｂ」的形式中，如果Ａ和Ｂ所指的對象是同一人或同一事物（Ａ＝Ｂ），這時的「の」就是所謂同格的用法，可以和斷定詞「である」替換。

留学生の高野さん。〈留學生高野同學。＝留学生である高野さん〉

小説家の夏目漱石。〈小說家夏目漱石。＝小説家である夏目漱石〉

注意8

下面的例句有兩種解釋，必須看上下文才能決定。

彼は医者の友達です。

（1）他是（我的）醫生朋友。（職業是醫生的我的朋友）

（2）他是醫生的朋友。（某個醫生的朋友）

7.「～途中で」的用法

【例句】

⑱午後は東京駅へ行きます。その途中で、郵便局に寄ります。〈下午要去東京車站。
途中會順便去郵局。〉

㉒学校へ行く途中で、交通事故にあいました。〈去學校的半路上遭遇車禍。〉

㉓世界一周の途中で、昔の恋人と再会しました。〈環遊世界途中和昔日情人重逢。〉

「途中」是名詞，前面通常帶連體修飾語，表〈～的半路上；～途中〉的意思。

家へ帰る途中で、急に雨が降り出した。〈回家途中，突然下起雨來了。〉

授業の途中で、抜け出した。〈上課上一半就溜出來了。〉

注意8

「途中で」的「で」常可省略。

家へ帰る途中、デパートに寄りました。〈回家途中順便去百貨公司。〉

8.～そんなに＋否定形式：表程度不很甚

【例句】

㉔そんなに難しいことではありません。〈不是那麼困難的事。〉

㉕予防注射はそんなに痛くありません。〈打預防針不會很痛。〉

㉖そんなに有名ではありません。〈不是那麼有名。〉

指示詞「そんなに」後面和否定形式呼應時，表示還沒有達到對方所想像的那種程
度。通常出現在答句中。

問 富士山に登るのは大変ですか。〈爬富士山很辛苦嗎？〉

答 いいえ、そんなに大変ではありません。〈不，沒那麼辛苦。〉

問 山田さんという人は背が高いですか。〈山田這個人個子很高嗎？〉

答 いいえ、そんなに高くありません。〈不，不怎麼高。〉

注意 8

這個用法的「そんなに」可以和「それほど」互換。

そんなに面白<ruby>白<rt>おもしろ</rt></ruby>くありません。〈不怎麼有趣。〉

それほど面白<ruby>白<rt>おもしろ</rt></ruby>くありません。〈不怎麼有趣。〉

9. のに：表結果和預期相反的情況

【例句】

㉖ よく勉強<ruby><rt>べんきょう</rt></ruby>したのに、成績<ruby><rt>せいせき</rt></ruby>が上<ruby><rt>あ</rt></ruby>がりませんでした。〈非常用功，成績卻沒進步。〉

㉗ 今日<ruby><rt>きょう</rt></ruby>は天気<ruby><rt>てんき</rt></ruby>がいいのに、弟<ruby><rt>おとうと</rt></ruby>はずっと家<ruby><rt>いえ</rt></ruby>で寝<ruby><rt>ね</rt></ruby>ています。〈今天天氣很好，弟弟卻一直在家睡覺。〉

㉘ あの人<ruby><rt>ひと</rt></ruby>は暇<ruby><rt>ひま</rt></ruby>なのに、仕事<ruby><rt>しごと</rt></ruby>を手伝<ruby><rt>てつだ</rt></ruby>ってくれません。〈他明明有空，卻不肯幫忙我工作。〉

「のに」是接續助詞，接於活用語連體形之後，採〔（子句）のに、（子句）。〕的句型表示後項出現的結果和預期相反，含有意外、驚訝、不滿或責怪的語氣。

手伝<ruby><rt>てつだ</rt></ruby>ってあげたのに、文句<ruby><rt>もんく</rt></ruby>を言<ruby><rt>い</rt></ruby>われた。〈幫他忙卻被挑剔。〉

こんなに暑<ruby><rt>あつ</rt></ruby>いのに、セーターを着<ruby><rt>き</rt></ruby>ている。〈這麼熱居然穿著毛衣。〉

合格<ruby><rt>ごうかく</rt></ruby>すると思<ruby><rt>おも</rt></ruby>っていたのに、不合格<ruby><rt>ふごうかく</rt></ruby>だった。〈以為會及格，居然不及格。〉

「のに」可以和接續詞「それなのに」互換，但要注意的是「それなのに」必須採取〔（句子）。それなのに、（句子）。〕的句型。

手伝<ruby><rt>てつだ</rt></ruby>ってあげた。それなのに、文句<ruby><rt>もんく</rt></ruby>を言<ruby><rt>い</rt></ruby>われた。〈幫他忙卻被挑剔。〉

こんなに暑<ruby><rt>あつ</rt></ruby>い。それなのに、セーターを着<ruby><rt>き</rt></ruby>ている。〈這麼熱居然穿著毛衣。〉

合格<ruby><rt>ごうかく</rt></ruby>すると思<ruby><rt>おも</rt></ruby>っていた。それなのに、不合格<ruby><rt>ふごうかく</rt></ruby>だった。〈以為會及格，居然不及格。〉

重點筆記

第32課　敬語的用法

《基本句型》

1 柴田先生は来週国へお帰りになります。〈柴田老師下星期回國。〉
しばた せんせい　らいしゅうくに　　かえ

2 金田さんは先月日本へ帰られました。〈金田小姐上個月回日本去了。〉
かねだ　　　せんげつにほん　　かえ

3 お父さんは何とおっしゃいましたか。〈令尊怎麼說？〉
とう　　なん

4 部長はいつ福岡へいらっしゃるでしょうか。〈經理什麼時候去福岡呢？〉
ぶちょう　　ふくおか

5 お荷物は重いですから、私がお持ちしましょう。〈行李很重，所以我來提
にもつ　おも　　　　　わたし　　も
吧。〉

6 社長のお宅で和菓子と抹茶をいただきました。〈在董事長家享用日本點心和
しゃちょう　たく　わがし　まっちゃ
抹茶。〉

7 私は吉田と申します。〈我叫吉田。〉
わたし　よしだ　もう

8 両親は高雄におります。〈父母親在高雄。〉
りょうしん　たかお

9 あしたお話しくださる先生は東大の長谷川先生です。〈明天要演講的老師是
はなし　　　　せんせい　とうだい　はせがわせんせい
東大的長谷川老師。〉

10 林さんはピアノがお上手ですね。〈林小姐你鋼琴彈得真好！〉
りん　　　　　　　　じょうず

285

1.動詞的敬稱化之一：お～になる

> 【例句】
>
> ❶村田さんはもうお帰りになりました。〈村田先生已經回去了。〉
>
> ❷この絵は先生ご自身がお描きになったそうです。〈聽說這畫是老師自己畫的。〉
>
> ❸阪倉教授は1972年に京都大学をご卒業になりました。〈阪倉教授在1972年畢業於京都大學。〉
>
> ❹すべてのスポーツ施設を無料でご利用になれます。〈可免費使用所有運動設備。〉

我們在第25課已經提到日語的動詞可以利用各種構詞方式，將普通語改爲敬語。這種語法機制不妨稱爲敬語化。敬語化可細分爲下面3類：

（a）**敬稱化**：將普通語改爲「尊敬語」。

（b）**謙稱化**：將普通語改爲「謙讓語」。

（c）**鄭重稱化**：將普通語改爲「鄭重語」。

這裡要介紹動詞敬稱化的構詞方式。首先是最常見的「お～になる」形式。

構詞方式：

$$\left\{ \begin{array}{l} お \;+\; 動詞連用形 \\ ご \;+\; 漢語動作名詞 \end{array} \right\} \;+\; になる$$

（普通動詞） →	（敬稱化） →	（敬稱動詞）
帰る		お帰りになる
書く		お書きになる
卒業する		ご卒業になる
利用する		ご利用になる

注意 8

這個構詞方式不能適用於本身已經擁有特定敬稱形式的動詞，例如「言う」「する」「いる」等等（請參閱本課3.的說明）。

お言いになる　　（×）

　　　おしになる　　　（×）

　　　おいになる　　　（×）

2.動詞的敬稱化之二：～れる／～られる

【例句】

❺先生は、来月故郷へ帰られます。〈老師下個月要回家鄉。〉
　せんせい　　らいげつふるさと　　かえ

❻ご両親は喜ばれるでしょう。〈您父母會高興吧。〉
　りょうしん　よろこ

❼国広先生は毎朝かならず散歩をされます。〈國廣老師每天早上一定散步。〉
　くにひろせんせい　まいあさ　　　　　　さんぽ

❽課長はあしたも工場へ来られますか。〈課長明天也會來工廠嗎？〉
　かちょう　　　　　こうじょう　こ

❾部長はもう企画書を読んでしまわれました。〈經理已經看完企劃書了。〉
　ぶちょう　　　　きかくしょ　よ

構詞方式：

句型：［動詞第一變化＋れる／られる（尊敬助動詞）］

尊敬助動詞「れる／られる」在形態上和接續上跟被動助動詞「れる／られる」完全相同。

a.五段動詞：第一變化＋れる

(基本形) →	(第一變化＋れる)		→	(敬稱形)
書く か (kaku	書か か kaka	れる reru		書かれる か kakareru)
読む よ (yomu	読ま よ yoma	れる reru		読まれる よ yomareru)
言う い (iu	言わ い iwa	れる reru		言われる い iwareru)

b. 一段動詞：第一變化＋られる

（基本形） →	（第一變化＋られる） →		（敬稱形）
食べる （taberu	食べ tabe	られる rareru	食べられる taberareru）
見る （miru	見 mi	られる rareru	見られる mirareru）

c. 不規則動詞：

（基本形） →	（第一變化＋れる／られる） →		（敬稱形）
する （suru	さ sa	れる reru	される sareru）
来る （kuru	来 ko	られる rareru	来られる korareru）

注意[8]

①「お～になる」的敬意比「～れる／られる」高。

②如果句子的述語是動詞的時貌形式（即主要動詞＋補助動詞）時，尊敬助動詞

「れる／られる」通常接在補助動詞的後面，但也可以接於主要動詞之後。

書いてしまう　→　書いてしまわれる／書かれてしまう

飾っておく　→　飾っておかれる／飾られておく

3.特定形式的敬稱動詞

【例句】

❿社長は会議に出席しないとおっしゃいました。〈董事長說他不出席會議。〉
　しゃちょう　かいぎ　しゅっせき

⓫その書類はもうご覧になりましたか。〈那文件您已經過目了嗎？〉
　しょるい　らん

⓬とてもおいしいですから、どうぞ召し上がってください。〈很好吃，請品嚐一
　め　あ
　下。〉

⓭テニスでもなさったらいかがでしょうか。〈打打網球之類的如何？〉

⓮奥村先生はもうすぐここへいらっしゃいます。〈奧村老師馬上就會過來這兒。〉
　おくむらせんせい

　　有些動詞本身就有對應的特定形式敬語動詞，不必採取其他構詞方式來敬語化。這
種特定形式的敬語動詞為數不多，但使用頻率相當高，必須熟記。特定形式的敬語動詞
可細分為敬稱動詞、謙稱動詞、鄭重稱動詞三類。下面是常用的特定形式敬語動詞。

（普通動詞）		（敬稱動詞）	
言う　　　　　〈說〉		おっしゃる	
見る　　　　　〈看〉		ご覧になる　　　〈過目〉	
食べる／飲む　〈吃／喝〉		召し上がる　　　〈用〉	
する　　　　　〈做〉		なさる	
来る／行く　　〈來／去〉		いらっしゃる　　〈上〉	
いる　　　　　〈在〉		いらっしゃる	
くれる　　　　〈給（我）〉		下さる	

注意8

①「する」的敬稱化也適用於以「〜する」為詞尾的漢語複合動詞。例如：

　　　研究する　　→　　研究なさる
　　　けんきゅう　　　　　けんきゅう

　　　出席する　　→　　出席なさる
　　　しゅっせき　　　　　しゅっせき

　あの方はいつもこの道を散歩なさいます。〈那個人常在這條路上散步。〉
　　　かた　　　　　みち　さんぽ

　明日の座談会に出席なさいますか。〈您要出席明天的座談會嗎？〉
　あした　ざだんかい　しゅっせき

② 「いらっしゃる」這個敬稱動詞有〈來〉、〈去〉、〈在〉三個意思，實際的意思必須看上下文才能決定。

山田先生はあしたそちらへいらっしゃいます。〈山田老師明天會到那邊去。〉
やまだ せんせい

山田先生は今研究室にいらっしゃいます。〈山田老師現在在研究室。〉
やまだ せんせい いまけんきゅうしつ

山田先生は午後三時こちらへいらっしゃる予定です。〈山田老師預定下午三
やまだ せんせい ご ごさんじ よてい
點來這邊。〉

4.動詞的謙稱化：お～する／ご～する

【例句】

⑮ 先生、お荷物をお持ちします。〈老師，行李我拿。〉
せんせい にもつ も

⑯ 部長をお宅まで車でお送りした。〈開車送經理回家。〉
ぶちょう たく くるま おく

⑰ お部屋へご案内しましょう。〈我帶您去房間。〉
へや あんない

⑱ すぐ結果をご連絡します。〈結果馬上通知您。〉
けっか れんらく

動詞的謙稱化，我們在第25課已經介紹過，這裡複習一下。它主要利用下面的構詞

方式：

$$\left\{\begin{array}{l} お ＋ 動詞連用形 \\ ご ＋ 漢語動作名詞 \end{array}\right\} ＋ する$$

（普通動詞） →	（謙稱化） →	（謙稱動詞）
知らせる し		お知らせする し
連絡する れんらく		ご連絡する れんらく

5.特定形式的謙稱動詞

> 【例句】
>
> ⑲今から先生のお宅へ伺うところです。〈我現在正要上老師家去。〉
>
> ⑳私はお酒もたばこもいただきません。〈我菸酒不沾。〉
>
> ㉑私の名前は田中耀子と申します。〈我名叫田中耀子。〉
>
> ㉒では、お言葉に甘えて、そういたします。〈那麼我就不客氣這麼做。〉
>
> ㉓すぐそちらへ参ります。〈我馬上去您那兒。〉
>
> ㉔あしたは家におりますので、遊びに来てください。〈明天在家，請您來玩吧。〉

常用的特定形式謙稱動詞有下面幾個：

（普通動詞）		（謙稱動詞）	
言う	〈說〉	申す	
見る	〈看〉	拝見する	
食べる／飲む	〈吃／喝〉	いただく	
する	〈做〉	致す	
来る／行く	〈來／去〉	参る	
いる	〈來／去／在〉	おる	
訪問する		伺う	〈拜訪〉
もらう	〈得到〉	いただく	〈領受〉
やる／あげる	〈給（你／他）〉	差し上げる	

注意8

謙稱動詞中的「申す」、「致す」、「参る」、「おる」同時也是鄭重稱動詞。什麼時候用來表示謙稱，什麼時候用來表示鄭重稱，主要看該動作是否人為動作而定。如果不是人為動作，就不可能是謙稱，只能當鄭重稱來解釋。例如下面的例句中的「参ります」和「おります」都是鄭重稱。

下りの電車は間もなく参ります。〈下行的電車即將入站。〉

このところ、自動車事故が増えております。〈最近車禍越來越多。〉

6.動詞的敬稱化之三：お～くださる

【例句】

㉕神様がお助けくださるでしょう。〈上帝會保佑我們吧。〉

㉖今日ご講演くださる先生は柴田先生です。〈今天要演講的是柴田老師。〉

動詞敬稱化的另一個構詞方式是：

$$\left\{\begin{array}{l} お ＋ 動詞連用形 \\ ご ＋ 漢語動作名詞 \end{array}\right\} ＋ くださる$$

（普通動詞） →	（敬稱化） →	（敬稱動詞）
書く		お書きくださる
連絡する		ご連絡くださる

「お～ください」是「お～くださる」的命令形，語氣比「～てください」鄭重。

この紙にお書きください。〈請寫在這張紙上。〉

すぐ私にご連絡ください。〈請立即跟我聯絡。〉

7.形容詞和形容動詞的敬稱化

【例句】

㉗お嬢さんの着物姿、ほんとうにお美しいですね。〈令嬡穿和服的模樣眞漂亮！〉

㉘お幸せになってください。〈祝您幸福！〉

形容詞和形容動詞的敬稱化比動詞單純，只要在前面加上敬語接頭辭「お／ご」即可。

構詞方式：

1. お＋ { 形容詞
和語形容動詞 }

2. ご＋　漢語形容動詞

（普通形容詞、形容動詞）　→　（敬稱化）　→　（敬稱形容詞、形容動詞）	
美_{うつく}しい	お美_{うつく}しい
幸_{しあわ}せです	お幸_{しあわ}せです
元気_{げん き}です	お元気_{げん き}です
親切_{しんせつ}です	ご親切_{しんせつ}です

注意 8

有一些漢語形容動詞在日常會話中使用頻率極高，已經融入日語詞彙體系內，跟和語形容動詞沒有兩樣，所以接「お」不接「ご」。例如「お元気_{げん き}です」、「お上手_{じょう ず}です」即是。

重點筆記

著者簡介

黃國彥

出生於台灣桃園。日本東京大學語言學系博士課程結業。專攻對比語言學、日本語學、翻譯學。曾任教於中國文化大學、輔仁大學、東吳大學，並負責監修《王育德全集》。2003年自東吳大學日語系退休，目前除擔任《階梯日本語雜誌》總編輯外並從事翻譯工作。

趙姬玉

出生於台灣高雄。日本政府公費留日。御茶水女子大學文學博士。專攻日本近世文學，尤其精研《雨月物語》。曾任教於中國文化大學、輔仁大學、淡江大學、國北師、台灣大學，累積將近30 年的日語教學經驗，培育英才無數。2008年自台灣大學日文系退休，目前擔任南台科技大學應用日語系專任教授。

為中國人設計的

日語語音學入門

書+CD 2片　定價450元

黃國彥‧戶田昌幸　合著

本書專為中國人設計，是具有突破性的日語發音教材，以語音學理論為骨架，豐富的練習為血肉，說明力求淺顯，練習務求實用，若能配合CD循序漸進勤加練習，必能學會正確而優美的日語發音，是有志於學好日語者不可不讀的好書。

日本語を学ぶ・日本を知る

日本語ジャーナル

階梯日本語雜誌

書+CD　每期定價350元

創刊於1987年6月，學習內容包羅萬象，包括日語學習、介紹日本的社會現況、歷史文化、新聞時事等等，是所有日語老師一致推薦廣受好評的最佳日語學習雜誌。日本語CD是由專業錄音人士，以標準東京音錄製而成。對於想要從事對日貿易或赴日留學者，『階梯日本語雜誌』是不可或缺的學習利器。

國內訂閱價格	掛號郵寄	◆海外讀者訂閱歡迎來電或以電子郵件詢問海外訂閱價格
單雜誌一年（12期）	2,500元	TEL：(02)2371-2774　E-mail：hjt903@ms25.hinet.net
雜誌+CD一年（12期）	3,860元	◆當月號單套零購，請至全省各大書店購買。
雜誌+CD二年（24期）	7,320元	◆學生團體訂購另有優待，歡迎來電洽詢。

國家圖書館出版品預行編目資料

日語基礎語法教室 ╱ 黃國彥， 趙姬玉編著. ──
　初版. ── 臺北市 ： 鴻儒堂， 民97.12
　　面 ；　公分
　ISBN 978-957-8357-92-1 （平裝）
　1. 日語 2. 語法
803.16　　　　　　　　　　　　97020291

日 語 基 礎 語 法 教 室

定價：400元

2008年（民97年）　12月初版一刷
2012年（民101年）　2月初版二刷
本出版社經行政院新聞局核准登記
登記證字號：局版臺業字1292號

著　　　者：黃國彥・趙姬玉
發 行 所：鴻儒堂出版社
發 行 人：黃　成　業
門市地址：台北市中正區漢口街一段35號3樓
電　　　話：02-2311-3810
傳　　　真：02-2331-7986
管 理 部：台北市中正區懷寧街8巷7號
電　　　話：02-2311-3823
傳　　　真：02-2361-2334
郵政劃撥：０１５５３００１
E-mail：hjt903@ms25.hinet.net
內文插圖：盧　啓　維

鴻儒堂出版社設有網頁，歡迎多加利用
網址：http://www.hjtbook.com.tw